金剑银盾

虞水之情

鼠盗盗 / 著

YUSHUI
ZHIHUAN

中国言实出版社

图书在版编目（CIP）数据

虞水之情 / 鼠盗盗著．—北京：中国言实出版社，
2014.8

ISBN 978-7-5171-0710-1

Ⅰ．①虞… Ⅱ．①鼠… Ⅲ．①长篇小说－中国－当代
Ⅳ．①I247.5

中国版本图书馆CIP数据核字(2014)第183525号

责任编辑：陈昌财

出版发行　中国言实出版社
地　址：北京市朝阳区北苑路180号加利大厦5号楼105室
邮　编：100101
编辑部：北京市西城区百万庄路甲16号五层
邮　编：100037
电　话：64924853（总编室）　64924716（发行部）
网　址：www.ysfazhan@163.com
E-mail：yanshicbs@126.com

经　销　新华书店
印　刷　北京世纪雨田印刷有限公司
版　次　2015年1月第1版　2015年1月第1次印刷
规　格　710毫米×1000毫米　1/16　17印张
字　数　255千字
定　价　26.80元　ISBN 978-7-5171-0710-1

目 录

CONTENTS

目　录
CONTENTS

第一章

不速之客

初夏的清晨，整个城市刚刚苏醒，微风轻拂，还带着春的清爽。

乔怡水没心情欣赏日出的绚烂，而是快步来到了办公大厦。还没到六点，大厦里空无一人，她甚至能听见自己心跳的声音。

这次，她盗取的可是商业机密，她没有时间恢复体力，急忙掏出钥匙，想要打开办公室的门。

她一直就觉得自己不是做间谍的料，现在赤裸裸地被证实了。

钥匙插进了钥匙孔，钥匙转动，随着咔嚓声，门开了，虽然知道屋里没有人，但她依旧本能地屏住了呼吸。

高跟鞋发出的哒哒声让人心慌，于是她小心翼翼地把脚上的高跟鞋脱了，轻轻地放在了门边，然后虚掩上门，赤着脚悄悄地往里走。

一步一步地走进那个办公室，心跳就一点一点地加快，集团公司CEO的办公室，是她两个月以来都在找机会单独走进的地方。

她从满满的两书架文件袋开始翻起，这么多文件袋竟也没有个检索信息。

而她想要的东西，也不知道在哪儿。

肩上突然出现了一只手，她一惊，却还是镇定地转过了头。

“你在找什么？”

这个有磁性的声音，此刻在她听来像阴森的地狱使者，听声音她也知道是谁——本市望族钱家的独子，卧龙集团CEO——钱泽琰。

他明明今天大婚的，怎么会这个时候出现在办公室？

她礼貌性地一笑，但是心跳的频率还是有所变化。这双眸子对她心灵的冲击，超出了她的预料，“是钱总，您真早，我帮柴老拿点东西！”她用手拨弄了下头发，平静地说。

他俯视着她的脸：长长的睫毛，完美的眼睛弧度，很美的一张脸，鼻梁高挺，朱唇莹润，一头柔顺的长发给她披上了清纯的外衣，好迷人，可是他不会被外表麻痹，她这双美丽的眸子后面隐藏的是怎样一颗心呢？

"到我的办公室拿柴老的东西？"

他身上穿的是昨天穿的那套深色西装，脖子上松松垮垮挂着的斜纹领带也是昨天的那条，他为人极为挑剔又有洁癖，几乎从不会连着两天穿同一套衣服。他昨夜没有回家，一直就在这个办公室里，刚才不过是去方便了一下，就闯来个不速之客。

只是乔怡水已经没有闲情去观察他衣着上的细节，心跳加速不全是因为害怕，而是这双眸子搅乱了她的心智。

"这是钱总的办公室吗，那我走错了。"

她说着就要走，可他的手不依，牢牢地抓住了她的肩头。

"走错了？"

他顿了顿，眉头轻挑，性感的唇勾勒出柔和的浅笑，他脸庞的轮廓清晰，有浓浓的混血韵味，一双狭长而深邃的眼睛，总是让人难以看出他在想些什么，但又是那样的迷离勾人，他的确生得极为好看，特别是他的笑容，带着与生俱来的魔力。

但他又是邪恶的，此刻的眼神就是最好的证明，他大概真的是魔鬼的化身，不然怎么会生得如此完美，却又那般的邪恶！

可是，即便他是邪恶的，也散发着一种让她难以抗拒的魔力，心跳的速度让她想否认也否认不了！

"那为什么不穿鞋？"他低头扫了眼她的脚，白皙娇嫩，当真是一双玉足呢！

她眼睛转动了一下，知道辩解是无用的，却还是说得底气十足："刚才鞋子踩到了脏东西，怕带进办公室。"

看着她平静的脸，他眉头蹙了蹙，两只手在她肩头微微一用力。

眼前这个女孩子，如丝的长发，精致的脸庞，白皙的肌肤，曼妙的身材，组合在一起，更是个绝佳的美人，他并非美人见多了而不懂得怜香惜玉，他在愤怒，她怎么可以用这种方式靠近他，她究竟想干什么？

"告诉我，你在找什么？"他怒意散去，眉头一挑，演绎万般邪恶，"提醒你一句，我的耐心有限！"

他的嘴角此刻挂上了一抹微笑，带着猫要吃掉老鼠前的邪恶与得意。

肩头的骨头都快碎了，他修长白皙的手像老虎钳子一样有力。“钱总原来这么崇尚暴力！”她乔怡水才不会轻易在暴力下屈服，她推了推肩上的他的手，但力量微弱，毫无作用，她扬了扬下巴，一副底气十足又鄙夷的模样，对，就是鄙夷，鄙夷他用暴力。“你结婚戒指上的一个配件，柴老把它落在了办公室，时间紧迫，他让我来拿！”她又推了推肩上的他的手，“钱总，您用不着这样招呼一个弱女子吧？”

为了骗柴老的钥匙，她故意把一颗作为点缀的钻石留在了柴老的办公室，这是一个多么难得的机会，只是做梦也没想到，今天婚礼的主角——新郎一早会在这里！

他的婚戒的确在赶制，定制好的婚戒三天前突然不见了，只得由柴老来复制一个一模一样的。那是一枚特别设计的戒指，上面镶嵌的宝石独一无二，昨天下午才找到一颗勉强可以替代的，柴老正在连夜赶制，作为柴老的助手，她来帮柴老拿东西倒也合理。

可是拿宝石拿到他钱泽琰的办公室就不对了！

他抬起一只手，随即捏起了她的下巴，迷离地凝视着。

“到文件袋里找钻石吗？你说谎也太不专业了！小模样还真不错！但做错了事必须受到惩罚！”他另一只手的指尖从她的眼眉上缓缓下滑，“眉眼俊秀，眼睛格外好看，有这样清澈的眼睛的人不该到我办公室找东西！”

他眸子里闪烁的是什么，是惋惜吗？

她缓缓地眨了下眼睛，他为什么会有这样的眼神，难道他真是当年的他吗？

“钱总，你果然很幽默呢，是不是我承认我是来偷你的东西的，你才满意呢？”

他剑眉微蹙，眸子里蒙上了一层愠怒，凝视着她清澈的黑眼仁，指尖轻轻地从她眼皮上滑过，“不应该啊，它是那么清澈，为什么，你告诉我，这是为什么！”

又是这种眼神，看着他的眸子，她的心咚咚咚地跳着：“你是……”话到嘴边她又吞了回去。

“钱总，柴老还等着钻石呢！”

她又推了推他的手，依然推不开，他像是没听见她说的话一样，自顾自地从下到上地打量着她：“惩罚你这么个小可人儿，我真有点舍不得，我一向怜香惜玉，还是奖励你吧，怎么说为了我的结婚戒指你也费了不少神！”

他的奖励？随着他邪恶的眼神和压近的唇，她明白了是什么！

他的确是“怜香惜玉”，就在他订婚的当夜，就传出了他和某演员共度良宵的绯闻，也听说他侵犯过未成年少女，而且不止一次，当然他的家族为他摆平了一切。

不过她可不是来做他的香玉的，出于本能，她的膝盖一提，却被他轻而易举地夹在了两腿之间，任她双拳拼命地反抗，他依旧从容地吮上了她的唇！

两唇相贴的那一刻他顿了一下，她明显感觉到了他的慌乱，他在慌乱吗？如果如传言所说，他骄奢淫逸，又怎么会慌乱？可他的慌乱只持续了短暂的瞬间，随即他的吮吸更狂热了。

初吻，这可是她的初吻！

虽然她的双手没有多少力气，拳头还是雨点般的落在他身上，哪怕用尽最后一丝力气，她也会反抗。

“你再这样可就真的勾起我的兴致了！”

他这句话一出，她立刻安静了，她不想和野蛮的力量较劲，只能瞪着眼睛看着他由魔鬼幻化而来的脸。这一刻，他的眼底尽是深邃的迷离，但和他刚刚的慌乱一样，迷离只持续了短暂的瞬间，随即被玩世不恭替换。

他终于松开了她，用修长的手指抹了下嘴，又舔了下唇，很满意地点了点头：“味道还不错，我喜欢上了，从今以后，你的唇只有我可以吻，记住了吗？”

传言他是个色魔，今天他就要当新郎了，竟然做出这种事！

他嘴角微扬，用修长的手指捋了下她的眼皮，“眼睛瞪成这样，一点都不可爱了！先洗个澡，然后赶快把配件送过去，别耽误了我的婚礼！”

无耻之徒，竟还记着今天他要结婚。

只是洗澡干什么？顺着他的目光向下看去，刚才因为反抗，她打翻了旁边的水杯，里面的水全部洒在了她的胸口，薄薄的布料紧紧地贴在身上，身体的曲线一览无余！

她本能地做了个抱胸的动作，说："时间快来不及了，我先把配件送过去！"他的办公室里有休息室，有床有洗澡间，但她可不打算进去，对着他微微鞠了个躬，"打扰了钱总，那我先去了！"她逃跑似的往外小跑。

看着她娇柔的背影，赤着的双脚，他几步冲过去把她拉了回来，她还没明白怎么回事，已经被他横抱在了怀里，她有种不好的预感，拼命挣扎："钱总，你干什么？"

他嘴角一扬，带足了邪恶："你没这么笨吧，一男一女还能干什么？你亲自送上门，我当然要成全你！"

流氓，刚才被强吻就憋了一肚子火，她握紧拳头，狠狠地冲着他的脸打过去，但是打空了，下一刻她就被他勒紧，再也动弹不得！

在力气方面，如果说他是大象，那她就是只小蚂蚁，身体动不了，但嘴巴可以动："钱总，您这个玩笑开的有点过了，柴老等着配件呢，您的婚礼就剩几个小时了！"她有点心理常识，这个时候破口大骂可就失策了，那样真的会激怒他，可就不好玩了！

他站在原地凝视着怀里她的脸，眼睛里有种奇怪的东西，闪烁来闪烁去，眼神变得坚定的那一刻，他咬了下牙，心一横，抱着她大步地向那扇门走去。

这扇门内准确的说是一间卧室，布局与酒店的客房相似，只是豪华了很多，特别是那张大床。办公室里设一间休息室不奇怪，但那张超大的床，再联想到他平时的行为，就无法不让人浮想联翩，不知道他和多少女人在这里云雨过！

她没有时间也没有心情去欣赏这些，只是拼尽全力挣扎。"钱总！我要去送钻石，不然你的婚戒赶制不出来了！"

"还有好几个小时呢，来得及！"

他直接把她丢进了浴缸，水龙头开到最大，水喷射而下，淋得她连眼睛都睁不开。他开的是冷水，才是初夏，水有些凉，她挣扎着想要出来，但就像一只想要在猫面前逃跑的老鼠，怎么挣扎都逃不掉，不多会儿她就瑟瑟发抖了！

但她还在挣扎，宁可挣扎到死，也不能坐以待毙。

"乖一点儿我会让你很舒服，否则的话可别怪我不怜香惜玉了！"

挣扎间，她身上不多的衣服——一件连衣裙、一条内裤、一件胸衣，统统被他扔进了垃圾桶。

她的身体从来没有一丝不挂地展现在一个男人面前，但此刻她没有闲暇去感受羞耻，水流淋得她睁不开眼睛，耳边也全都是流水的声音，她就像是掉进了波涛汹涌的大海，正在被巨浪吞噬。

他一边贪婪地欣赏着她的身体，一边往她身上倒足了沐浴液，大手在她身上揉搓。

“好了，现在很香了，我们可以开始了！”

他捧着她的脸，看似陶醉的吻了下去，冰冷的水让她的感觉变得很麻木，只觉得他的唇很温暖，她依旧奋力挣扎，两个拳头雨点般的落在他的胸前，可是他好像完全感觉不到疼痛。

不多会儿，她肺里的氧气都被他夺去了，两只拳头只能软软的落在他身上，而后连抬起来的力气都没有了，软软的任由他胡作非为。

见她如此，他终于给了她一个呼吸的机会，炫耀胜利般的扬了下嘴角，还舔了下唇，说：“好香！”

他感觉到了她身体的冰凉，她会生病吧，就算生病也比卷入他的生活好！不管她是出于什么原因接近他，他都会给她一个选择的机会，至少这一刻他这种想法很坚定。

她避开水流，大口地吸着氧气，这才有了说话的力气：“你这样是强奸！”

他也被水淋得很湿，抹了把流向眼睛的水，突然把脸靠近了她，邪恶地笑着：“哪条法律规定吻也算强奸了！”

她一时间只能瞪着眼睛怔怔地发呆，天呢，他怎么会这么无耻！

他冷笑一声，看了看手腕上的表，没时间了，他今天是新郎啊！

他走了，她长长地松了口气，瘫软在浴缸里。

第二章

破碎的婚礼

只恢复了一下体力，她就从浴缸里爬了出来，裹着浴巾给自己倒了杯热水。

连着喝了两大杯热水，感觉好多了，她把被他扔到垃圾桶里的衣服洗了洗，尽量拧干，就这样湿着套在了身上。

她没时间自怜，穿好衣服就离开了那座大厦，没再去翻动那些文件，现在看来她要找的东西不在这里。

完美的计划只收获了一个糟糕的结局，也许还没结局，她悲凉地呼了口气。

接下来会怎么样她不知道，但肯定不会是一个吻的惩罚就能抹平的。她又吐了口气，对于他的强吻，竟然痛恨不起来，而且心底似有暗流在涌动，天啊，怎么会这样！

微风吹过湿漉漉的衣服，带来一阵寒意，但冷却不了她内心的燥热，只助推了内心的波澜。

虽然心神不宁，但她知道现在该做什么，她要尽快把这颗钻石拿过去，耽误了他的婚礼，柴老也会受到牵连。

她赶在七点之前把东西送到了，柴鹏涛，那个被称作柴老的人正聚精会神地做那枚戒指，虽然已经快五十岁了，但他依然精神抖擞。

“柴叔叔，钻石我拿来了！”

“嗯，放下吧！”柴鹏涛忙着赶制戒指，连眼皮都没抬一下。

戒指做好的那一刻柴鹏涛偏偏被一个电话叫走了，看他的脸色似乎很着急，走前他让乔怡水把戒指送过去。

她拿着那枚集奢华与独特于一身的戒指，坐上了钱家派来的接柴鹏涛的车。

婚礼现场——这个城市最奢侈的会所，是一片别墅群。她按照钱泽琰的指示把戒指送往其中一栋别墅的房间，在服务生的带领下很容易找到了那间房，推开门那一刻，她愣在了门口，房间里竟只有钱泽琰一个人，他正优雅地端着杯红酒，侧着脸看着窗外。

看到他一副悠然的模样，她有些怀疑自己看花了眼，热闹奢华的婚礼，他是主角，现在怎么可以这么悠闲？

他在特制礼服的衬托下，更是天杀的好看，身材更加修长，脸上的轮廓也更显硬朗，只是他即便微笑也带着特有的凛冽，让人只看一眼，就气短了几分。

“我的戒指呢？”他依旧看着窗外，但眉头紧锁。

“在这里！钱总，我放到茶几上了！”

她从大敞着的门走了进去，双手把装戒指的精致盒子放到了茶几上。“钱总，那我先走了！”她转身要走。

“等一下！”

他话音落下的那一刻，她的手被他抓在了手心，轻轻一带，她整个人撞到了他怀里，她想要把手缩回来，但他抓得紧紧的！

她看了眼敞开的门，问他：“钱总，您是想制造点什么新闻吗？”

在他的婚礼前，他竟然这样肆无忌惮地拉着别的女孩的手不放，这个男人疯了吗？

“告诉我，你处心积虑地接近我想干什么？哦，我知道，你很倔强，死活不认账！”他的目光从她的脸缓缓下移，上下打量着，目光最后停留在了她的胸部，他说：“很诱人，我还有点时间，勉强可以逍遥一下，你这么个小美人儿一定很销魂！”

说话间她已经被他逼到了墙边，他的身体像堵墙一样，压得她一动不能动，但她并不恐慌，经过早上的一番较量，她多少探到了点他的底，他更像个——纸老虎，如果他想逍遥，早晨的时间比这会儿宽裕多了。

“钱总，门还敞着呢！”他张牙舞爪的，也不过就是强吻，就不信在这个节骨眼上他还能怎样！

他愣了一下，转而笑了。

“对哦，还是你细心！私密的事情被人看见总是不太好！”

他松开了她，去关门，她试图趁机溜出去，虽然这个纸老虎只会强吻，她也不会欣然接受，可是她还没能接近门口就被他抓着手腕拉了回来。

看着他嘴角的邪恶，她眸子里迸射出一丝愤怒，虽然他不会来真的，但也不会怜香惜玉，这一点她早上已经见识过了，差点没被冷水冻死，想到这点就气不打一处来，用冷水淋她也就罢了，还摸遍了她全身！

“放手！”

她挣脱，他拉得更紧，他的唇压近，嘴角的邪恶更浓，她咬了下唇，不要早上的一幕再上演，她抬手狠狠地一巴掌打在了他骄傲的脸上，虽然她力气有限，也发出了啪的一声响。

他捂着脸瞪大眼睛看着她，良久没发出一个音符，那眼神明明在说，你这个死丫头竟敢打我！

她迎上他的目光：“钱总要是没清醒的话，我还可以继续帮你清醒一下！”

他咬了咬牙，一把捏起了她的下巴：“说，你究竟想干什么？”

她给了他个白眼，“我说我去找柴老的设计方案，打算卖给别的公司，你信吗？”

他挑了下嘴角，这个死丫头竟然这么顽固，不给她点教训她是不知道天高地厚了！

他狠狠地抬起她下巴的那一刻，敲门声终于响了起来，他蹙了下眉头，松开了她，不慌不忙地整理了下衣衫，又对着镜子照了照，她那一巴掌没有在他脸上留下醒目的痕迹，只是微微有点儿发红，他又自己在另一侧脸上拍了几下，看上去两边的颜色差不多了。

他没让敲门的人进来，自己抓起茶几上的戒指出去了，只听门外的人说钱先生该过去了，门便关上了。

她长长地吐了口气，要是知道会这样，打死她都不来！

可是气还没吐完，他就折了回来，再次以很近的距离和她对视着，那邪恶也近在咫尺：“我突然有了个新想法，跟着我，保持五米以内的距离，我不让你离开你不许离开！”

她转动了下眼睛，猜不出他是什么意思，问：“我要是不肯呢？”

他嘴角邪恶地一扬：“除非你不想继续留在卧龙了！”

他很自信的转身就走，她不能离开卧龙，想也没想就跟了上去，就不信在他的婚礼上他能做出什么出格的事情！

他魁梧的背影此刻在她看来简直像一个来自地狱的恶魔，真是阴暗的一天，她浑身都不舒服，心情更糟，但老天爷一点儿也不衬托她阴郁的情绪，太阳露着笑脸，万里晴空，似乎在嘲笑她一般。

既然他不能把她怎么样，那就想想他的新娘吧，心里会平衡些。他的新娘，杜家的大小姐杜梦妍，一米六的身高，一百八的体重，就这个身材，就算把西施的容颜给她，也站不到美女的行列，更何况她长了一张布拉德皮特式的脸……

再联想到洞房花烛夜他叫苦吐血的样子，她真想拍手叫好！

阳光好像变得可爱一点儿了！

钱泽琰勾着手指让她过去的那一刻，她就感觉到了诡异，台上的主持人正在宣布新人双方父母登场，没有人注意他正对着一个女孩勾手指。

而后他指了指不远处掉在地上的一个什么东西，简单的示意之后，她明白他是要她去捡起来。要捡起他指的那东西，需要从他身边经过，她更觉得诡异，但她不认为他能做出什么过火的事，他的新娘可就站在他身边呢！

他对着她挑了下眉，她蹙了下眉，那就去捡起来好了，不过是消耗点热量。没想到经过他身边时被他绊了一跤，她踉跄几步撞到了一个人，紧接着是一声尖叫和一阵清脆悦耳的声音，她撞的竟然是手里捧着传家宝七彩莲的新娘妈妈！

转瞬间，闻声赶来的宾客已经把这个小小的空间围了里三层外三层，唏嘘声阵阵。

乔怡水觉得一阵眩晕，感觉自己就像个被一群狮子围住的梅花鹿，只能无助的等死。狮子们惊诧愤怒，只有钱泽琰这个幕后导演者，神情看似惊讶，然而只有她知道，他这个神情有多么欠扁，如果可以，真想把他那张英俊的脸放在脚底下狠狠踩！

“这是怎么回事，这个人从哪里来的？”他的父亲钱禹几近抓狂的怒吼着，眼睛都瞪得充血了。如今他已两鬓斑白，但英气不减，很多年轻人在他面前依然失色。

乔怡水觉得他爸爸的反应有些太过激动，好像唯恐不会出乱子似的，也许是因为他的脾气比较暴躁吧！

“这是哪儿来的小丫头，怎么跑到这里来了？”他的妈妈赵晓霜也愤怒了，但没像丈夫那样发作，因为她不知道这个女孩是不是杜家的客人，此刻她的狭长细眼毫不保留地显露着她一贯的心机，哪怕面对这样的突发事件。

“你们钱家什么意思，怎么就闯来这么个不速之客，还撞碎了我们杜家的传家宝？”杜梦妍的父亲杜胜并没有大发雷霆，也许是因为体胖心宽，他的口气还算温和。他没有太在意漂亮的七彩莲，而是用一双老练的眼睛看着他未来女婿的反应，他当然不相信这个漂亮女孩的出现纯属意外。

钱泽琰似乎走神了，他爸爸碰了他一下，他才一副恍然大悟的样子，漫不经心地说：“我想是个意外！”顿了一下他又补充了一句：“当是碎碎平安吧！”随后又露出个无所谓的笑容。

“是啊，碎碎平安，一个身外之物而已！”他的妈妈应和着。

新娘脸色不太好看，看了眼倒在地上的乔怡水，又看了眼钱泽琰，目光里充满了失落，她缓缓地走到了她爸爸面前，贴着爸爸的耳朵说了几句，她爸爸的眼睛微微眯了眯，神情变得很难看，蹙了下眉头看向了钱泽琰：“泽琰啊，小妍说嫁妆碎了不吉利，想推迟婚礼，你的意见呢？”

所有的目光都聚集在了钱泽琰的身上，他妈妈似乎想说什么，但被他爸爸制止了。

尽管周围有一片心急的人，钱泽琰依旧不急不慌地说：“我尊重小妍的意见！”

这显然是一个考验，他难道会笨到看不出来。他妈妈第一个火了，怒声道：“钱……泽……琰！”若不是他爸爸拉着，估计一个耳光就下去了。

他竟然来了这么一句，除了乔怡水之外，出乎了所有人的预料，看那一双双瞪大的眼睛就知道了。

这下钱禹急了，说：“小、小琰，你说话给我经过大脑！结婚是何等大事！”钱禹眼睛里的复杂，能看懂的人只有一个，他不是结巴，只是差点叫错名字。

“对啊，结婚是何等大事，所以一定要完美无瑕！”他看了眼一地的碎片，又看向了乔怡水，于是一大片目光又跟了过去。

很显然，他不想再继续这场婚礼了。

乔怡水长长地吐了口气，不想结婚就不结呗，怎么把她推了出来，明明一

和他爸爸一样吗？显然不是，果然是另有故事呢！

他爸爸说完抬手就朝着他扇去，被他一把抓住了手腕，很用力，五指似乎都嵌入他爸爸的皮肉里了，接下来他说的话把他爸爸推到了崩溃的边缘：“我的好爸爸，你是那么疼我，我该怎么孝敬您呢？让我娶那个丑女，你怎么不自己娶？”

如果说妈可能是后妈，可是这爹绝对是亲的，这爷儿俩的长相简直是一个模子刻的，对自己的亲爹也这般大逆不道，就算有故事，他也可以归到不孝子的行列了！

他的爸爸瞪着眼，嘴不停地动，就是说不出话，下一秒，腿一蹬，口吐白沫地倒下了，要不是钱泽琰拉着他的手腕，他会重重地摔在地上。他似乎对他爸爸还算有点“孝心”，还算温柔地把倒地的爸爸放了下去，但面不改色，还拍了拍手，不知道还以为他嫌脏呢！

他的妈妈见状脸色都变了，冲到老公面前撕心裂肺地呼唤着老公的名字。

原来钱家是这样的矛盾重重，儿子把老子气到口吐白沫。坏事做多了，早晚都要遭报应。

周围的人都屏住呼吸看着他的一举一动，他有些火了：“你们还愣着干什么，没看见我爸爸晕倒了吗，还不快把我爸爸送医院！其他人都给我滚！”

他的声音低沉缓慢，但很管用，片刻后，这里只剩下他和她两个人。

四目相对，只持续了一秒，她立刻垂下了眼帘，不是没有和他对视的胆量，只是没有必要，何必逞这一时之快呢！

“你的目的达到了，我可以走了吧？”

她知道有很多事要他擦屁股，婚礼弄成这样，后续的事情处理起来才真的叫他头呢，她还可以继续暗自偷乐！

他眉头一蹙，目光里迸射出了无尽的贪婪：“走？往哪走！你把我的新娘弄没了，我跟谁进洞房，你得负责！”

负责进洞房？这个无耻的、不讲理的家伙，她瞪大眼睛表示抗议：“您真幽默，这一切和我有什么关系，明明都是你自己导演的！要不要我登报爆料一下细节呀？”

他浅笑着说：“喜欢的话你就去爆料好了，如果需要，我可以帮你和报社打声招呼！反正你得赔我的洞房花烛夜！再说，是我导演的吗？是你潜入我办公室在先，而后又处心积虑地把我的婚戒套在了你的手上，究竟是谁在导演？”

是啊，究竟是谁在导演？

她缓缓地抬起眼皮，迎上了他似箭的目光，说：“或许，是命运！钱总，你说呢？”

虽然只是一瞬间，但她捕捉到了他眸子里的闪烁，闪烁的背后，是摄人心魄的深邃，有这样的眸子，他也不该是骄奢淫逸之辈！

四目相视了数十秒之久，最后是他先眨了眼睛，这丫头果然已经不是那个小女孩了！

他用两根指头捏起了她的下巴，凝视着她，曾经甜美的面容依旧甜美，但已然表里不一了！

“你是天使还是魔鬼！要想玩儿，你玩不过我，好自为之吧！”

这眼神，这语气，都搅动着她的心，她似乎已经败给他了，败在心跳上。

她轻轻地拿开了下巴上他的手：“我还能退出吗？”这是一个增加废话指数的问题，但好希望能有一个肯定的答案。

他轻轻地吐了口气：“你说呢？”又看了眼腕表，蹙了下眉头，“今天还有好多事！你把这些碎片捡起来交给柴老，让他复原。还有，你要记得你的唇是我的，另外，你还欠我洞房花烛夜！”

他给了她一个邪恶的微笑，转身大步地走了。

她看着他背影消失的方向，站立了良久，他的身影早已远离了她的视线，但她脑海里始终浮现着他张扬的背影！

他走了，她的心湖却泛起了涟漪，她知道面对他的时候她不会平静，但没想到会是这么的不平静！

她捡起那些碎片，带到了柴鹏涛的办公室，柴鹏涛正眉头紧蹙地坐在办公桌前。他知道钱泽琰的婚礼结束了，但不知道详情，也不知道那个关键女孩就是乔怡水，婚礼现场没人认识这个女孩。

乔怡水把情况大概叙述了一下，当然，大多数细节略掉了，但没隐瞒那个女孩就是她，这个瞒不住。

柴鹏涛听完，再看着这堆碎片，很有男人味的一字胡都成了一条接近S形的曲线，狠狠地用他那消瘦的拳头敲着自己的头，敲得哐哐作响，她连忙拉住了他。

“柴叔叔！你这是干什么？”

“都怪我！都怪我！我怎么会让你去送戒指！都是我的错！”柴鹏涛脸上全是自责。

“柴叔叔！别这样！怎么成了你的错了？没什么大不了的！对了柴叔叔，你在卧龙工作的时间久，你说说看，今天的情况是不是不太对劲？我看见钱泽琰指着他妈妈的鼻子说不想你儿子死就给我闭嘴，还有他爸爸被他气到口吐白沫，他连送他爸爸去医院都不肯，我也听说过他很多不良的行为，可没听过他对父母这样大逆不道的传言啊！”

柴鹏涛的胡子又变了形，他脸上的肌肉都快抽筋了，说：“不可能！钱泽琰一向很怕钱先生，更怕他妈妈，怎么可能指着他妈妈的鼻子！”说到这里他陷入了沉思，钱泽琰最近几个月的确很不正常！

“我也觉得不太对劲呢，这一切从理论上都说不通！”

柴鹏涛眉头蹙得老高，这一切的确都说不通，如果钱泽琰不同意家族联姻，不用等到婚礼上再演这么一出，这完全不是钱泽琰的性格！

但柴鹏涛不想和她谈论这些，他一脸长者的严肃：“这和你没什么关系，以后不许议论钱家的事！钱先生真的送医院了？”

“送了，看样子像中风！”她语气不好，她不明白，柴鹏涛为什么对钱家那么忠诚！

“我得去医院看看钱先生！”

柴鹏涛匆匆地走了，她也离开了。

第三章

你别太得意

今天的一切太突然太意外，她需要一个安静的地方平静一下，于是她决定去另外一个地方，那里下个月即将成为她的婚房，是一栋远在郊区的两室一厅的房子，那里绝对清静。

坐了四十分钟的公交车，她到了未来的家的门口，用未婚夫于小泉给的钥匙在钥匙孔里转来转去，可门就是打不开，她就把电话打给了于小泉，响了好一阵他才接。

“小水啊！”他有些气喘吁吁。

“怎么这么久才接电话？你干什么呢，好像气喘吁吁的！”她的语气中没有热恋的亲昵，她和于小泉之间更多的是亲情，她无法像恋人一样的和他撒娇。

“我手机一向是振动，这你知道的，我没听见！怎么了，小水，有事吗？”

“我想看看我们的新房，可是我打不开门，小泉，这锁是不是有问题呀？”她哪里知道是里面反锁了。

电话那边沉默，她连着喂了几声都没回应，以为是断线了，接着变成了嘟嘟声，果然是断线了，正在她想要再拨过去的时候，房门开了。

出现在她面前的是她的大学同学，如今的同事，唐玉的脸，她满头是汗，洋娃娃般的短发都贴在了脸上，露着两个甜美的酒窝，笑容很灿烂：“小水！”

“小玉？怎么是你？你怎么会在这里？”

乔怡水满是惊异，这时于小泉出现在了唐玉身后，寸长的头发像是被水洗过一样，帅气的脸上挂着汗珠，神情略显慌张，他没想到唐玉会跑来开门。

“小水，是这样……”

“死丫头！看你这是什么表情！”唐玉说着在她头上敲了一下，“小泉想给你个惊喜，我来搭把手，过来看看！”她说着把乔怡水拖进了房间，“看见了吧，都是他亲手为你布置的，看你多幸福！”

卧室里铺上了一层漂亮的地板，客厅里还堆着很多材料，他们在铺地板吗，铺个地板，会出这么多汗吗？

"刚才把这些搬来搬去的，真是累死人了！小水，你可要好好谢我！"唐玉抹了把额头的汗，小脸都花了。

"当然要请，必须的！要不我们现在就去吃饭吧，小水你说呢？"于小泉恢复了镇定。

"算了吧，你们两个的二人世界我才不想当灯泡，改天小水单独请我吧！小水，我走了，拜！"唐玉抓起自己的包一溜烟地跑了。

"小水，喜欢吗？"

于小泉想去拥抱她，她连忙躲闪开了。

"怎么了，小水，不舒服吗？"

看着眼前的于小泉，她欲言又止，沉思了一下还是决定开口："小泉，我觉得我们需要好好谈谈……"

他眉头紧锁，最担心她说类似的话，他很清楚她是怎么答应结婚的，无论如何也不能让她反悔："小水，我知道，结婚是人生的大事，我妈今早还跟我说要跟你聊聊呢，我妈说你年纪小，让我多陪陪你，要不是我妈身体不好，她都要亲自陪你呢！"见她脸上的神情有所缓和，他靠近了她一些。"小水！"他想要抱她，她又躲开了。

看着她的模样，他眼睛里闪过一丝怒火，但很快又被压制了下去："小水，我们交往快两年了，我连你的唇都没吻过，我们是恋人吗？"

是恋人吗，和他在一起从来就没有恋人的感觉。今天之前，她对他很是愧疚，既然答应了交往，就该像恋人一样对他，可是她始终无法逾越那种把他当哥哥的感觉！

两家人已经认识九年了，只是自己一直把他当哥哥，两年前面对他疯狂的追求她手足无措，但妈妈说，爱情最终也都将归于亲情，她这才试着交往。

现在看来，这一切可以结束了！

"小泉……"她欲言又止，考虑考虑再说吧，事情都到了这个地步，两家人都在准备婚礼了，总要先和妈妈说一下，免得到时候妈妈难做，再说他妈妈恐怕也受不了刺激，要不是他妈妈病重，她根本不会答应结婚！

"怎么了？"

“没什么，我想回家了！”

这一夜她睡得很不踏实，辗转反侧，白天发生的事情胡乱地涌向脑海：他的笑，他的强吻，还有他的眼神。刚睡着就会被钱泽琰那邪恶的微笑惊醒，她用后半夜的无眠想通了一个道理，该来的躲也躲不掉。

可事实证明想通了这个道理也没用，她还是无法入眠，辗转反侧到天亮，今天不打算去公司了，于是她就以不舒服为由，窝在床上不肯起来。

“水啊，是不是遇到什么困难了？”妈妈坐到床边轻轻地推了推她，知女莫若母，妈妈早就发现她不对劲了。

“没有，我是真的有点不舒服！妈，我觉得，我和小泉不合适……”

“什么？水啊，酒席都订好了，你这个时候说不合适，你什么意思，你想要你陈阿姨的命是不是？”

妈妈也这么激动，算了，找机会再说吧！

妈妈的手轻轻地在她长发上抚过，满是爱怜：“你这是婚前恐惧症，妈是过来人，能理解！妈知道这婚结得有点匆忙，要不让小泉来陪陪你吧？”

为了让妈妈安心，她跟着于小泉出了门，吹着晨风，倒也精神了许多，既然是散心，那就忘掉一切，好好散心吧！

她在小商品市场买了一大包小玩意儿，又在小吃一条街上边走边用各种小吃塞满了肚子，感觉好多了，手里的最后两串羊肉串吃不下，就很自然地塞给了于小泉。

“小泉，我们回去吧！”她抹着嘴巴，打了个嗝。

“吃了这么多，去那边的公园走走吧！”

她沉默了一下，点了下头，虽然没有散步的心情，但他作为未婚夫，提出这个要求一点儿也不过分。

和他肩并肩坐在公园的长椅上，今天的感觉格外别扭，不如借着提出这个机会和他谈谈吧。还没来得及开口，一个人影闪过，只听闷闷的一声，于小泉倒在了她的肩上。

“小泉，你怎么了小泉！”她摇晃着自己的未婚夫，不爱归不爱，但这么多年的兄妹情是真实的，她的担心当然也是真的。

“晕倒了而已！”一个低沉的声音传进了耳膜。

随即一个人影就出现在了眼前，那么的高大，感觉就像突然出现了一头猛兽，占据了大半个天空，很有压迫感。

“你是谁？你想干什么？”

她这才看清面前人的样子，很魁梧，很健壮，黑色T恤下面的肌肉轮廓很夸张样，如果不是黝黑的肌肤，也算个玉面郎君，只是脸上的肌肉看上去都是僵的，让人看着就觉得他天生不会笑。

“我叫凌钰！”他很正式的自我介绍着，甚至还带着几分谦卑。

此消彼长，看着他这样谦卑，她的勇气陡增，怒吼道：“我不认识你！你凭什么弄晕我的未婚夫！”

“现在认识了！以后我们会经常见面！他不可以这样接近你，更不可以吻你，如果有下次，就不是打晕他这么简单了！”他依旧带着几分谦卑。

她眉头蹙得老高：“你是钱泽琰派来的？”她清晰地记得钱泽琰说过，她的唇只有他可以吻。

“乔小姐果然聪明！”

得到这个证实，应该很气愤，她的确也很气愤，他简直是个强盗土匪，可是，她心跳的速度却加快了许多！

“他什么意思？还派个人监视我？”

“什么意思，你要去问他，我要做的就是从现在开始在暗中保护你。还有，他让我给你带句话，明天你必须去上班！”他依然谦卑着。

什么保护？明明就是监视！

她轻轻地把倒在她肩上的于小泉放到长椅上，走到了凌钰面前，他是那么的高大，自己站在他面前刚到他的肩膀。

虽然他高大，脸也冰冷，但乔怡水一点也不畏惧他。

“他让你保护我，用另外一句话说就是我不能受伤对吧？”

她说着，眸子里露出一丝邪恶，狠狠地抡起拳头向他的胸膛砸去，她一拳接一拳用足了力气，好像这样就能把钱泽琰打扁一样。对，就是想把他打扁，凭什么姓钱的搅得她心神不宁又派人来监视她！

凌钰不耐烦了，单手推着她的额头和她拉开了距离，他的手臂很长，任由她怎样挥舞那两个小拳头都打不到他的胸膛。够不到他的胸膛就敲他的手臂，只是他手臂上的肌肉和他胸膛上的一样，很硬，把她的双手都震麻了。

“够了！你打我占不到便宜！”

心头憋的那股气也撒的差不多了，她停了下来，打他确实占不到便宜，手痛死了，他却面不改色！

凌钰闷闷地把手从她的额头上拿开：真是不知道自己几斤几两，自己两根指头都能捏死她！

看着她平静了，他才转身离开，一边走着一边说：“我会一直保护着你，不想让你妈妈为难的话，记住我说的话，明天去上班，要按时！”

竟然用妈妈威胁自己，变态，一群变态！

第二天她按时到了公司，一进大厦的门，保安就投来了异样的目光，接着是前台。这栋大厦里，大概连蟑螂都知道是这个女孩搅和了他们钱总盛大的婚礼，她有生以来第一次经历这种事情，那一束束目光，仿佛都变成了利刃，她只能硬着头皮往前走。

“搅了钱总婚礼的就是她吗？”

“就是她，她可是我们卧龙的明星呢，刚来公司就勾引了柴老。这还没到两个月呢，竟闹到钱总的婚礼上去了，真是不佩服都不行！”

“是够骚呢，老远就闻到一股狐狸骚味！”

“有些人，天生就是狐狸精，这世道，满腹学问，不如长个好脸蛋！”

正是上班的高峰期，同事们七嘴八舌阴阳怪气地议论着，有的人还故意抬高了声音。

她像老鼠过街一样坐到了自己的座位上，长长地吐了口气，这回算是栽到他手里了！

“小水！你怎么还来公司？你究竟想干什么？”一向少言寡语，就算说几句也是慢条斯理的柴鹏涛，几乎暴跳了起来，额头上的青筋愤怒地突起了老高，声音的分贝超过了噪音，引来一片异样的目光。

看着这一束束的目光，他又吼了一句：“看什么看，该干什么干什么去！”他的声带很少被这样使用，后面一句听上去像是破了音。

好奇的同事们又全都唏嘘着复位了，唏嘘中隐约听见有人说柴老在和钱总抢女人，还有人说这狐狸精真骚，老的少的都要。

谁说眼见为实了，眼睛看见的有时候也是虚的，这都哪儿跟哪儿呀，柴叔叔是像爸爸一样的长辈！

都是那个可恶的钱泽琰！

“你以为我想来呀？”她语气中不由自主地带出了几分委屈，这种情形她哪里经历过，现在她成了所有人眼中的狐狸精，一束束目光像是要把她剥光了一样。

柴鹏涛看不了她委屈的样子，也知道自己失了态，怎么能当着这么多人的面质问她，他一着急拖着她进了办公室："怎么回事？”他的声音果然嘶哑了。

她没想到柴鹏涛会把她拖到办公室，这个高智商的设计师，情商实在太低。“柴叔叔，我的事你就别管了，我知道自己在做什么！”

柴鹏涛蹙起了眉头，一字胡下的唇抖动着："小水，你一向很懂事，今天怎么说出这样的话了？”

“柴叔叔，婚礼上发生的事，能知道的怕是都知道了，就算我想逃避也无处可去，设计圈这么小，有哪家公司还会用我，我不能丢了我的事业，只能留在这里！”

柴鹏涛陷入了沉思。

“柴叔叔！这是流言蜚语，既然是流言蜚语我们管它干什么，不是浪费精力吗？我出去了，在你这里留的时间久了，恐怕又要生出新的流言蜚语了！”

她刚回到位置上，顶头上司孙思雨就没好气地丢给她一大堆任务，要她一个星期之内拿出十套设计图纸，而且要保证质量！

很明显这是刁难，先不说正常走量的东西一个星期能拿出两套就不错了，就“保证质量”这四个字，根本就没有标准，想怎么刁难就怎么刁难！

“孙经理，大家都是在为卧龙工作，何必这样为难人呢？”

孙思雨嘴角冷冷地动了一下，带足了轻蔑与得意："不是我为难你！能力不行就从卧龙滚蛋，这是钱总的原话，如果不想做，你现在就可以走人！”

孙思雨离开后，她就打起十二分的精神投入到了工作中，她乔怡水才不会因为“能力不行”而被踢出卧龙！

这就是钱泽琰说的斗吗，他是高高在上的CEO，她不过是个试用期的小职员，优劣势对比很明显，但她不会输在勇气上！

拿出十二分的精神，她像挤海绵中的水一样去挤时间，一个星期拿出十套过得去的东西也不是不可能，更何况现在还有她被激起的斗志！

“小水！”乔怡水刚打开设计软件，唐玉的脸就出现在了她的身侧，“婚礼……”

“离我远点，我正忙着！”她看都没看唐玉一眼，同学四年，唐玉有多八卦她当然知道。

“小水，你和钱总……”

她从抽屉里拿出个小盒子塞到了唐玉手里，八卦的人好奇心都很强，她知道怎样让这丫不再聒噪，她的时间紧迫，没工夫跟她闲扯，果然，唐玉打开看了看，一脸惊喜地闭上了嘴。

她塞给唐玉的是一枚银戒指，材质虽然普通，但是柴老设计的，附加值可就不一般了。

“小玉，你不会也相信那些流言蜚语吧？别在小泉和我妈妈面前胡说八道！”

唐玉连连点头说：“我怎么会相信流言蜚语呢？我们小水是什么样的人，我还能不清楚吗？”

乔怡水给了她个白眼，要不是戒指，她清楚个鬼。“那该干什么就干什么去，我这正忙着！还有，下班的时候你自己走，别来我这聒噪，我今天加班！”

唐玉诡笑着点了点头：“嗯嗯，明白，加班！你加你的班，我绝不来聒噪！”

乔怡水无奈地摇了下头，这次真是跳进黄河也洗不清了，那就不洗了，做设计吧，她可不想灰溜溜地离开卧龙。

下班时间到了，眼看着同事们陆续离开，她焦急地捏了捏额头。七天十套设计稿，平均一天差不多要一点五套才能完成，到现在她一套都还没做完，当然，抄袭会比较快，但她不屑。

加班！就算加到半夜十二点也要做出一点五套！

她深深地吸了口气，又聚精会神的工作起来。

“乔怡水，你这是要加班啊，你还真的要七天之内做出十套设计稿？你可真是麻雀斗公鸡——自不量力呀！”孙思雨冷嘲热讽的，引来一些正要下班的同事驻足看热闹。

狠狠地回敬她一句会比较解气，但她知道不能，和顶头上司掐起来，对她没什么好处。

于是乔怡水给了她一个笑容，和她之间也没有什么私人恩怨，没必要和她起无谓的争执，她客气地说了句：“孙经理好！”

孙思雨愣了一下，正所谓嗔拳不打笑面，便对着乔怡水一笑，可这个笑容，更像是一种嘲讽。“我说你装什么和颜悦色，你傲慢什么，你有什么资本，刚毕业的学生，别不知道自己几斤几两了！”

这人不讲理起来真是要命。“谢谢孙经理提醒，不过是不是麻雀斗不过公鸡，七天之后才能下结论！”乔怡水眼皮也没抬一下，但语气还算客气。

孙思雨一声冷笑，说：“果然是不知道自己几斤几两！你是真傻还是装傻，就算你设计出来了，也要滚蛋，何必还做垂死的挣扎呢？放聪明点，趁早滚蛋，还能保留点颜面！”

自己和孙思雨没有什么过节，她何必这样咄咄逼人呢？但职场中的很多行为，显然不能用过节去考量！

她虽然不愿意与人起争执，但也不是软柿子，现在看来，不能一味地忍让了，否则今后恐怕没法安宁：“孙经理肯定知道有个词叫风水轮流转，要么你把我赶走，要么说话的时候最好给自己留条后路！”

此话一出，显然点燃了孙思雨的怒火，她狠狠地敲了她桌子一拳：“我提醒你一句，钱总玩女人很少有超过半个月的，你别太得意！”

她浅笑着问：“是吗，孙经理这么清楚，难不成是残花败柳中的一个？”在孙思雨发飙之前她又补了一句：“有一点，孙经理应该不用我提醒吧，闹起来孙经理比我损失大！”

孙思雨咬牙切齿，恨不得把眼前这个狐狸精撕了，但最后只愤愤的哼了一声，转身踏得地面哐哐响，气鼓鼓地走了。在卧龙能混到经理的位置，差不多要经历九九八十一难，万一闹丢了工作，当然是她孙思雨的损失大！

耳边嘈杂了一会儿，又恢复了宁静，设计部的办公室里只剩下了乔怡水一个人，她揉了揉眼睛，伸展了一下腰肢继续做事。

宁静中，脚步声那么清晰，她抬了抬眼皮，进来的人是他，钱泽琰，一身笔挺的深色正装，灯光下，青年才俊的韵味格外浓厚。

就这身皮囊，不知道俘获了多少芳心，她承认，她也喜欢看，养眼的东西，当艺术品欣赏也好。

他径直地走到了她的身边，看着她的电脑屏幕，又看看她，嘴角微微动了动："你还真有勇气！看来十套的量还是太仁慈了！"

她也像他一样，嘴角动了动："钱总如果觉得仗势欺人是你的资本的话，那你可以再加点量！"

本能地，她已捕捉到了他的弱点，或者说发现了他这种人的原则更准确。他的欺压，绝对不会把你压垮，但也绝不会让你轻松，否则给出的就不是十套这个数字了！

她当然也知道，游戏开始了，不会因为她几句过分的话而终止。

他浅笑着摇了摇头："量是不会改了。七天，给我十套说得过去的设计方案，这是我早晨给你下达的任务，我绝不会朝令夕改！不过，我来这里，目的不是给你加量，而是……"他说着把她娇嫩的小手握在了手心，她想抽回自己的手，但力量悬殊，完全没有缩回来的可能，她这才去看他的脸，那迷人的微笑中尽是邪恶。

"钱总，请你自重！"

她这四个字一出，他噗嗤笑了："自重？亲都亲过了，拉一下手，还需要自重吗！你应该还记得你欠我什么——洞房花烛夜！"

他嘴角的浅笑，在这一刻更加邪恶。她觉得自己能读懂他的邪恶，这种感觉说不好是怎么建立起来的，但直觉告诉她，他或许"骄奢逸"，但并不淫。他此刻也不是真的想要洞房花烛夜，而是要捣乱，她的时间本来就很紧迫，连吃饭都要压缩时间的。

但是从理论上怎么也说不过去，他一个堂堂卧龙的掌舵人，怎么会无聊地玩这种游戏！

除非，他就是……

她瞟了眼他的眼睛，连忙垂下了眼帘，吼：“放手，你这样耽误我的时间，也是仗势欺人，这样抓着一个弱女子的手，更是以强欺弱！”

看着她娇嫩的小脸，他的脸色冷了几分，“弱女子？”他鼻孔里吐出声轻笑，“弱女子，为什么不选择离开？”

“因为能力不行而离开？我乔怡水不会试都没试过就承认能力不行！”她抬眼迎上了他的目光：“钱总如果想让我离开卧龙，只需要一句话就够了，不是吗？”她要留下来，不全是因为她的前途，这一点，他当然也清楚。

他的眼神闪烁了几下，脸色又冷了几分，松开了她的手。

“陪我去吃饭！”

他转身就走，她犹豫了一下，还是跟了上去，反正自己跟着和被他强行拉着结果都是一样，正好这会儿肚子也饿了呢。

跟着他，坐进了他散发着幽灵般光泽的豪车。这家伙不知道是开车还是开飞机，油门一踩到底，车像过山车一样冲了出去，在城市的限速路上飙了起来，她双手拉着扶手才勉强保持平衡，好在驶出一段距离，车子就很平稳了，车速依然不减，他不是技术差，刚才明明就是故意的！

挺大的一个高高在上的男人，竟然这么无聊。

车子已经平稳，她拍了拍砰砰跳的胸膛，抓住扶手的手自然也就松了，可是就在这时，他突然一个急刹车，她整张脸险些贴到了前挡风玻璃上，吓得她一半的魂都跑了。

“有意思吗？”她愤愤地，这样弄不好要出人命的。

“坐车不懂得系安全带吗？你不会这点常识都没有吧！”他倒训斥她，反倒成了她的不是了！

算了，那就系上安全带吧，可是刚系上安全带，车子就停稳了。

“到了，下车吧！”

他下了车，那脸上明明就是得意，她惊魂未定，连愤懑都来不及，就跟着他下了车。

面前是一处看上去就奢华的场所，包厢里的布置也证明了这一点，很有格调，他坐在这样的环境中，更显得高贵脱俗了！

他当然无需问她想吃什么，自顾自地在点菜的折子上圈圈点点，然后交给了服务生，而后靠在椅背上捏了捏眉心。

她缓缓地移开了视线，这个家伙，就连这种忧愁的动作都演绎得潇洒俊逸。

“要看就光明正大地看，心虚吗？”

一听这话，她吸进去的气，差点都忘了呼出来。谁没点矜持，更何况她从来就不是厚脸皮的人，但她没表现出慌乱，对他说：“是心慌！我的魂魄还没收回来呢！”

他嘴角一扬，露出几分邪恶，拍了拍自己的腿：“要不坐这来，我给你点安慰。”

无聊，她给了他一个白眼，可看着他坏坏的模样，她心头竟无端的慌乱。

“你……”她不知道该不该去证实，或许还是当成一个梦比较好。

他挑了下眉头：“嗯？”

“你一定要这个样子吗？”她还是把嘴边的话换了一句，却又增加了废话指数。

他耸了下肩：“你这么问我倒是意外了，我是在成全你，你不是想接近我吗，现在够近了吧，零距离。”他的身体向前倾了倾，“或者负距离，我都可以成全你！”

什么负距离？她想明白的时候，脸刷的红了，简直就是流氓！

他看着她的模样，嘴角扬了扬，一句话竟然就让她脸红了，那抹红晕更让她娇媚了许多。他模糊了自己的视线，否则会忍不住想要捏起她的下巴吻上去。

菜一道一道的端了上来，服务生端来了餐具，他指了指她面前的那份：“撤掉！”

服务生看了看他又看了看她，有些不知如何是好。

“我叫你撤掉，听不懂吗？”他不耐烦了。

服务生见她没什么反应，有些难为情，但还是把她面前的餐具撤掉了。

“你至于吗？”服务生出去了，她才开口。怎么说她也是个美女，这种待遇还是头一次遇到，心头不免有些堵。

“我让你来陪我吃饭，可没让你和我一起吃！”

除了白眼她不知道还能做出什么反应，她就该猜到的，他怎么可能好心的叫她一起吃饭？不吃就不吃，反正，吃人的嘴短，不吃也罢！倒是在她目不转睛的注视下，他还能吃得津津有味，这倒也是个本事！

闻着菜香味，她的肚子闹起了意见，而他此时的绅士般优雅的吃相，特别欠扁！

她咽了口口水，肚子甚至发出了咕噜咕噜的声音。

他听见了，脸上露出一丝笑容，吃速放得更慢。她冷笑，无聊透了，小孩子的游戏，可是肚子的意见是真真实实的，那就诅咒他，让他吃多了闹肚子！

终于，他吃完了，很绅士地抹了抹嘴：“我吃好了，还剩很多，你要是饿了可以打扫一下！”

他起身就走，她当然不会在这里打扫残羹冷炙，也起身跟了出去，饿过了劲，她这会儿又不觉得饿了。

可是才跟到他的车旁，她还没来得及上车，他就一溜烟的把车开走了。

她看着车子飞奔的方向咬牙切齿，心中骂着这个活着都浪费空气的家伙！

十点了，他明显是在浪费她的时间，太气人了，但她的情绪很快就稳定了，反正已经浪费这么多时间了！

回公司吧，今天无论如何也要把任务完成。可是回到公司的时候，大厦的门已经锁上了，她只得回了家，坐在自家的电脑前继续设计，之前快弄完的那套没来得及拷出来，只得重新设计另外一套。

听见妈妈的敲门声，她缓缓地睁开了眼睛，她竟然趴在键盘上睡着了。昨晚在家里只设计出一个吊坠，想要设计出与众不同又能让人产生共鸣的东西很难，只要看上去不要太俗气就好！

坐到了自己的办公桌前时，她挠了挠额头，昨晚离开的时候想着还会回来，没关电脑的，这会儿怎么电脑关了！

她连忙打开电脑，桌面上的图标都和之前不一样了，再细看，里面所有的文件都没有了！

她坐在座位上深呼吸了好一会儿，才平静下来，那就从头开始吧，好在才过去一天！

一连六天，她把吃饭睡觉的时间都缩到了最短，就连做梦都满脑子是图纸，十份，她终于原创完成了！

这六天，她没再见到过钱泽琰，也没什么爆炸性的新闻，同事们的流言蜚语也没那么猛烈了。每天说着同样的话，总会疲惫，但白眼一点儿也没少，几乎每个人，特别是年轻的女性，总会投来几分蔑视。不理她们，就当她们是吃不到葡萄说葡萄酸吧，钱泽琰这种人，众所周知的放荡不羁、花天酒地，但还是有无数的女人愿意嬉笑着投入他的怀抱！

今天是交稿的日子，她坐到电脑前去开电脑，却打不开了，找来总务的人修理，一时间也查不出是哪里的毛病。

桌上的电话响了起来，她抓起来喂了一声，估计是孙思雨催稿了，她不就等着今天的刁难吗！

“十套设计稿，做好了吗？”

是钱泽琰的声音，这倒是给了她一个大大的意外，也让她有些莫名的激动，六天没见他人，他不会是特地来收稿的吧！

“CEO亲自过问，我可是有点受宠若惊。都做好了，我正准备拿给孙经理，可是我的电脑坏了！”

“你不会没设计完，自己弄坏了电脑吧？”

她翻了翻眼睛，小人之心！

“当然不是，我有备份，只是电脑坏了，没办法打印！”说来还要感谢第一天的稿件丢失呢，不然她也不会小心备份。

“备份？好啊，带着备份到我办公室来！”

“可是……”孙经理才是我的直接上司，话还没说完，那端就把电话挂断了！

她只好拿着备份敲开了钱泽琰办公室的门，几双窥探的眼睛，让她意识到才平息的流言蜚语大概又要掀起新的波澜了，却也只能暗自悲凉！

“备份呢，给我！”钱泽琰坐在他那张宽大的椅子上一本正经地问。

几天不见，他的五官好像又明朗了一些，肌肤多了几分麦色，最近几天他似乎没怎么在室内。

她很职业地把小巧的红色U盘放到了他的手心，他打开U盘，对着她耸了下肩问：“这就是你的备份吗，里面空的！”

她疑惑地蹙了下眉头，这不可能，这U盘可一直在她的口袋里。她走过去看了看，里面果然什么都没有，今早从家里出来的时候她还确认了一下呢，U盘这东西很不容易坏，她不信这么巧就坏了，但格式化只需要动动手指而已！

她冷笑：“钱总怎么刁难我都接受，不过这种手段我不耻！”

他的剑眉也蹙了起来：“是我刁难你，还是你糊弄我？”

她深深地吸了口气，又重重地吐出，不打算继续争辩，明知是他故意为难又何必做无用功！

“我还有备份！”真是人心险恶，我幸好备了好几份！

他鼻孔里哼出一声笑：“行啊，狡兔三窟！那就拿来给我看看吧！”

“稍等！”

她转身就走，他对着她的背影说句：“第一天是我格式化了你的电脑，但今天和我无关！”

她的脚步顿了一下，他什么意思，在提醒她注意小人吗，该感动吗？不，不要！她加快脚步，直奔唐玉的办公桌而去，却和孙思雨打了个照面，不知道是巧合，还是人为。

“乔怡水，七天到了吧，你的设计稿呢，拿来我看看！”她的笑容里带着浓浓的幸灾乐祸。

乔怡水都无法不去怀疑电脑坏了和她有关，只是没有证据，她也不愿意主观臆断！

“钱总让我直接拿给他看！”

用钱总来压她，孙思雨眼睛里露出愤怒和不屑：“会吗？我看你是拿不出来吧！”

不想无聊地唇枪舌箭，乔怡水没再理她，任由她横鼻子瞪眼，绕过她到了唐玉的办公桌，用唐玉的电脑从网上下载了备份，打印出来拿到了钱泽琰的办公室。

钱泽琰垂着眼帘翻阅着图纸，认真而严肃，带足了男人认真时的魅力，可在乔怡水看来，与其说他眸子里的是认真，不如说是挑剔！

如果抛去种种前因，能得到他这个高高在上的CEO的关注，她这个小职员应该是受宠若惊，可惜情况完全不同。

以为他会挑毛拣刺地刁难一番，但他没有，拿了张打样单签上了他的名字，把那些图纸钉在了后面："把这些拿去打样！"

她愕然地说："钱总……"除了柴鹏涛设计的东西，其他可以拿去打样的，全都是经过严格审核准备批量生产的，就算她设计的东西完全符合要求，直接拿去打样的先例也没有！

他让拿去打样是什么意思，显然不是对她设计的肯定。

"这些拿去打样！从今天开始计算，还是七天，再拿出十份设计稿，不要雷同！"

简直是欺人太甚！

看她瞪眼睛咬牙，他浅浅一笑："要是能力不行，你可以递上一份辞职信，一了百了！"他一副得意洋洋的模样。

她扬了扬下巴："七天我设计不出十份了，但我不承认是我能力不行！我不是机器人，我需要休息！"

他瞟了眼她的脸，瘦了一圈，人也憔悴了。看着她尖尖的下巴，他无奈地挑了下眉头，死丫头怎么不继续倔下去了！

"过来，离我近点！"

她抬了抬眼皮，他那张好看的脸上多了一丝邪恶，那张冷脸的表情也会那么丰富。离他近点，不是她想要的信号，她不想顶撞他，也不想离他近点，就站在原地没动。

"我说离我近点，没听见吗？"

"我去工作！"她拿起那些贴了打样单的图纸转身就走。

咦，这个死丫头，他看着她纤柔又带足了倔强的背影瞪了瞪眼："八天，今天你可以休息一天，但不可以提前回家！"

她脚步停了停，但没回头："谢了！"

走出那扇门，她轻轻地叹了口气，如果和他只是单纯的上下属关系多好。她又摇了摇头，不对，想什么呢，他是钱家的独子，而她……太荒谬了！再说，他那样欺负人，一点男人风度都没有！

把图纸送去打样，不到一个小时，她就明白送去打样，比被他当面刁难还要头痛。竟然每一套都有不符合加工工艺的细节，她被打样的师傅训斥得面红耳赤！

设计的东西要考虑到加工工艺，这是每个设计师都要注意的，她也留意了，但是没想到还是有那么多问题！

十份图纸，很多细节都要改，今天她哪里还能休息！

坐在电脑前，她揉了揉太阳穴，准备继续奋斗。

"小水，你在忙什么呢？"柴鹏涛出现在了她的办公桌旁，冷着脸，猜也能猜到是因为她又去了钱泽琰的办公室。

"柴叔叔……"

"到我办公室来！"柴鹏涛没好气地说。

乔怡水不想惹他生气，只得跟了过去。

柴鹏涛面向窗外，平静了一下才开口："小水，我和你妈妈的关系你也知道，我一直把你当女儿，现在我站在父亲的角度和你说几句，柴叔叔不想过多干涉你什么，但做人要有原则和底线，不能丢了尊严！柴叔叔知道你一向很自重，但是，也不能不顾及流言蜚语，你一个女孩子，要注意自己的言行！"

"柴叔叔，我知道了！"

"知道了？"柴鹏涛回过头，眼睛里依旧带着怒气，"我希望你是真的知道了！"

她嘻嘻地笑了笑，缓解了柴鹏涛的严肃："柴叔叔，我是什么样的人，你还不清楚吗？我做事绝对有我的原则！柴叔叔，我遇到了些问题，你得指点指点我！"

在他的指点下，乔怡水晚上八点之前把那十份图纸改完了，今天终于可以早些回家了。

“小水！”

刚走出大厦，她就听见了于小泉的声音。

“小泉？你怎么在这？你在这等多久了？”

于小泉走到她面前，露出个憨笑：“我也没什么事，就等等你！你看你，工作这么辛苦，人都瘦了一圈！”他去摸她的脸，她躲闪了一下，他心里不太痛快，脸上也没表现出来，“小水，我们去吃点东西吧，想吃什么？”

“不想吃，我们走走吧。”

“嗯好，听你的。”他像以往一样，什么都顺着她。

两个人并肩走在人行道上，她犹豫了又犹豫，才小心开口：“小泉，我还是觉得我们这婚结得太仓促了，再说……”

“没有再说。小水，我知道有些仓促，可是我妈的身体每况愈下，不知道她还能不能等到明年，我妈为我操心了一辈子，我不想让她临离开这个世界的时候还惦记着我！”他说得肝肠寸断，甚至还用他的大手捂住了胸膛的左侧，他吃定了她不会让一个待她如同亲生女儿的老人伤心难过的。

“小泉，我知道，我知道陈阿姨的身体不好，我无论如何都不会刺激到陈阿姨，我是想说我们两个之间，我们……”

于小泉猛地把她抱在了怀里：“小水，我们两个之间不是好好的吗？没有你我宁可去死，我只要你！小水，你最近为什么总是吓我！”

“小泉，你弄疼我了！快放开！”

于小泉太过激动，那就缓缓再说吧！

第四章

听说你要结婚

她以累了为由早早的躺到了床上，也确实累了，靠在床头，看着窗外的夜色，一轮细细的弯月挂在空中，月光是那么的微弱，连星星的光芒都遮不住。

快端午了，天气有些闷热，今天见妈妈买了很多粽叶，不由得想起了小时候全家一起过节的时光，自然地想到了故去的爸爸，她不安地坐了起来，过了好久才又缓缓地躺了下去。

辗转反侧到头痛欲裂，她昏昏沉沉地刚要睡去，突然觉得身边温度高了很多，她艰难地睁开眼睛，竟真的有个人影，而且是并排躺在身边的。她刚要大叫，嘴被一只大手捂上了。

“别叫！”

竟是钱泽琰的声音，他是怎么进来的，她一点都没听见，像幽灵一样！

她没有挣扎，他见她很安静，也就把手从她嘴上拿开，手臂一挥把她拥在了怀里，就像搂着情人那样。

他的体温，他的气息，瞬间把她萦绕，特别是他身上凛冽的气息，让她有些窒息。

“你是怎么进来的，你想干什么，你怎么会跑到我家里来？”她压低了声音，当然是不想惊扰到妈妈。

她有些慌张，枕边突然多了个男人，怎么能不慌张？他却很悠然，不慌不忙地摸了摸她光洁的手臂，陶醉地嗅了嗅她的发香，还把她的发丝缠绕在指尖把玩。

“很清新，很柔顺，摸着就是一种享受，你是上天赐给男人的一件不错的礼物！”

半夜三更的，床上突然多了个男人，要说不紧张，那是假的，更何况，他又这般，她问：“你想怎样？”

他又靠近了她一些，唇已然贴到她的耳朵上了，他带来的触感，还有他呼出的热气，弄得她浑身都是鸡皮疙瘩。

“听说你要结婚？”

“我结婚，和钱总你没什么关系吧？”

“没关系吗，你可欠我洞房花烛夜呢！我要你挑逗我！”

她屏住呼吸不做声，他不会跑来让她赔他的洞房花烛夜吧，不能惊扰到妈妈，难道就只能任由他宰割，怎么办才好？

看着她沉默，他挠了挠头，问：“怎样才能让你学会听话呢，你妈妈就在隔壁吧！”

他要起来，她连忙拉住了他，随后又松开了，他这个举动多半是吓唬人的，“你要是有点男人气概，怎么来的怎么出去！”

他摇了摇头，发出一声撒娇的声音：“不要，我大老远跑来，才不要走！你这样的小美人，是男人都不想走开！小水……”

听着他发出这种声音，她像被电击了一样，天哪，这家伙真恶心！

更让她受不了的是，他的一只手竟然放在了她身上，弄得她浑身一阵异样！

这种时候的男人，理智束缚不了，她摸索着抓起了床头柜上的手工剪，竖在了她和他之间：“怎么来的，怎么出去，别逼我不客气！”

他轻笑了一声，她还没弄明白怎么回事，剪刀已经到了他手里。

“在我面前你只要乖乖的就够了！小水……”

下一秒，他已经封上了她的唇，嗅着她的芳香，吮吸得愈加贪婪，一口一口地把她的芬芳吞进了喉咙。

她浑身紧绷，只剩慌张，他的手竟然胡乱地在她身上抓摸，她双手用力地想要推开他的手，可是毫无作用，她拼命摇头，才把嘴巴解放了出来。

“我承认，我玩不起，你放过我吧！”

“玩不起吗，接近我的那一刻，难道你没想过会有这一刻？”

还真没想过会有这样的一刻，只想拿到东西就离开的，怎么可能会想这种场面！

“当然没有！我要是想靠色相接近你就不用等这么久了，都是你在强迫我！你要是真正的爷们，就别强迫我一个弱女子！”

他沉默了一下，夜色下也看不清他的神情，但她很快就感觉到了他的邪恶："我只是来拿你欠我的东西——我的洞房花烛夜！"

他说着已经覆上了她的唇，她瞪大着眼睛，舌头进来了，这就是传说中的舌吻，他的舌尖让她很是恐慌，但也感觉到了他的生涩，看来传言不真，花花公子怎么可能连吻都这么生涩！

但是他摸索着进步的速度很快，不多会儿就娴熟多了。

她猛然意识到不能不做点什么了，这样和他算怎么一回事，可是怎么样才能让他停下来呢，再这样下去恐怕一切都顺理成章了，推不开他，那就哭吧，对，哭！

她瞪大眼睛，翻了翻眼珠，眼泪很听话地被召唤了出来，很快他感觉到了她的泪水，果真停了下来。

他摸了摸她的脸，"哭了？真的哭了！很委屈吗，多少女人主动投怀送抱我都不要，能得到我的临幸，你应该欢呼雀跃！"

临幸，他可真敢用词，当自己是君王吗，真是自大得可以！

她冷笑一声："她们投怀送抱的不是你，即便是个瘸子拐子拥有你这样的财富和地位，也一样有很多女人投怀送抱，但这不代表你多么的有魅力。钱泽琰，你都不知道你自己有多可笑吧，可能在好多人看来你是个光鲜的豪门公子，不过在我看来，你就是个小丑！对，就是小丑，那个……"

感觉到了他的情绪，她住嘴了，她疯了吗，在对他说什么！

她以为会激怒他，可耳边传来的是他低沉的笑声："你是在向我表明你不攀富贵、冰清玉洁吗？我可不可以理解为你在用你的方式勾引我？恭喜你，你成功了！"

他一边说着一边把手伸向了她的衣内，天呢，他的脸皮简直就是天生的盾牌，足以抵御一颗原子弹！

在他的折磨下，她浑身的肌肉都紧绷了起来，刚才隔着衣服，现在才是真正的零距离，冲击力出乎了她的预料！

可即便因为她心跳的频率变得有些不同，他也不可以这样轻薄！

现在她唯一能利用的就是与生俱来的凶器——抱着他的胳膊狠狠地咬下去，但他肌肉硬的根本咬不动，再用力就滑开了。

他的皮怎么就这么厚！

他鼻孔里哼出一声轻笑："你这丫头，给你口锋利的牙齿，我看你能把我吃了？不过，你咬得还真舒服，继续！你知道你勾起了我的什么吗，你摸摸我的体温就明白了！"

可恶到让人无言以对，也是一种本领。

"我为咬你道歉！"她一点都不想激怒他，李代桃僵都纳入了三十六计，用一句道歉换个周全，不算没有骨气。

他轻轻地啃咬了下她娇嫩的耳垂："顺从我，你会拥有享不尽的荣华富贵，名车豪宅，让女人们嫉妒的华丽首饰，你会一夜间变成一个贵妇人，最重要的是还会拥有我的疼爱，一直到永远！"

他说着封上了她的嘴，手沿着她的小腹向下滑去。她眼睛瞪到不能再大，不可以，绝对不可以！牙齿不好用还有另外一个武器，她伸出五指狠狠地在他胸口挠了一把，她听到他闷闷的哼了一声，心想这次没挠出五条印，肯定也挠出了四条！

他抹了把自己的胸口，看了看手心，看见了暗色的液体，这个小丫头够狠的，比小猴子还难缠！

她也看见了，竟然出血了，一激动下手狠了点，不会真把他惹急了吧。

这下完了！

"你也挠我，我们扯平！"出于自卫，挠死他都活该，可是这种情况下，她只能隐忍。

他呵呵地笑了两声，虽然透着点无奈，但笑得很痛快，"我挠你？亏你想得出来！放松点，让我亲个痛快，就扯平了！"

明明是他欺负人，怎么弄得像欠他的似的，还是转移注意力吧，闲聊也行，夜深的时候他就该回去了吧，"你出血了，我帮你处理一下吧！"

她说着要起来，又被他按了回去，但他没继续强行做什么，一翻身躺在了她身边："别以为是你转移我注意力成功了，我累了而已！真想不明白，我哪点不好，你要这样反抗？"他顿了一顿，"我可以给你点适应时间，现在我困了，不许打扰我睡觉！"

什么？不许打扰他睡觉，他要在这儿睡觉？这都什么呀，他怎么还要睡在这儿！

“喂，你不能睡在这儿！”她推了推他，明天早上要是妈妈看见房间里出来个男人，还不疯了！

他不耐烦地翻了个身：“聒噪！说了不要打扰我睡觉！否则我可要洞房了！”

什么吗，简直是个无赖！

她用一根手指轻轻地碰碰他，声音也轻轻的：“那个，我再说一句，你睡在这也行，明天早上早点走好吗？”

他又一翻身把她压在了身下：“原来你已经接受了，早说吗！”

“不是这个接受！你起来！”她双手抵住他。

他在她颈间嗅了嗅，嘿嘿地笑着：“不用总是这么紧张，就算真洞房，那也是一种享受！你要是睡不着就帮我捏捏，我这些天累坏了！”

他又翻身下来四脚朝天了：“捏啊！”

“我、睡得着！”才不要给他捏呢！

“咦……”

他怪声一出，她连忙在他胳膊上抓了几把。

“你这也叫捏捏？要我手把手地教你吗！”

“不用！”

“那还不快捏！”

她不太情愿地把手放在了他的肩头，从胳膊开始捏起。这家伙，真结实呢，手臂上的肌肉，手感真好，就当是吃他豆腐吧！

不多会儿，他发出了轻微的鼻酣，睡着了，那就不捏了，于是她停了下来！

“很舒服，继续！”

她又把手放到了他的肩头：“你、是小虞哥哥对不对？”她犹豫再三，终于把这句话说了出来，屏住呼吸等待他的回答。

他不满地哼哼了两声：“小鱼哥哥？那你是小虾妹妹？你喜欢玩萌的，我也可以陪你！”

她又增添了废话指数，算了，不问了，就算证实了又怎么样呢？

她迷迷糊糊中醒来，突然想到还有一个男人在身边，得赶紧叫他离开。她一个激灵坐了起来，天色已大亮，视线很清晰，这个房间里并没有他，若不是指甲上还带着血迹，真怀疑昨晚是自己做了一个噩梦。

她揉了揉太阳穴，昨晚睡得不太好，虽然他呼呼大睡，无意侵犯，可是毕竟身边多了个不速之客！

“妈，我们家的门锁没坏吧？”

吃早饭的时候她装作漫不经心的问了一句，家里的窗子都有防护栏，显然钱泽琰是从门进来的。

“没有啊，怎么突然问这个？”

“昨天开门的时候感觉不太好开，以为要坏了！今天早上的豆浆真香，妈，每天早上起来做早饭，很辛苦吧？”她岔开了话题，她知道这种岔开方式很奏效。

“小水啊，在卧龙上班很辛苦吧，不管怎样，你一定要把自己的安危放在第一位，你可是妈唯一的亲人了，你要是有个什么三长两短，你爸爸也不会原谅我！”妈妈说着，长长地叹了口气。

妈妈从未放弃让钱家付出点代价，十三年前，爸爸就离开了这个世界，一个女人带着一个孩子的日子有多苦，她还不能完全理解，但知道失去了父亲的日子，就像从天堂掉了下来。她十岁之前像个小公主，十岁之后却不得不去学着坚强，妈妈也从一个幸福的女人变成了一个郁郁寡欢的寡妇！

今天她看着妈妈，心中更是五味俱全，妈妈要是知道昨晚那个钱家的公子就睡在她旁边，会发疯吧！

今天周末，她不打算去公司加班，在家里做设计也一样，可是刚打开电脑于小泉就来了，然后就被妈妈逼迫着跟他一起去选沙发。

“小水你看这个沙发怎么样，真皮的，这个颜色放在我们家里正合适！”在客流稀少的家具店里，于小泉看中了一套很有质感的沙发。

她有些心不在焉地点了点头，只想赶快买完，她好回家，不然设计稿做不出来了。一瞟价格，她蹙起了眉头，：“小泉，三万块呢，你不会看成是三千了吧，你到哪儿弄这么多钱去！”

店员听她这样说也不再继续介绍了，倒是势利得干净利落。

“小水，我们有钱！”他拿出了张银行卡在她面前晃了晃：“这里面有五十万，是柴叔叔给我们的结婚贺礼！”

她二话没说，一把抢过了他手上的银行卡：“我去把钱还给柴叔叔！”

正好也不想在这儿浪费时间，她转身就走。

乔怡水有点愤懑地走在人行道上，她想打辆车，可是一辆空车也没遇到，突然一辆黑色的豪车停在了她面前。“上车！”车窗里面是那个大个子凌钰的脸。

这让她很是意外：“什么意思？”

“上车就好了，你不会想让我亲自请你上来吧！”凌钰低沉着声音。

这个人一下子就能把于小泉弄晕，在他面前想跑肯定是不可能了。一万个不愿意也只能坐进了车里，她狠狠地关上车门，以泄心头之愤，可惜摔不坏这车门。

“钱泽琰不会让你给我当司机吧？”

凌钰不打算多说一句废话，像没听见她说的话一样，只顾专心地开着车。

车子在一处林荫环绕的别墅前停了下来，没得选择，她只得乖乖地跟着凌钰走了进去。

“先生，人带到了，我先出去了！”凌钰恭恭敬敬的。

“嗯，你去吧！”

凌钰虽有着魁梧的身躯，表现出的却是绝对的服从，他恭恭敬敬地退了出去。钱泽琰眼都没抬一下，身着宽松的睡袍坐在沙发上抱着个罐子捣着什么，在明媚的阳光下，他看上去悠然安逸，他这副懒散的样子，演绎出了另一种魅力。

从空气里洋溢着的气味判断，那是一罐子中草药。

这可有点雷人，他怎么会有闲心在这里无聊地捣中草药？

空气里还夹杂着一股奇特的香味，闻上去很清新，或许是他用的什么香水，似乎在他身上闻到过这种香味，但不是经常。

他瞟了她一眼：“发什么呆，过来，坐到我身边来！”

“我时间不够用，我要回去！”这个家伙不会又让她看着他吃饭吧！

他那双好看的眼睛猛然瞪得老大，带着明显的不满：“时间不够用吗，你刚才不是还在很悠闲地逛街？”

她蹙起了眉头，他这是监视，赤裸裸的监视。“有意思吗！你一个堂堂卧龙的掌舵人，你用得着在我身上下这么大工夫吗！你究竟想怎样？”

他也蹙起了眉头：“我不喜欢听到你说这几个字！是我想怎样吗，明明是你想怎样！”他说着放下那个罐子扒开了胸前的衣服，他结实性感的胸口斜挂着四道清晰的抓痕，血液已经凝固。“受伤的明明是我！还有，我不喜欢你跟我说话你你的，要叫我什么来着，对，小虞哥哥！过来呀，要我亲自请你吗？”他显然不耐烦了。

她一脸不愿意，直挺挺地坐到了他身边，嘀咕了一句以强欺弱。

“是我以强欺弱吗？挂彩的是我好不好！是你在屡屡挑战我的耐心，那个于小泉算什么东西，以后不许见他！”

“凭什么？”他凭什么这样侮辱人，又凭什么不让她见未婚夫！

“就凭我强你弱，还需要其他理由吗？”

他的声音有些阴沉。

是，他强她弱，这个理由足够了！

“于小泉是我未婚夫，我怎么可能不见他？”她可不想给于小泉带来什么麻烦。

听见未婚夫这个词，他的脸瞬间结了冰，吼：“不许和他结婚，更不许再称他为未婚夫！”

他这算是命令吗，作为上司早就越界了！

“钱总！那是我的私事！你让我做设计我会一丝不苟！要是没有什么要交代的，我回去了，我的时间很紧！”她起身就走。

“给我站住！从你走进我办公室的那一刻你就没有私事了，你最好给我好自为之。我不舍得让你受皮肉之苦，但那个于小泉我可不管，你自己看着办！要是不信，就试试看！”

她信，比如把于小泉暴打一顿，他只能白白被打，可是直接和于小泉说分手，以于小泉的脾气，后果必然比被打一顿更严重！

唉，为什么偏偏要把她夹在中间，如果早知道有今天，当初说什么也不答应结婚！

“我不会和于小泉亲热，但是我不可能不见他。别伤害于小泉，他只是个无辜的局外人！你也不要干涉我的婚礼，更不要去打扰于家的人，拜托了！”于小泉的妈妈受不了一丁点儿刺激了，这是她唯一的担忧，就算婚礼只是走个形式，她也要了了老人家临终前的心愿。

他一声冷笑：“你提的要求也太多了吧！还拜托，别跟我说拜托！或许可以谈谈条件！”

是啊，对他提的要求也太多了，跟他也说不着拜托。“你想谈什么条件？”怎么就谈上条件了，感觉像是上了他下的套！

他浅浅一笑：“坐，坐下说，坐到我对面！”

她深深地吸了口气，坐到了他的对面，四目相对，在目光的气势上，她就弱了几分，他身上那种盛气凌人的气势像是与生俱来的。

“告诉我，你在为谁做事，实话实说，你提的条件我可以考虑！”

面对他似箭的目光，她垂下了眼帘，就该猜到他会问这个，但她打死也不会说。

“钱总，你是聪明人，明知问了也白问，何必再问呢？除了这个，什么条件都可以谈！”

“什么条件都可以谈？”他的语气中充满了邪恶，他的目光里，全是挑逗。

果然是上了他的套，她难为情地点了点头。豁出去了，反正，他似乎也不会太过分，昨晚睡在一张床上也没怎么样！

他眸子里迸射出几分愤怒，为那么个小人物，竟然什么都可以谈。“先去洗个澡，洗完穿上那个！”他语气也愤愤的。

顺着他目光的方向，她看见了一件诱惑版的红色的丝质长衫。

她当然知道不会是洗个澡换上他指定的长衫就算完了，她问：“钱总，要不我们把条件说得清楚一点……”

他一瞪眼，吼道：“先洗澡去！否则什么也没得谈！”

叫那么大声，又吓唬人，才不惧他，洗就洗。她拿着那件衣服进了他指定的洗澡间，关上门，本想把门反锁，可这门不带锁！

忙了好些天，也该好好泡个澡了。浴室里的圆形浴缸很大，她坐在浴缸里一边感受着水位的上升，一边体会着这种奇怪的感觉，他平时也是这样泡澡的吧，被温温的水包围着，真是享受！

柔柔的水流酥酥地把她包围，倦意缓缓袭来，她的眼皮越来越沉，竟忘了自己身处何处，渐渐地进入了梦乡……

怎么在河边玩着玩着就掉进水里了，不会游泳的她呛了好几口水，她拼命地挣扎，突然醒了，原来是睡着了滑落在浴缸里，她咳了几声，大口地吸着氧气。

还没来得及缓过劲儿，她又被一股外力按在了水里。她全力挣扎着把头露出了水面，透过水蒙蒙的视线，她眼前是钱泽琰邪恶的笑脸，不太清晰，更显邪魅。

“我让你过来洗澡，你却在这里睡觉，你竟然能睡得着！不佩服你都不行！”

他的语气很激动，在她看来他有点莫名其妙的歇斯底里，睡觉又怎么样，他也用不着这样欺负一个小女子吧。

等了许久不见她出来，他就只好过来，他以为她故意磨蹭，哪知她竟然靠在浴缸边睡着了，还睡到流着口水。看着她的睡容，他只想到了一个词——小可人儿，他本想把她抱到床上让她好好睡一觉，但还是临时改变了主意，一怒之下把她推到了水里。死丫头竟然愿意为了那个臭小子出卖自己的身体，他能不歇斯底里吗！

她挣扎着把头探出水面，有些发懵，一边咳着，一边抹开遮住视线的长发，说：“要不是你昨天晚上跑到我的房间，我也不会这么困！欺负女人算什么本事？”

“不是欺负，是惩罚！”

她怎么知道，她是唯一一个能让他如此失控的女人。看着眼前的她，他又有些失控了，美人出浴他没见过，但美人沐浴绝对也是一道艳丽的风景。白如凝脂的肌肤，在水珠的映衬下更显剔透，她的唇，在这白皙的映衬下也更显红润，还有她的眸子，清泓般的，那么清澈。

“我跟你一起洗！”

他把身上的长衫扔到地上，身上唯一的一件短裤也脱掉，就进了浴缸。她连忙闭上了眼睛，从内到外都紧张，虽然闭上了眼睛，可他那肌肉的轮廓却挥之不去。

他轻轻地把她的眼皮扒开了条缝，把她的脸转向了镜子的方向：“小水，看，镜子里有对金童玉女！”

镜子里的景象，只看轮廓她就觉得脸上着了火，她连忙垂下了眼帘。

“你一定要这样吗？小、虞、哥、哥！”

只有他是小虞哥哥，他的很多举动才能解释得通，可是很多现实问题又无法说通，如果钱家有对双胞胎，没必要藏起来一个！

他蹙着眉头摇了摇头：“叫得一点都不甜！”随后他看着她红扑扑的脸：“小水，你看你脸红的，我是越来越喜欢你，知道为什么吗？现在的女孩子，甚至是高中生都开房，还没进入社会就已经放荡不羁了，进入社会简直就成了荡妇。但是你不一样，你是那么的清新，又青涩，你看你羞涩的，让人看着就想疼！”他说着更进一步地在她身上胡作非为。

这样抱在一起，就算抱的不是美人，有几个男人能忍得住呢？

即便不讨厌他，她也不想这样就失了身！

她一声浅笑：“钱总，你这样对我，不会是把我当纯情少女吧，我是什么样的人，一定是阿钰没如实告诉你吧？”

他蹙了蹙眉头：“阿钰？”

“就是凌钰呀！”

突然他笑了起来，笑着笑着，笑声戛然而止：“想告诉我你是荡妇吗？知道荡妇在这种情况下，见到我这种虎背熊腰貌若潘安玉树临风的男子会怎么样吗？她们会像饿狼一样地扑过来！”接着他脸色一变，大手一伸，把她按在了水里。她没有防备，呛了口水，挣扎着探出了头，拼命地往外吐水，这个喜怒无常的家伙！

“知道为什么惩罚你吗？阿钰？叫得这么暧昧，你想告诉我什么？你给我听着，你再敢挑拨我和我身边人的关系我就让你生不如死！你这个笨蛋，都不知道我和凌钰是什么关系就敢胡说八道，他是我的生死兄弟，情同手足，如果他说想要你，我就立刻把你送到他的床上！你对我而言连件衣服都算不上，我不会因为你的一句话断了我的手足！”

他说着又大手一挥把她按在了水里，这回她有了防备，憋了一大口气，没再喝洗澡水，却觉得有些乏力，她对他来说连件衣服都算不上，是啊，她对他来说什么都不算，突然她觉得有些脑供血不足，视线很是模糊。

和他正面接触的时间还没超过十天，她能算得上什么呢，可听着这句话心里就是不舒服！

“挑逗我！”他狠狠地抬起了她的下巴：“这个本领你必须学会！”

骨头都快被他捏碎了，他当真是个十足的野蛮人！

“请你给我一个肯定的答案，你不会干涉我的婚礼，也不会去打扰于家的人，你给我一个保证，我就、我就按照你说的做！”后面一句，声音低得她自己都听不清了。

他嘴角动了动，带足了愤怒，手指上的力道又加大了几分，疼得她声声哀吟，俊俏的小脸花容失色，着实让人看着心疼，但更可气：她竟然这般地去捍卫她的婚礼，就是为了可以让那个混小子安心吗！

“好，我答应你，绝不干涉你的婚礼！也不会去打扰于家的人！”他一字一句地把话从牙缝里挤出。

他的样子一点都不像不干涉，更像是要狠狠地干涉！

“我就相信你，你堂堂的钱家少爷，当然会一言九鼎！”

她说着扒开下巴上他的手，踮起脚尖去吻他的唇，她从来没有这样主动地去吻一个男人，应该做得还算自然吧，当有目的的时候，克服羞涩就容易了许多。

她轻轻地贴上了他的唇，因为宁静，很真切地感觉到了他唇的柔软，真的好软。

他很明显地僵了，这样零距离的接触，怎么会感觉不到，他只是僵了片刻，就像爆发了的火山一样，暴风骤雨般地向她袭去，唇被他啃咬得很痛，想必已经破了！

在她认为“必死无疑”的时候，被他狠狠地扔在了浴缸里，额头重重的撞在浴缸边上，来不及去想他的喜怒无常，她双眼一黑，倒在了浴缸里……

醒来时，周围的光线有些暗淡，她看了看窗外，感觉时间已经接近黄昏，这是一间简单又整洁的房间，萦绕在周围的是那种之前闻到的清香，还有浓浓的草药味。

回忆眼睛一黑前发生的事，她大概是晕了，顺便睡了一觉，这一觉睡得倒是很舒坦。突然她意识到什么，猛然坐了起来，掀开身上的薄毯——身上一丝未挂，她不知道他是不是已经把自己那个了，应该没有吧，身上没有一点不适，再说他想怎么样她也不需要趁着她晕倒！

磕到浴缸上的头也不疼，撞得那么重，肯定会青紫，怎么会一点也不疼？她摸了摸额头，触到了一层软软的东西，是棕色的药膏覆在了额头上，外面还贴了一层保鲜膜，是这药膏让人感觉不到疼吗？

“你醒了？”

随着开门声，钱泽琰走了进来，身上很随意地披着件长衫，带着几分慵懒又带着几分桀骜不驯，每一个动作都是天杀的好看！

看见他，她脑海里浮现的不是他的粗暴，而是他那句“你对我连件衣服都算不上”。面对他，她知道自己没救了，只能祈祷结局不要太悲凉才好。

“钱总，我又浪费了一天的时间！我要回家，天快黑了，我不想让妈妈担心！”

“好，我一会儿就送你回家！”他坐到床边把她拥在了怀里，很柔很柔，像捧着一块美玉。“小水，别推开我，我就是想这样抱你一会儿！我该拿你怎么办呢，我想把你捧在手心，可我还没有确保你万无一失的能力！把你推得远远的，你就会飞了，再也不是我的了，我怎么能容忍你成为别的男人的女人，你是我的，永远都是！可是你竟然为了那个臭小子肯出卖自己，你知道我有多生气！”

她愣愣的，他这是怎么了，一字一句竟是那么地柔情，在这柔情中她都快融化了！

“小虞哥哥，我知道你是小虞哥哥！我也知道你不会把我怎样，你不是那种十恶不赦的人！”

“你知道我不会把你怎样，才愿意跟我谈条件是吧！死丫头，到头来是我被你耍了！你就这么相信我不会把你怎样？”

她点了点头：“相信！那种情况下你都能克制住，我当然相信！可你为什么要叫钱泽琰呢，你为什么要姓钱呢？”

是啊，为什么要姓钱呢，他蹙着眉头，眸子闪过万般滋味，但她肯定不会懂。

“你的小虞哥哥叫钱泽虞，这一点我生来就无法决定！小水，这件事情只有你可以知道明白吗，我的名字是钱泽琰！”

果然是这样吗，兄弟？双胞胎？可这说不通啊，凭钱家的财力和地位，有对双胞胎儿子怎么可能会藏着掖着！

“这是怎么回事？”她睁着水汪汪的眼睛，满脸期待。

他沉默了一会儿，突然笑了，带着他惯有的邪恶。

“你就当我是你的小虞哥哥好了，刚才我们那样不是很动情吗，你开心我也开心，反正我和他长得很像，他能给你的，我一样不少地都能给你，甚至比他给得更多！”

她冷笑了一声，真是异想天开，刚才竟然还想听他的故事！他究竟想表达什么，为什么说了开头又不给一个明确的解释，或许根本就不存在什么钱泽虞，或许他有什么难言之隐，或许还有其他原因，她不想去探究了，反正不管他是谁，都是钱禹的儿子，对他动感情，最后伤的只能是自己！

那就把他当做钱泽琰吧！

“我才不稀罕！只请你别干涉我的婚礼，不要去打扰于家的人！”她努力地收起内心不该有的感情。

“既然你这么放不下你的小虞哥哥，为什么还要和那个家伙结婚？”他直直地盯着她的双眸，那目光似乎要钻进她的心底一般。

“这是我的事！”

她是念念不忘她的小虞哥哥，可他显然已经成了梦中的人，这么多年了，都不知道今生还能不能再见到他，而自己活在现实的世界里，还有把自己辛辛苦苦养大的妈妈，她怎么能一意孤行。

再说，就算是再见，他还会记得少年时的承诺吗，即便记得，谁还会当真呢，倒不如留个美好的念想！

他眉头一蹙：“又用这种语气跟我说话，看来我对你太仁慈了！给我过来！”

他拉着她的手腕，粗鲁地把她拖了出去，到了一楼的客厅，他重重地把她扔到了沙发上，接着就扑了上去。

她本能的挣扎，在房间里不是更好，为什么要拖到客厅的沙发上？她挣扎无效，只能忍受，好一会儿，他的暴虐仅仅停留在了啃咬上。

啃咬了一会儿，他身体一翻，四脚朝天地躺在了沙发上，指了指茶几上的罐子，又指了指自己的胸口：“你挠的，给我上药，我可不喜欢留下疤痕！”

她被他吻得头昏脑胀，大口地呼吸了几口空气，很听话地抱起了那个药罐子，天天给他上药都没问题，总比干别的好！

按照他的吩咐，她轻轻地用手指把棕黑色的药泥涂在他麦色的胸膛上，实话实说，他的肌肉很完美，多一分就显得壮了，少一分就有点弱了，只是太过完美了，要不是有几道抓痕，她都会怀疑是不是真实地存在！

原来那药味和香味都源自这药泥，想必自己身上涂的也是这个，同样的药味同样的香味。

突然一阵响亮的音乐打破了宁静，是她的手机，宁静中，铃声格外的响亮。

这铃声让她一个激灵，“我接个电话，大概是我妈妈在找我，她找不到我一定会着急！”

“不许接，我已经用你的手机给你妈妈发过短消息了，告诉她你和柴老在一起加班，柴老会向你妈妈证实你在加班，所以她不会着急！”

“你、你……”她真不知道该说点什么，他随便动别人的东西，还欺骗长辈，威胁柴老。但从另一个角度去讲，他完全没有必要这么做，她的妈妈是否担心，和他没有丝毫关系，她似乎还要感激他考虑到了她妈妈的心情呢！

“你什么你，好好给我上药，你的小嫩手揉得还真舒服！不用着急，一会儿我就让阿钰送你回去！”他说着伸手抹了抹她的鼻尖：“脏的像个小花猫！”刚才一翻折腾，弄得她满脸是药膏。

她无心去听他说了什么，那手机铃声让她心神不宁，因为只有一个号码才是这种铃声，他一遍一遍地打来，让她有些慌了神。

他敏锐地感觉到了她的情绪，眉头一蹙："你紧张什么？"

"没有啊！"她镇定地摇了摇头。

他眸子里瞬间蒙上了一层愠怒，起身去拿她的手机，她连忙冲过去抢了过来，把手机藏在了身后，因为恐慌，不由自主地后退着："这是我的手机！"

他大手一伸，低沉着声音："给我，我不想说第二遍！"

他的脸阴得像阎罗王，她还是不肯给，他二话没说，就拽了她一把，她还没明白怎么回事，手机已经到了他的手里，他看着手机屏幕，脸色更加难看。

"1？这是谁打来的？怎么可以把他设置成1？"

他看着来电显示，眉头蹙得高高的，看她的反应就知道这个号码对她来说不同一般。他正要去按接听键，她一脚踢了过去，不能让他接这个电话，踢得很准，手机飞了出去，划出一条抛物线重重地摔在地上，摔得七零八碎，也不再叫了。

只是她踢过去的脚被他擒在了手里，他眼睛里都是愤怒，这个死丫头看上去柔柔弱弱的，却总是敢干很大胆的事，不给她点教训，她是不知道天高地厚了！

"你流氓！放开我！"

就在这时，随着一串急促的脚步声，凌钰闯了进来，看见客厅里的一幕，他连忙转过了身，面红耳赤，脖子都红了。

钱泽琰听见脚步声，连忙用身上披着的长衫把她紧紧地裹了起来，对待女人，男人表现出的永远都是独占！

"怎么这么没有规矩，不知道敲门吗？"钱泽琰满是训斥的语气。

"有那么多卧室你不用，偏要在客厅里！"凌钰也很是不满。平时他进出客厅很少敲门，看见这一幕，不知道怎么搞的，心口特别地堵，他不明白这是怎么回事，只知道胸口很难受，"有急事，很急的事，你必须亲自去一趟！"

钱泽琰把长衫裹在了她身上，恋恋不舍地爬了起来。他自己都有些诧异，刚才怎么失控成那样了，差一点，差一点就把她吃了，他不知道是该庆幸还是该遗憾。

不过这会儿他没太多的心思去想这些，他知道凌钰一向稳重，能让他这样急匆匆的，一定有大事！

“到我卧室里来，我一边穿衣服你一边说！”

这两个男人很快就不在视线里了，她裹着他的长衫去捡摔得七零八落的手机，怕是不能再用了。她快速地把手机组装了起来，果然不能开机了，这可怎么办，得给他回个电话才好！

第五章

你身上有味道

不多会儿，钱泽琰衣冠楚楚地走了，走得很急，甚至都没瞟她一眼。凌钰留了下来，站在客厅里距离她的最远处，背对着她，一副很难为情的模样。

“我送你回去，你洗个澡换下衣服吧！”凌钰的脸已经涨红到了脖子，视线停留在棚顶，似乎用扬起的下巴可以掩盖他的窘迫一样。

看着他这个样子，她忍不住笑了，他这样一个肌肉发达、魁梧高大的大男人，竟然这样害羞。

“人们都说物以类聚，人以群分，怎么看你和钱泽琰都不是一类人，我觉得你是好人，你也不是离开他就不能生存的人，怎么会选择为虎作伥呢？”

这是很明显的挑拨离间，不是生死兄弟，情同手足吗，倒要看看他们的情谊有多深。

“先生不是坏人！你快点去洗澡，不然我不送你回去了！”他的语气很坚定，但不生硬，他不允许任何人攻击他的先生，但今天先生做的事他的确看不下去！

凌钰依旧盯着棚顶，她虽然披了衣服，但一个赤裸的美女，披着件男人的长衫，画面依然很香艳。

她给了他个斜眼，这个固执的家伙，想挑拨离间还不太容易呢！

“什么先生，他哪里像先生，怎么看都是个乳臭未干的纨绔子弟！他放荡不羁灭绝人性丧心病狂禽兽不如五毒俱全作恶多端罪大恶极为富不仁十恶不赦罪恶滔天恃强凌弱横行霸道仗势欺人猪狗不如，他就该五马分尸凌迟处死！”

她气也不喘地骂了一串，骂得好不痛快，她也弄不清是在骂他，还是在宣泄内心不该有的情感。

凌钰很有型的浓眉蹙得老高，竟然能气也不喘地说这么长一串，她的肺活量看上去可一点也不大，他只是用余光瞟了她一眼，视线又连忙集中在了棚顶！

“你已经是先生的女人了，有的是机会去发现他的好，对先生好一点，他可以把你疼到骨子里，我可从来没见过他对哪个女人这么上心！”他说的情真意切。

什么叫已经是先生的女人了，还不是，但这个没法解释，也不需要解释，就算他占有了这个身体，她也不是他的女人，她乔怡水只是她自己的！

至于他的上心，她真的不敢多想什么，当下赶快回家才是要紧的。

“我要回家，我去换下衣服！”

她简单地洗了澡，又换上来时穿的衣服，洗去满脸的药膏，额头上什么痕迹也没有，当真是灵丹妙药呢，于是临走的时候她把茶几上的那个罐子抱在了怀里。

“这药是不是很好用？”

凌钰看了她一眼，眼睛里尽是无奈，她身着T恤牛仔裤帆布鞋，一副学生的清纯模样，先生怎么能对她用强呢？

“这药治疗外伤特别好用，先生自己配的，先生可会配药了！”说到这里，凌钰脸上流露出几分自豪，“就是太贵了，里面有好几种珍贵的药材，有钱也不一定买得到，你要带走吗？”

她抱紧了药瓶，唯恐他抢了去：“又不是你的东西，你不要多管闲事！”听他说完，她更想把这药据为己有了！

看着她的样子，凌钰无奈地笑了笑：“还有盖子，盖上才不会进灰尘！这么好的药，可要保管好，要放到冰箱里。”他从茶几下面拿出了盖子，盖在罐子上：“其实，你如果把心给先生，他的一切都可以是你的！”看见她不屑地扬起下巴，他无奈地摇了摇头：“你怎么就不明白呢，你是除了他妈妈以外，唯一一个可以和他如此接近的女人，你就身心都顺从了他吧，我不希望看见他在这方面费太多的心神，先生有很多事要忙呢，你不知道因为你，他惹了多大的麻烦，我可没见他这样失控过！”

钱泽琰是下了死命令的，不许他胡说八道，但他觉得该做点什么。

她本来对凌钰有几分忌惮，毕竟武力是永远的王道，现在看来他更像是只大笨狗，就知道维护他的主子，倒是也傻乎乎的可爱！

“我想不顺从他也不可能，你不是都看见了！”

她是赌气说的话，脱口而出，但他却联想到了之前看到的那一幕——她修长白皙的美腿张开着，他又脸红到了脖子，当然，他也看到了她的反抗，她的两条腿在拼命地挣扎，他不由得叹了口气，再怎么样先生也不该用强的！

看他这个反应，她也难为情地垂下了头，囧死了，那一幕看上去应该很是香艳呢。

一直到坐上了车，他都不敢看她，她也不敢抬头，那一幕的确很囧。

“你的手机坏了吧，先生让我带你去买部手机。”过了良久，他才想起来他还有事要做。

她点了下头说：“是坏了，不过我现在要回家，天都快黑了，我再不回去，我妈妈会很担心的。”妈妈知道她在加班倒是不会有太多担心，打不通电话肯定会很着急，她得赶快和他联系。

“那我买好了给你送去，没有手机会很不方便呢！”他依旧不敢去看她一眼。

“买一部和我的手机一模一样的！”她把坏掉的手机拿出来给他看。

凌钰看了一眼，为难地挠了下头，她那部手机看上去是几年前的款式了，肯定已经下线了，“先生的钱你尽管花好了，不用为他省钱。”

“我才不是想给他省钱！给我罐汽油，我就把他的房子点了！”说到点房子，她眼睛愤怒得瞪大了几分，那个家伙着实可恶，搅动了她的心，还欺负她，“我是怕我妈妈问起来没办法解释，换部手机，特别是一部好手机，对我们普通百姓家来说也是大事呢！”

“可是，一模一样的手机恐怕买不到了！”

这倒也是呢，那部手机都用了五年了，看上去已经相当落伍了。

“那就随便你买吧，不要太贵的，越便宜越好。”

突然发现竟然有了一个可以支使的佣人，而且是个强壮的帅哥，这感觉倒是挺美的。她看着他的侧脸，他确实挺帅的，而且她也愈加发现，似乎还可以欺负一下这个大家伙。

感觉到了她的目光，他很是难为情，淡淡地应了一声，车内又陷入了沉寂，又过了好一会儿，他突然又开口了：“你知道吗，先生让我来送你，他自己可能有危险！”

这家伙又要说他先生的好话。

"你是想告诉我，他冒着生命危险，就是为了让你把我平安地送回家？不管你是不是觉得好笑，我是觉得很好笑，如果你所说的危险是他掉几根头发的话，那我信！"

凌钰浓黑的眉头蹙了起来，听上去好像是挺好笑的，但先生确实有危险，当然不会有生命危险，顶多是受点皮肉苦，否则就算先生不让他跟着去，他也会偷偷地跟着去。

不过想想，受点皮肉苦也算活该，谁让他做出那样的事了！

"你刚才不是说要点了他的房子吗，我们回去点了它怎么样，我绝不告诉他是你干的！你要是不相信我，我和你一起点！"

凌钰突然像个调皮的大男生一样给出建议，吓得她嘴都歪了。点他的房子，嘴上说说很解气，真的去点，活得不耐烦了吗？

"那你帮我点吧，反正结果都是一样的！"她当然弄不清这个大个子安的是什么心！

凌钰意识到自己的失态，连忙严肃了起来。天哪，在和她说什么，一起去点钱泽琰的房子，她要是拍手说好，他说不定真的会掉头回去把房子点了，一定是哪里出错了，不然怎么会在这个女孩面前流露出他用冷漠掩饰着的另一面。

又陷入了沉默，快到家了，她远远地看见了距离家不远处的快餐店玻璃窗里的身影，那是一个可以和钱泽琰身材相媲美的身影。那个位置刚好可以看到小区的大门，他正不停地看向大门的方向，显得有几分焦虑。因为天色暗了，室内开了灯，那个身影显得格外清晰，她知道，一定是电话打不通，他才在这里等。

"喂，那个，我在这里下车就好了，我要买些东西给我妈妈带上去，你有事的话就去忙吧！你不是要买手机，也在惦记你先生的安危吗？"

在离小区门口还有点距离的时候，她情急之下拉了他一把，唯恐他把车开到了小区门口！

虽然她表现得还算镇定，凌钰依然很敏锐地判断出了她目光的方向，也悄悄地看了眼玻璃窗。现在是吃饭的时间，玻璃窗后面的身影有很多，毕竟距离还有些远，他一时间判断不准她看的人是谁。

他不动声色地停下了车，待她下了车，他就一溜烟地把车开走了，看见车子走远她才松了口气，朝着玻璃窗后面的那个身影走去。

应该是因为天色暗了，玻璃窗反光的原因，他看不清外面的景象，起身走了出来，她还没来得及过马路，他已经出了餐厅的门，她刚要挥手叫他，就听身后有几个声音：一起喝杯酒好不好；肌肉真发达……

她回头看去，凌钰正被几个衣着很省布料的小太妹缠着，这个家伙难道会分身术不成，明明看见他开着车走了，怎么这么快又回来了。

此刻的他就像一头大象，虽有大个子和一身的力气，可面对上蹿下跳的小猴子们却只能瞪眼以示愤怒。他压低着声音说走开别烦我，但女孩们根本不理，还很大胆地吃着他的豆腐，你一把我一把的抓着他的胸肌和腹肌，念念有词的说着健壮诱人之类的话。

就在这时，餐厅里走出来的人也看见了她，大步向她走来，她连忙对着他摇头，但他好像没明白，还大步地往这边走。

情急之下，她只好冲到凌钰面前，背对着他高声地喊：“别过来，这个大个子在跟踪我！”晚饭时间，人来人往的，凌钰肯定发现不了她在和谁说话。

凌钰的脸连着脖子都涨红了，他不会跟女人动手，更何况眼前的只是几个十七八的小姑娘。但不知道谁碰了一下他男人的骄傲，他愤怒了，想把其中一个女孩抓起来扔出去，却抓到了那个女孩裸露的光洁的脊背，他的脸更红了，女孩却高兴地大叫。

看着凌钰窘迫的样子，她嘻嘻地笑了，清清嗓子提高了声音：“你们知道他是什么人吗？牛郎店的头牌，一晚上十次不成问题，好好玩吧！”

女孩们一听这话，疯了一样的往他身上冲，嘴里还说着她听也没听过的不堪入耳的话。要不是亲眼所见，她难以相信看上去不足二十岁的女孩可以这样疯狂，当然也不会知道喝了药的人会有多么亢奋。

说完她逃也似的跑了。牛郎店，一晚上十次，这种字眼都是从唐玉那个丫头嘴里听到的，说出来真让人满脸发烫呢，看着凌钰气急败坏的样子，倒是很痛快。

又觉得有些过分，那个动不动就脸红的家伙看上去很纯情呢，就这样被几个女孩糟蹋了，有点于心不忍呢，而且他傻乎乎的好像还挺善良的。想到这里她顿了一下，想回头帮他解围，可转念又一想，谁让他那么听钱泽琰的话监视自己呢，活该，再说，他还打晕过于小泉呢！

于是她就大步地朝着家的方向走去，忽听身后一声怒吼，那声音的能量波仿佛震破了苍穹，紧接着是女孩的尖叫声，回头看去，只见一个女孩倒在地上，另外几个女孩去扶，人群中已经找不见凌钰那高大的身躯。那家伙跑得还真快，她摇了摇头转过身继续往前走，却一下子撞上了一个胸膛，像座山一样，她踉跄了几步差点没摔倒。

果然跑得够快，她看着眼前额头上青筋暴露的凌钰，一点也不觉得害怕，只是更抱紧了些手里的罐子，刚才差点脱手掉到地上。

“你挡我路干什么，差点没把罐子摔了，瞪那么大眼睛吓唬谁，你又不能把我怎么样！”她还气死人不偿命地扬起了下巴，就算是藏獒，终究还是条狗。

他的唇夸张地扭动着，她以为他要怒吼，没想到他只是低声的说了几个字：“你太过分了！”

他的模样像个受了委屈的小学生一样，只等姐姐给他根棒棒糖，说乖，弟弟不哭了，棒棒糖很甜，他就含在嘴里什么都忘了。

他的确觉得很委屈，在圈子里他一声怒吼能吓破一群人的胆，却被几个黄毛丫头那般非礼，大有虎落平阳的悲凉。

人退一尺我让一丈，看他这个样子，她也凶不起来了，不满地嘟起了小嘴。那模样，只看了一眼凌钰就模糊了视线，不敢再去看了，看着她的样子他只想到了一个词——古灵精怪的小精灵。第一次看见她的模样，只是她的照片，就在他脑海里烙上了仙女的印记，那种超凡脱俗的气质就像个不食人间烟火的仙子，特别是那双水汪汪的眼睛，如同一泓清潭，美得让人只会发呆，所以除非必要他不敢去看她的脸。

也难怪先生会对她如此上心，不只是容貌，她那气质，简直就是从骨子里可人，她这样一个小人儿，先生怎么舍得。想到之前看见的那香艳的一幕，心头一阵发紧，他发现，有些情绪他想控制，但是控制不了！

“谁让你那么听钱泽琰的话，一刻不离地监视我！”她嘟嘟囔囔地述说着不满，似乎还带出了几分撒娇。

“其实先生是让我保护你。你可知道，我是先生的贴身保镖，我一刻不在他身边，他就会多一分危险，他要是监视你，完全可以随便派几个人！”

她不屑一顾，说得像真的似的，还危险呢，大好的和平年代哪儿来的那么多危险，再说就算有危险也威胁不到他那种人，她又撅了撅嘴：“你敢说你没监视我？”面对她指责的目光，他垂下了头：“监视只是顺便，主要目的还是为了你的安全！”

是为了满足他专横的兽欲吧，刚才要不是凌钰突然出现，说不定这会儿还在被他折磨着呢。“是吗，为了我的安全，那我可真是三生修来的福气了！我乔怡水活了二十三年，累积起来受过的羞辱和折磨都比不上认识他这短短不到十天里的！你可以原封不动地转告你的主人，他给我的，总有一天我会加倍的还给他！别再跟着我！你这只大藏獒！”

她绕过他，大步地、气呼呼地往家走。

他那张刚毅英俊的脸都拧了，大藏獒？在她眼里他竟是一只大藏獒！

回过神时她已经走出了好远，他大步地追了上去，“你不会想不开吧，其实先生他是真的喜欢你，假以时日你就会明白，他这个人其实很温柔！”想到她在先生身下全力挣扎的样子，他总是不太放心，他能感觉到这个女孩其实骨子里很倔强。

她完全不领情，轻蔑地扬了扬下巴，还顺便给了他个鄙夷的眼神：“你是怕我死了没法向你的主子交代吧！你放心，我不会去死，就算我要去死也会拉着他垫背，让他给我陪葬！”

她不屑地哼了一声，扬着下巴走了，他看着她的后脑勺，抹了把额头，怎么这么难沟通，要是男人就容易多了，实在不行就拳脚相加，武力永远是解决问题的捷径。

夜晚她躺在床上辗转反侧久久无法入睡，不知道他会不会再来，凌钰说他有危险，会是真的吗，寻常百姓家一般是不会有什么危险，但豪门中人就不一定，不然哪里用得着配保镖！

在不该有的担忧中，这个夜晚，变得有些漫长，她头昏脑胀的不知道怎么睡去的。

第二天的阳光依旧不紧不慢地洒向了大地，快到夏至了，明亮的阳光总是过早地把人从睡梦中叫醒。昨晚他没来，枕边没有他身上凛冽的气息，他不会真的有什么危险吧！

不不不，她用力地摇了摇头，担心他干什么！

她才平定了自己的心绪，又发现昨天抱回来的那个药罐子不见了，显然不是进了贼，贼怎么可能只抱走冰箱里的一个药罐子。凌钰说那药很珍贵，只是，他是因为珍贵才拿回去的吗，还是他受伤了？

又平静了好一会儿，她才坐到电脑前开始设计，一整天闷在卧室里，除了去洗手间，她连塞肚子都没离开电脑桌。

第二天，她急匆匆地赶往了公司，她上班从来没有这样心急过，昨晚依旧没有他的消息，也许他真的受伤了。

正是用电梯的高峰期，她不愿意挤电梯，她不喜欢那些异样的目光，有时候还会碰到电梯咸猪手，她决定爬楼梯，刚要挪步就听见唐玉远远地喊着她的名字。

“紧赶慢赶，今天总算是没迟到！小水，等等我！”

看着唐玉气喘吁吁地小跑过来，乔怡水的目光落在了她脖子的丝巾上，伸手拉了拉：“什么季节呀，你带丝巾，不热吗？”

唐玉一把推开了她的手，她当然知道热，这是用来遮脖子上的吻痕的，昨晚疯狂到了凌晨一点，今早还能爬起来就不错了。

“我喜欢！快挤电梯吧，不然白起这么早了！”

乔怡水还没明白怎么回事，就被唐玉拉进了电梯，虽然这栋大厦都是卧龙的，但指纹打卡机设在每层楼，进了大厦可不算没迟到，手指按在那个打卡机上才算。

电梯里人挨着人，炙热的体温把这个空间烘的像个蒸炉。电梯门艰难地关上，电梯刚动，她的屁股就被某个咸猪手抓了一把，乔怡水忍着，在此处大发雷霆只能成为笑柄。

“小水，你今天用的香水真好闻！你用的什么香水？”唐玉很敏感地嗅到了她身上特殊的香味。

这香味，是那药膏留下的，一天多了，洗也洗不掉。

她装作没听见，她不想在电梯里说话，可是唐玉不停地追问，她只好开口："我没用香水，你什么时候见我用过香水！"

这倒是真的，她身上向来都是沐浴露什么味就是什么味，唐玉认真地分辨着她身上的香味，突然发现新大陆般的哦了一声："我知道了，钱总身上的香味，是钱总身上的香味，最近这段时间我偶尔会在钱总身上闻到这样的香味！好你个乔怡水，从实招来，你昨晚上在哪儿过的夜！"

电梯里瞬间一片唏嘘，唐玉这么一说，很多人都发现这的确是钱泽琰身上曾经有过的香味，所以每个人的脑海里诞生了不同版本的故事，但主题都是同一个——暧昧。

乔怡水咬牙切齿的，真想封上唐玉的嘴。长着狗鼻子也就算了，还口无遮拦的，被她害死了，流言蜚语才刚刚平息，又要起新的波澜了！

更可恶的是那咸猪手接二连三地骚扰过来，她愤怒了，既然大家都这么认为，那就不让他们猜测了！

她突然回过头怒视着后面的几个男人，都人模狗样的，判断不出是谁耍的流氓，她就把恶狠狠的目光一并给了身后的所有男人。

"想被炒鱿鱼是不是，我可以替你跟钱总打声招呼！"

电梯里瞬间鸦雀无声，谁也不知道她口中的"你"指的是谁，连女性们都害怕，因为她们说她的坏话了。

终于到了，电梯简直像个炼狱，走出电梯，她拉着唐玉到了楼道里，基本没人爬楼梯，这里很安静，还没来得及开口，唐玉先解释了起来："小水我不是故意的，你也知道的，我这个人向来说话不经大脑！"她说着嘿嘿地笑了笑："再说也没什么嘛，做钱总的情人多光荣啊，从少女到少妇再到中老年妇女，可都羡慕嫉妒恨呢，如果他肯要我，我愿意二十四小时为他服务！"

看着唐玉咬着手指花痴的样子，乔怡水狠狠地敲了下她的头。

"你跑到他的办公室往他的办公桌上一躺，那个色魔肯定不会放过你！"乔怡水气冲冲地说。

唐玉听她这样说眼睛放了光："真的吗？你就是这么做的？"

石化！无语到家了！

她又狠狠地敲了下唐玉的头："疯子！我是想跟你说在小泉面前不许胡说八道，千万不要胡说八道！你只要当做没有这档子事就好！"对于唐玉这张嘴她实在不放心，说不定什么时候就说了不该说的！

唐玉连连点头，眼睛盯着手指上的那枚银戒指，还不停地摩挲："我知道！我绝对帮你保密！绝不会向你的未婚夫透露半个字，你就安心地做你的情人吧！"

乔怡水狠狠地瞪了她一眼，她这是又想要东西了，用物质收买人果然是个无底洞，可是又没别的办法："贪婪的死丫头，回头我把配套的项链也给你可以了吧？不过我不是他的情人！不是你想象的那样！"

"你就别解释了！"唐玉抿嘴窃笑，那眼神，让乔怡水看了都想把她的眼珠子挖去，自己真是跳进黄河都洗不清了！

随着皮鞋踩踏楼梯的脚步声，更浓郁的香味扑鼻而来，钱泽琰竟然会爬楼梯。他身上不单单有香味，还有很浓的药味，难道他真的受伤了，乔怡水偷偷地打量着他，不见他身体有什么异样。

"小水，你很闲吗？一大早就跑到楼道里聊天，不知道一日之计在于晨吗！"他严肃着一张脸。

看见钱泽琰，唐玉一溜烟地跑回了办公室，她可不想被炒鱿鱼，闲扯的时候可以幻想钱泽琰，但面对面，他是令人生畏的。

剩下乔怡水一个人，她也想逃离开，可是被他的大手给抓住了，二话没说，捧着她的脸就是一阵疯狂地吮吸。

在他狂风暴雨般的袭击下，她严重缺氧，四肢发软，几乎是整个人都贴在了他身上。他的吻技倒是比最初的时候娴熟了许多，很轻松地探入了她的唇瓣。

还能强吻，就算伤了也没什么大不了，她竟然没有过多反抗他的强吻，反倒是因为他没什么事而感到安心起来！

就在她觉得自己快晕过去的时候，他停了下来，贪婪地舔着嘴唇："我喜欢你送我的早点！以后每天都在这里等我，我每天都要吃！"

这根本就是命令的语气，他说完捏了把她的脸蛋，迈着只有他才能走出的好看步伐进了办公楼。

每天都要，怎么可以！没听见，对，没听见！才不要每天在这里等他！

回到办公室，在同事们炙热目光的注视下，她觉得气温升高了几度，她想努力地做到淡然，但是做不到！

突然一个同事带来的消息转移了众人的注意力，说是卧龙的一船货物被扣押了，据说是杜家幕后指使的。杜家做原料生意，也是黑白两道通吃，应该是杜家开始报复钱家了，当然这些都是猜测，没人知道具体是怎么回事，只知道有一船货没到。

她却相信这猜测，难道前晚，他去跟黑社会拼命了，在打斗中受伤了？

如果话题到此为止就好了，可他们很快议论到了起因，若不是婚礼上出现了不速之客，也不会有这样的事发生，于是一束束的目光，或直接或间接地投向了她！

她只能硬着头皮看着电脑屏幕，这一切和她又有什么关系，全都是钱泽琰导演的，可是她有口难辩！

“乔怡水，开会了，要叫你几遍？”

乔怡水的脸上满是茫然，什么叫要叫你几遍，根本就没人叫过她。

语气中带着冷漠和不满的是她的顶头上司孙思雨，鼻梁上的紫框眼镜衬托不出斯文，只凸显着她的冷艳，干练的短发，一身和镜框呼应的紫色职业装，得体又凸显个性与曲线，一副强势的白领丽人模样。

“有点小姿色就可以骄傲了！那点风流史全公司都知道了，连叔叔级的都不放过，口味还真重呢！”

“靠卖弄风骚进来的人，也只能用下三滥的手段！”

“是啊，勾引男人的手段还真有两下子呢，一入道就用非常手段，看上去挺清纯的，技法还真娴熟，李师师转世吧，有些人就是天生的狐狸精！”

几个和乔怡水一样只是普通设计师的小职员你一言我一语地指桑骂槐说着风凉话。

她们并不在乎乔怡水是老总的情人，因为她没有显赫的家世，只有一副皮囊，不过是男人消遣的工具。男人都是喜新厌旧的动物，纵使她长得像天仙一样，最多也就是多做一段时间的工具。像她种人，公司的老员工见识的多了，有的不到一个月就被打入冷宫了，那个惨象，简直就像——落水狗！

她们也不担心她会趁着受宠去告状，设计部是公司的心脏，公司轻易不会动设计部的人，这一点大家都心知肚明，于是风凉话说得更加肆无忌惮。

纵使因为她，他做了很出格的事，但大家也猜得到，即便不因为她，这出格的事他也会做。他这个在百花丛中流连的采花蜂，怎么可能心甘情愿地娶一个丑女，所以她不具备威胁。

刚才还以为孙思雨那么说是有意的，现在看来是这些小虾米故意没有传达，这类人一般不会构成什么致命的威胁，却像肮脏的苍蝇一样令人心烦。

她随手抓起一个软皮本就跟着孙思雨赶往会议室。

走到办公室门口，发现其他人都没有动，她才明白这不是一个普通的部门会议，会议室里在座的人证实了这一点。都是公司的管理层，全都是营销部、企划部、设计部、生产部的总监和经理之类的，还有集团公司的CEO钱泽琰。他坐在人群中很是耀眼，不见一丝他私下里的邪恶，完全一副叱咤风云的犀利模样。

她进门的那一刻就被一并袭来的目光压得透不过气，目光虽无形，却带着巨大的压力。她愣在了门口，以为自己走错了，这个会议室里除了记录会议的秘书，全都是管理层，她一个普通的小职员哪有资格参加这样的会议，她看了眼自己的顶头上司孙思雨，不会是这个上司故意要她难堪吧！

孙思雨给她的回应是蹙着眉头冷冷地说了句话：“还不赶快坐下，大家都在等你了，钱总亲自点名让你来参加会议，也不知道早点来！”

她又看向了钱泽琰，他给了她一个浅笑：“都在等你了，还不快坐下！”

会议室里没有掀起轩然大波，除了柴鹏涛蹙起了眉头，其他人不过最多眼睛动一下，不是心里没想法，只是因为钱泽琰在，没人敢造次。

她不想离开卧龙，只能坐在了那个距离钱泽琰最远的空位上。距离虽远，却和他面对面，她垂着头连眼皮也不敢抬，手心全是汗，这种场景，一会议室都是高高在上的高管，她一个普通员工坐在这里简直像个小丑！

最糟糕的是她完全猜不到他想干什么！

“开会之前，我要宣布一件事情，我决定任命乔怡水为我的特别助理！”

他说着目光热烈地罩在了她身上，还耸了下肩，别人或许看不懂他这个动作是什么意思，但她知道那是他在炫耀他的得意：“你的目的达到了，现在满意了吧，这个会议你要做记录，认真点，没有实力，姿态给我摆正！”

什么？

欲哭无泪啊！

她什么时候有这样的目的了！什么没有实力姿态给我摆正！他不去做导演真是影视界的一大损失！

“我觉得不合适，她还没过试用期呢，都还不是正式员工，再说她不过是个做设计的，哪里适合做助理！”

柴鹏涛的突然发言，引起一片哗然。传说这两个人在争女人，现在看来是真的，只是柴鹏涛也太自不量力了，虽然年纪大些，但那可不是与钱泽琰争女人的有利条件！

乔怡水不由自主地掐着手指，这可怎么办才好，她最怕柴叔叔也卷进来，为什么要在这种场合下顶撞钱泽琰呢，就算有意见，可以私下里说呀！

“柴老还是等做了人事部经理再下这样的结论吧！现在开会，大家都简明扼要点，我不喜欢在会议上浪费太多时间！”显然他对柴鹏涛的多事不满了，但还是表现出了大度，不打算因为这么一句话和公司的资深设计师计较。

“那也要问问当事人愿不愿意，我看她好像全然没有准备！”柴鹏涛的固执让会场愕然。

钱泽琰也是一脸的不可思议，柴鹏涛的反应大大超过了他的预料，他挑了下眉头看向了乔怡水：“好吧，你来告诉大家，你愿不愿意做我的特别助理？”

他的“特别”两个字发音格外的重，明明就是在威胁，还想继续留在卧龙，就不能在这种场合下驳老总的面子，她也不想让柴鹏涛继续和他争论，微微点了点头。

“大点声说出来，让大家都听见，我不想让人误以为我在为难你！”

死变态，明明就是在为难！

“我当然愿意！做钱总的特别助理是我梦寐以求的！”

她声音很大，不想让焦点继续聚集在自己身上，只是，恐怕从此以后她都是公司的焦点了。这样一个特别助理，走到哪里都会有眼睛盯着，想要静悄悄地去偷他的东西，哪里还有可能，这一刻她有点明白他为什么这么做了，他当真是个高智商的恶人！

他炫耀胜利般地扬了下嘴角："当事人非常愿意！"随之他像变脸一样瞬间严肃了："好了，这个问题就到这里，柴老要是有什么意见，我们会后再谈！现在开会！"

她不敢再去看柴鹏涛的脸，想必他的眼里全是责怪，可是她能怎么样呢！

会议上都说了些什么她不知道，有记录人员，她完全是多余的。整个会议上她脑子里想的都是设计方案，这是她的任务，也是她的兴趣所在，他喜欢刁难就让他刁难去，她自己不乱了就好！

第六章

我交給你了

当他的手在她肩上拍了一下时，她才发现会议室里只剩下她和他了，她满脑子都是设计方案，根本没注意是什么时候散会的！

“你做的会议记录呢？”他俯视着她，一本正经地问。

她克服着他高大身躯带来的压力，轻蔑地哼了一声：“钱总之前给我安排的任务我还没有做完，而且我的时间很紧，钱总既然不会朝令夕改，应该能容我先做完您之前安排的工作，再考虑现在的吧？”

他喉咙里溜出了一声低沉的笑，两根指头捏起了她的下巴，迷离着双眼看着她的脸，另一只手的指尖轻轻地从她的眼皮上滑过，拨弄着她的睫毛。

“有点意思，用我说过的话攻击我！好，那你抓紧时间！知道我为什么喜欢你吗，第一眼我就喜欢上了你这双眼睛，是那么清澈，是这个世界上最迷人的宝石！”他微眯着双眼看着她，那双眼睛更显深邃迷人。

她凝视着他的眸子，真想透过他这张皮囊，看看他心里都在想些什么。她不在乎他变着花样的折磨，只在乎心里的感觉，他时而带给她那种奇妙的感觉，时而又整个一个纨绔子弟！

他看着她的样子，蹙了下眉头：“我不喜欢你用这种眼神看着我！你看我的时候要带一点崇拜，明白吗，那样我才喜欢！乔怡水，我会让你爱上我，爱到不能自拔，爱到疯狂！你必须爱上我，懂吗？”

“我该怎么理解？钱总，你是想让我爱上你，然后再告诉我，想得到你的爱是多么的异想天开吗？不过有一点钱总应该不用我提醒吧，你可以左右我的行为，但左右不了我的思想！”

“对，同样的，你可以左右自己的行为，但你左右不了自己的感觉，我说的对吗？”

她僵了一下，是啊，她左右不了自己的感觉，但死也不会在他面前承认！

“钱总该不会认为我已经爱上你了吧。”她浅笑，“那我只能送您两个字——自负！”

他嘴角也流露出一抹笑意："是吗，我自负不自负，你的嘴巴说了不算！到我办公室来，我想单独和你待一会儿！"

他转身走了，她坐在那里磨蹭了一会儿，还是出现在了他的办公室。

他看着不慌不忙的她，用蹙起的眉头表达着不满："怎么这么慢，在考验我的耐心吗，以后不许了！跟我进来！"

他从那张硕大的椅子上起身进了休息室，连点缓冲都不给，她有些措手不及，他要在这里大发兽性吗，不然的话怎么解释呢？有了前晚差点被他那个的经历，她多了些忌惮，虽然答应了他怎样都可以，她也不想进去，就站在门口掐着手指。

"我说你发什么呆呢，是你在求我，你要学会主动！"

他的语气中带足了玩味，抓住她的手腕轻轻一带，她的身体旋转着甩了出去，旋转的弧度很优美，着陆方式却不太雅观，四脚朝天地落在了那张大床上。接着他压了上来，他庞大的身躯，炙热的呼吸，都让她感到窒息，她本能地挣扎，一蹬腿碰到了他的腹部，他立刻安静了，额头上还蹦出了青筋，接着他从她身上翻下来，仰面朝天地躺在了床上。她爬起来窜到了门口，再看他额头上渗出了点点亮晶晶的汗珠，好像很痛苦，她狐疑地看着他，也没用力啊，就是碰了他一下而已，怎么痛苦成这样了，但那汗水肯定装不出来。

"死丫头，还真有力气，疼死我了！"看神情，他的痛苦似乎缓解了一些，他一边说着一边拉开脖子上的领带，"不用怕，我不会再像前天那样，其实我前天也没想，谁让你那么勾人了！"他说着开始解衬衫的纽扣。

拉领带，解扣子，他的举动，和嘴上说的完全是两回事！

看她那模样，像个受了惊吓的小兔子，他忍不住笑了。

"别把我想得那么坏，我不是脱衣服就想奸淫的钱泽琰！过来，帮我把领带拿下来，扣子全都解开！我疼着呢，过来呀！"

她很乖地走到他身边，不是怕了他，而是他额头上的汗珠是真真实实的，他究竟是怎么了？

很想问问，但问不出口。

也许答案就在他的衣服下吧，刚才不小心碰到了他的腹部，他就疼成这个样子。她轻轻地解开他脖子上的斜纹领带，又小心地解他衬衫的纽扣，尽量不去碰到他，衬衫下，他的胸肌好完美，让她看着有些呼吸受阻。

她解开所有的纽扣，果然答案就在他的衣服下，他腹部贴着大片的药膏，难怪他疼成那个德行，原来刚才踢到了他的伤口，她心里狠狠地骂着活该！

“我的身体交给你了，先把药膏擦去，再给我涂上一层，药在那里！”他指了指床头柜。

我的身体交给你了，这话听着怎么这么别扭。

床头柜上放着的是她抱回去的那个罐子：“真小气，就拿了你一罐子药，还要偷回来！”她嘟起了小嘴，面对名贵的珠宝她不曾有过什么想法，但却强烈地想把这罐子药据为己有。

看着她的样子，他笑得有些发痴，她是在撒娇吗，她撅嘴的样子真可爱呢！

“都是你的，只要你愿意我都是你的！配这罐子药至少也要七八个小时，来不及了，再说原料也缺，我才让阿钰去拿来，怎么又站那么远，我这个样子吃不了你！”

她也怔了，怎么感觉味道不对，好像有几分暧昧，她怎么会对他说“真小气”这样的话呢！

她抱着药罐子挪着碎步走到床边，缓缓地蹲下来。

看着她俊俏的脸，他情不自禁地刮了下她的鼻子，双眸中全是柔情，又柔柔地把她的手握在了手心：“小水，其实、其实我就是你的小虞哥哥……”他似乎还想说什么，但欲言又止地吞了回去。

几次三番这样，她已经做不出吃惊的反应了，不管他是不是小虞哥哥，即便心跳的频率因他而不同，可在妈妈和自己的感觉之间做选择，她当然会选择妈妈！

再说，即便没有妈妈，还有一个她不会说不的任务！

费了好大劲才把他腹部的膏药弄净，露出了伤疤，伤疤斜在腹部，比她的整个手掌都长，伤口上零散的缝了几针，渗着血。

那伤口看得她头皮直发麻，那么大的伤口，得流多少血呀，当真是有危险呢，这要是深一点，伤了内脏说不定真就没命了，他不会真的和黑道上的人玩命去了吧，要不怎么会受这样的伤呢？

不知怎么搞的，很想去摸摸他的伤口，问问他疼不疼，她真的是中了他的邪，不该有的情绪却这么强烈！

或许只是因为他身上的独特气质吧，像女孩心目中的——英雄。她又摇起了头，他就是个卑鄙下流的流氓，哪里配得上英雄这个词！

她心里的波动没有过多地表现在脸上，但她的眼神变化很丰富。他浅笑着把她满是药膏的柔软小手握在掌心，傻丫头一点都不懂得掩饰自己的情绪，还敢来偷东西！

“是谁这么傻，派你来我身边偷东西，不是送羊入虎口吗，前天打电话的那个1？”

她心里咯噔一下，但没做声，她知道自己在他面前不是个聪明人，少说点，就可以少暴露点愚蠢。

看她这个反应，他狠狠地抓住她纤弱的小手，疼得她花容失色痛吟连连，骨头似乎都被他捏碎了。伤成这样，还有这么大力气，早知道刚才就狠狠地踢他一脚了。

她痛苦地呻吟着，却依旧不说话。

他阳刚的眉头高高地蹙了起来，别看她是那么柔弱的小人儿，脾气绝对够大，看她这副倔强的模样，就算把她骨头捏碎，她也不肯说的！

他手上的力道轻了下来，他不想这么粗鲁，可是看见她这个倔强的模样，就恨不得捏死她！

他在她面前总是会情绪失控，不去看她那张倔强的小脸，情绪才能正常点。

“别发呆了，上药啊，我疼着呢！”

她连忙给他上药，只要不继续追问就好，上完药，他穿好衣服，又衣冠楚楚了，精神头还很足，根本看不出来他身上带着那么大的伤口，不过唇的颜色稍微有那么点发白，这么大的刀口，一定失了不少血。

“赶快抓紧时间完成任务，质量不能比前面的那十份差！”

他一脸邪恶地抬起她的下巴，在她唇上轻点一下，而后得意洋洋地走了。

她站在他的休息室里发呆，他什么意思，为什么让自己看见他的伤口，他是在游戏，还是认真的？

算了，不去想了，还是想想任务吧，前天就耽误了一天，今天又耽误了小半天，后面几天睡觉时间又要压缩了！

刚要离开，她又停了下来，有机会单独留在他的休息室里可不能错过，她四处翻看起来。

当打开墙角一个柜子门的时候，她的心快跳到嗓子眼了：那是一个散发着金属光泽的保险柜，很大的一个保险柜，重要的东西都在里面了吧，或许打开保险柜就可以和这一切说再见了，无论如何都要试一试！

她把手上的药膏洗净，回到自己的位置上，心还在扑通扑通地跳着。

“小水，发什么呆呢，刚才在钱总办公室那么久，是不是和钱总在逍遥啊？钱总还真是好兴致，他一定很强吧，我可都听见你的叫声了，是不是特爽？”

唐玉的声音很大，声波遍及了办公室的每个角落。

她快囧死了：“什么呀？胡说什么呢，才没有！”

早知道会这样，刚才疼死也不叫了，不对呀，那个房间的隔音效果没这么差吧，哦，想起来了，那扇门没关！

“小水，你身上钱总的味道更浓了呢！”

这个唐玉真是口无遮拦，她起身往卫生间跑，想让唐玉闭嘴几乎不可能，那就躲吧。

唐玉不依不饶地跟了上去，嗅着香气抓起她的手拉到鼻子前嗅了嗅：“最香的果然是手！从实招来，摸钱总哪儿了！”

她用力地甩开唐玉的手。

“是药味！”

说了也白说，说这香味是药味，谁信啊，该死的香味，她在水龙头前用力的洗着手，可那味道怎么都洗不掉。

“药味？什么药啊，不会是春药吧！”唐玉嘻嘻地奸笑着。

“小玉，我跟你解释不清楚，反正不是你想的那样！在小泉面前一个字也不要提，你能做到吗？”她说着把许诺给唐玉的项链塞到了唐玉手里。

唐玉拿着链子很郑重地点着头：“当然！我保证一个字也不提！钱总的床上功夫应该不赖吧，你们家小泉可能比不上他，弄出那么大动静！”

乔怡水很鄙视的蹙着眉，真是的，怎么什么话都说得出口！

“别把小泉扯进来！你要是很好奇，有机会你自己试一下就知道了！他就是个魔鬼，暴力狂，你看我的手被他捏的！我是因为疼才叫的！”手都被他捏青了！

唐玉看着她的手，夸张地啊了一声：“好激情啊！”

再次石化，真是败给这个变态的家伙了，她扬起冷水往唐玉身上洒去：“叫你再胡说八道！你和他凑一对倒是挺合适的，都变态！我和他真的什么都没发生，要怎么说你才相信！你以后再这样在办公室里口无遮拦的，我就不理你了！”她真的有些火了，但担心唐玉在于小泉面前胡说八道，她不敢真的跟她发脾气。

同学四年，唐玉看出她是真的有些怒了，也正经了起来：“你们的关系难道是我说出来的吗？我说不说还不是都一样。他婚礼上发生的事是我说出来的吗？你的叫声我不说大家也都听见了，有什么大不了的，让她们嫉妒你的性福去吧。你就别遮遮掩掩的了，和谁做还不都是做，钱总可是把身体上的享受物质上的享受都给你了，你应该骄傲才对，摆到面上，反倒是议论的人会少一些，你越是遮遮掩掩，人类的好奇心使然，就越是感兴趣！”

乔怡水轻轻地叹了口气，还真是无从辩解了：“小玉，别人不了解我，你还不了解吗？根本不是你想的那样，我不是他的情人，更不想做他的情人！我这辈子都不会……”

突然多了很多上厕所的人，这些八卦们显然不是来上厕所的，那些眼神，似乎要把人活生生地剥光一样，这些讨厌的家伙，她直接冲了出去，沿着楼梯一路跑了下去，这个鬼地方她一分钟也不想待下去了！

她刚跑出这个大厦就被一个高大的身躯挡住了去路。

“听先生的话对你只有好处！”凌钰木呆呆的像个机器人。

她怒视着眼前的男人，窘迫愤怒都一并找到了发泄口，一拳接一拳地打在他硬邦邦的胸肌上："你这只死藏獒！我为什么要听他的话，我又不是他的玩偶！凭什么让我听他的！整个公司的人都把我当成他的情人，我不是！我不是！做任何人的情人我都不会做他的情人！"

他看着她满是泪的脸，特别是那双水汪汪的眼睛，让人看着心都跟着颤抖，他很想把她拥在怀里给她点安慰，但是他知道不能！

"别打了，打我你又赚不到便宜！既然已经是先生的女人了，就接受他吧，像先生这么优秀的男人找不到第二个了！"

听凌钰这么说，她更激动了："什么叫既然是先生的女人就接受他吧，你是想告诉我被他占有了就要接受他吗？我才不是他的女人！不是！以后不许再说我是他的女人！"也不全是因为愤怒，反正心里很不痛快，打不疼就用咬，她抱着他的胳膊恶狠狠地咬了下去，他的胳膊和钱泽琰的一样硬，咬不下去，她就咬住了他手掌的侧面，直到感觉到温温的咸咸的液体，她才发现自己用的力气有多大，不过心里舒服多了。

只是，怎么把藏獒咬出血了，这个大藏獒要是怒了，一根指头就能戳死她这个不自量力的丫头吧！

"你、你怎么不躲？"她的言外之意是想说是你自己不躲，不怨她。

他的脸上没有一点怒色，只是唇微微动了动："现在心里好受一点了吗？"

"我、我这就回办公室去！"她逃也似的就往回跑，这只大藏獒脑神经接收的可能有些慢，一会儿反应过来就完蛋了。

"等一下！"

听到他的声音，她跑得更快，只是还没明白怎么回事，她已经撞到了他的胸膛上，踉跄着，如果不是他拉了一把，她就四脚朝天的摔到地上了！

"你不用这样怕我，我的任务是保护你，你要是少根毫毛，我大概会断条腿，这个给你！"他从口袋里掏出了个粉滴滴的手机递到了她面前，"装上卡就能用了，"他又从另外一个口袋里掏出个东西，"这个是充电器，都让我的血弄脏了！"他用自己胸口的衣服擦掉血迹。

对哦，不用怕他的，这个家伙，傻乎乎的，她问："你的先生问起来，你怎么说？"他的手，一排红红的牙印还在渗着血。

凌钰看了看牙印，挠了挠头："我不让他看见就是了！"

要是让钱泽琰看见了问起缘由，估计这个忠实的藏獒不会说谎，钱泽琰那个不讲道理的家伙，到时候没准要责怪她呢！

"等我！马上下来！"

她跑上楼从钱泽琰的休息室里抱出那个药罐子又跑了下来，拉过他的手要给他上药，他吓得连忙缩回了手，简直太受宠若惊了，她竟然是跑去拿药了。

"不用！真的不用！我皮糙肉厚很快就会好！"

"再皮糙肉厚也流血了，这药很好用，这么浅的伤口很快就会好。"

她再去拉他的手，没拉到之前他已经闪出去了老远。

"不行，我不能用这个药，它太香了……"

也许是因为他太过紧张，竟然没能躲过她带着药膏的手指，一坨药膏抹在了他的手臂上。

她得意地笑着，那笑容就像搞了恶作剧的小朋友一样可爱。

"现在你用不用药都有香味了，你是选择疼下去呢，还是让它赶快好起来！"

他蹙着眉头，样子看上去很委屈，唇动了动，说出几个让她觉得自己像个小魔头的字："你怎么总是捉弄我！"

她强行拉过他的手，把药膏涂在了上面，说："我是怕你的主子会收拾我，他会恶狠狠地说，你怎么把我的大藏獒弄伤了，你要受到惩罚！他发飙的样子很吓人呢，像个猛兽！"

看着她认真涂药的样子，他为先生的所作所为感到愧疚。

"昨天……"他顿了一下，声音不知怎的有些沙哑："很疼吧，连我都知道对待女孩子第一次要温柔些，先生怎么会忽略了？"

什么？这个大个子真讨厌！

她狠狠地推开了他。

不过她眼睛里随即露出一丝邪恶，她看着眼前这个大个子，感觉找到了坚硬岩石上的裂缝。这个大个子和他的主人有些间隙，至少在这件事情上，看上去他很反感钱泽琰的作风。

她垂下眼帘摇了摇头，楚楚可怜的，这种模样生为女性天生就会："还没有，要不是你突然出现就有了……"她苦笑了一下："反正是早晚的事，躲得过昨天谁知道躲不躲得过今天呢！"本来是想做戏装出一副可怜样的，不知怎的，她鼻子竟真的酸了。

听她这么说，他变得有些激动，险些去抓起她的手，好在及时收回了："你是说还没有？"

她的脸刷地红了，她不是演戏的料，真的演不来呢。

"你……你走开！"

她抱着药罐子就往楼上跑，眼泪无法控制地流了下来，这戏演了也白演，跟他说有什么用，他不过是一只四肢发达的大藏獒！

"乔怡水！"

他有点别扭地叫着她的名字，见她脚步没停，他又老样子，用极快的步伐绕到了她前面，于是她又撞到了他怀里，这次她没踉跄，他的一只有力的大手使她稳稳地站在了他面前。

"手机你还没拿呢！"看着她如同水晶般的眼睛流出了两行泪，他的语气更柔和了："我会去劝先生让他以后不再那样对你，其实先生他是很好的人，只是他有太多的苦衷，你慢慢就会明白的！你要是不愿意上去就别上去了，我不告诉先生就是了！快别哭了！"她只是个柔弱的需要保护的小女孩，他实在想不明白钱泽琰为什么要把她推到风口浪尖。

"手机我要了！"

她抹了把眼泪，没好气地接过了手机，钱泽琰是不是好人不重要，反正她要做的事和他是不是好人也没有关系。

她转身上了楼，这是她必须面对的，刚才不过是一时没控制好自己的情绪，以后不会了！

把药罐放回他的休息室，她把他办公室的门反锁，靠在他的大椅子上玩起了新手机。他的办公室很安静，只是到处都是他的气味，虽然好闻，却也让人压抑。

手机卡刚装上去不大一会儿，那个曾经设为1的号码就打了过来，虽然她不记得这串数字，但是她看见了仍然认识。

“小水，究竟怎么回事，我出差回来怎么就变成了这个样子，你都急死我了。你怎么会跑到钱泽琰的婚礼上，怎么会闹出那样的事，那个大个子是怎么回事？等等，是我太激动了，我不该这样质问你，告诉我，你现在安全吗？”

接通电话，那边就气也不喘地说了一大串。

“我、很好！”

“小水，我要见你，立刻马上！”

她还想说什么，却见办公室的门锁在动，一定是钱泽琰回来了，没人敢随便进他的办公室。

“我现在不方便，等我电话，不要再打给我！”

她连忙挂断电话，顺手把手机塞进了牛仔裤的口袋，跑去打开了门。

果然是钱泽琰，他偏着头看着她，嘴角神秘莫测的一扬：“适应得挺快的吗，懂得主动了！不过以后不许把我的门反锁！”他带上门捧起她的脸就吻，她隐约地看见几双好奇的眼睛被他关在了门外。

她在心里长长地叹了口气，这下完了，以前如果都是传言，现在终于有人亲眼看见了！

只能怒视着他，身上带着那么大的伤口也不知道收敛，血管破裂死掉才好！

“又在诅咒我什么？”他停下来捧着她的脸看，嘴角依旧挂着诡笑。

“诅咒你身首异处，死后投胎做婊子！”这是唐玉发泄不满的时候的口头语，她顺嘴溜了出来。

他脸上的诡笑瞬间被不满取代：“我投胎做婊子，你一定要投胎做个有钱的嫖客！”他食指按住了她的唇：“这么粉嫩的小嘴，以后不许说婊子这种字眼！回设计部去，我有客人！”

她刚要走，敲门声响了起来，他压低着声音让她进去，她乖乖的进了休息室，把耳朵贴在门上听外面的声音。

得到允许后，乔怡水的直接上司，现在说来是曾经的直接上司孙思雨，那个冷艳的设计师，抱着一个文件夹，迈着蛇步，扭着屁股走了进来。

这不是他要迎接的客人，他看着这一幕，眼底闪过一丝不耐烦，但还是露出了礼节性的微笑。

“孙设计师有事吗？”他语气中带着一点毫无遮掩的不满。

孙思雨冷艳的脸更冷了，她冷笑了一声：“钱总，你叫我孙设计师？”

“不然呢？”

面对他这句反问，她依旧冷笑，却带出了几分哀怨：“好吧！钱总！”钱总这两个字她发音特别重，“这是冬季推出产品的设计方案，请您过目一下！”

她把文件夹放到他面前，双手柔柔地搭在了他的办公桌上，把身体支撑出了一条优美的曲线，重力的作用下，胸前的那道沟壑也更深……

他嘴角冷冷地动了下：“你应该拿给柴老先过目，柴老才是你的上司！在职场也不是一天两天了，怎么还犯这么低级的错误！”

她眼中的娇媚一瞬间化作了一团怒火，一字一句的咬着牙：“钱泽琰！你不要太过分！腻了就想像扔垃圾一样把我扔掉吗？”下一秒她的语气又缓和了，纤细的手臂柔柔地搭在了他身上：“钱哥，我喜欢你疯狂的样子……”

乔怡水难为情地后退了几步，真恶心，还钱哥！难怪她对自己意见那么大，这个孙思雨看上去一本正经的，竟然也和钱泽琰有一腿！

想让心里舒服一点，只能认为这个吻过她的钱泽琰不是传言中的那个钱泽琰，可是谁能证明不是一个人，他如果要演戏，演成这样也不难！

突然觉得有些恶心，趴到洗手盆边上竟然吐出了一大口酸水，这两天都觉得有点恶心，也不知道怎么了！

“怎么了？”

随着他的声音，他的手落在了她的肩上。她缓缓地回过头，可是又喷出了一口酸水，喷在了他笔挺的西装上，液体沿着他的衣服流到他的裤子上，又流到他锃亮的皮鞋上！

“对、对不、起！”

她知道他有很严重的洁癖，据说曾经有个不知死活的家伙把口香糖弄到了他身上，结果那人骨折住了院，现在说来就是一个月前的事。

他面无表情，但是看上去就要发作了，“我、我帮你洗！”她说着就要去脱他的衣服。

“别动！”

他一声令下，她的手僵在了半空中：“我不是故意的，对不起！”

他一脸温柔，“还想吐吗？”

他的语气竟是那么的温柔，她木讷地摇了下头。

他这才把身上的衣服和裤子一并脱下来扔进了垃圾桶，身上只剩下一条内裤，还有腹部贴的那一坨药膏，她连忙把头转向了一旁，但那景象却挥之不去，他身上全都是一条一条紧实的肌肉，健壮又好看。

他蘸湿了块毛巾，帮她擦了擦嘴，又倒了杯漱口水递到她面前，她完全不知所措，机械地接过水漱了漱口。

“小水，出去吧！”

她很听话地照做了，他关上洗手间的门一阵冲洗以后，干净了。

她傻呆呆地看着，其实这么恶心的事他不用自己做的，可以叫打扫卫生的阿姨，或者让她来做也可以。

心底又涌上了一丝异样，也更加想不明白，他所做的一切，究竟是为了什么？

他从洗手间里出来时，深深地吸了口外面新鲜的空气，“死丫头，你知道我那套衣服多少钱吗，被你毁了，你得赔我，帮我挑一套衣服，顺便帮我穿上！你说你至于吗，还吐了，我没钱泽琰那么恶心，我才不会什么女人都要，我很挑剔，只要你！”

什么吗，理解到哪儿去了，“我是不舒服才吐的，和你没关系！”

“不舒服？”他抓起她的手腕摸了摸，“你是最近太累了，伤了脾胃，不行还硬撑着！”

“你、还会把脉？”会配个药不稀奇，可这把脉可不是一天两天能练出的功夫！

他的眼睛里闪过一丝苦楚，但一闪即逝，转而换上了一脸嬉笑，“很多大人物，像唐太宗、康熙，这些帝王也都懂中医，多了解自己的身体，是对自己负责！”

什么乱七八糟的，不想说就算了，用得着这样东拉西扯吗，“钱总，要是没什么吩咐，我去做事了！”她说着就要走，不想和他有太多接触。

“给我站住！动不动就想跑，是不敢正视对我的感觉吗？”

“你怎么理解是你的事！反正我只是想抓紧时间完成任务！”

他一声轻笑：“你就嘴硬吧！算了，我也不是魔鬼上司，扛不住就休息几天！”

“我扛得住！”她倔强地说。

他无奈地摇了下头：“好吧，随你，不过体力透支到爬不起来，也不算过关，你自己看着办！先给我选套衣服，我还有事呢！”

衣柜里有很多他的衣服，她赌气地选了件癞蛤蟆颜色的衬衫套在了他身上，可是他这个天杀的身架太好，愣是把衬衫的品味提升了好几个档次。她又选了套竖纹的西装，搭在一起应该很奇怪的，可穿在他身上偏偏一样的玉树临风。

俗话说人靠衣装马靠鞍，可这句话在他身上不适用，更像是他衬托了衣服。

“看够了没？”他笑得美滋滋的。

她难为情地垂下了头，丢死人了，竟然看他看到失了神。她手忙脚乱地拿了条领带就要往他脖子上套，他夺过领带扔了出去，拉过她的手，贴在了他的胸口。

她能感觉到他的呼吸，一起一伏的，很有力。

他也同样把一只手贴在了她的胸前，只是锁骨下面一点的位置，感受着彼此的呼吸，不带丝毫猥琐。

“小水，看着我的眼睛！”

这样宁静的凝视，她才发现，他的眼睛是幽蓝色的，像一颗蓝宝石，迷死人的好看，女娲造人的时候也太偏心眼了，怎么什么好东西都给了他。

“小水，我要你记住我今天的话，无论做什么，跟着自己的感觉走！其实很多时候眼睛看到的才是虚的，我知道你不懂，你有这样一双清澈的眼睛，怎么会懂，但是他们竟然舍得利用你！”他说着动情地抚上了她的脸颊：“那天，你穿着一身墨蓝色的职业装，不太适合你，但一样动人。我还记得那天你胸前别的胸针，是一只呆头呆脑的甲壳虫，你知道那枚胸针你戴在胸前有多可爱吗？”

她愕然，那应该是在卧龙第一次和他碰面，那天公司有个宣传活动，他西装笔挺高高在上，没想到他看这个女孩，竟然看得这么细！

“看来我错了，我还以为是我惹到了你才落在了你手里，原来早就被你盯上了！”

“别说话，听我把话说完。你不知道看着你的小模样，我多想抱着你狠狠地吻，吻到天昏地暗，但不管多想我都忍住了，我不想把你卷进来。两个月，你知道我有多难受吗，很多时候我特地来公司一趟，就是想看一眼你坐在那里的身影！”他蹙着眉摇了下头，“可是你还是被卷了进来！小水，记住我说的话，我所做的一切都是为了让你更安全，你要好好活着！”

他又在暗示他就是小虞哥哥吗？这个问题她不打算再探究，倒是这番话挺动听，就是感觉有点离谱，什么更安全，什么好好活着，她一直都活得好好的！

“我当然会好好活着，我一直活得很好！”

他似要说什么，又吞了回去，最后露出个浅笑，抬起她的下巴轻吻了一下，而后转身离开。

他走了，她坐在他的办公椅上沉思了很久，最终掏出了那部新手机，想要给那个“1”打给电话。差一点就拨出去了，她又放弃了，谁知道这个手机里有没有猫腻呢，比如窃听什么的。

于是她硬着头皮走出了那间办公室，顶着一种无形的压力走到了唐玉办公桌前。没等唐玉开口，她丢下句手机借我用用，抓着她的手机就跑，直接钻进了钱泽琰的办公室，现在这栋大楼里，只有这个地方对她来说最安静。

“喂，我是乔怡水！”她用唐玉的手机拨了过去。

电话那端的男人语气中透着焦急：“小水，你还好吗，刚才怎么回事？你在哪儿？我去找你！”

“我没事，你千万别再贸然地找我，你看见的那个大个子差不多二十四小时监视我，他好像很厉害，他们好像都是玩命的！”

“我知道那个大个子很厉害，我想跟踪他，可是完全没有可能，我一直都不知道钱泽琰身边有这样一个人，看来我的工作做得还不到位！我要见你，我来告诉你下一步怎么做……”

第七章

我怎么知道会这样

终于到了下班时间，她按照电话里交代的，下班的时候拉上了唐玉，打算出了办公大楼再说去哪儿，免得唐玉一惊一乍。

“乔特助，说吧，这是拉着我干什么去？”唐玉阴阳怪气的。

“不许叫我乔特助！马上改回去，还叫小水，叫顺嘴了就麻烦了，要是小泉问起来，你让我怎么解释？还有，也不能让我妈知道，小玉，这件事情拜托你了，千万别说走嘴了！公司里所有的事情都不要说！”

唐玉啧啧了几声：“你可真是的，我说乔怡水，你是故意气我的吧，他怎么就不让我做特助呢，你还遮遮掩掩的，卧龙总裁的特助，这是何等的风光啊……”

这丫头是又想要好处了，贪婪的家伙：“管好你的嘴，柴叔叔送我的那条金项链送你，我没记错的话，某人可是垂涎已久了！”

果然，唐玉的眼睛瞪得溜圆，都冒绿光了，这出手也太大方了吧，“你说真的？我不信，那条项链可值上万呢！”

“管好你的嘴，就是你的！”

“当然当然！我唐玉从来都不会胡说八道！”随即唐玉摆出一副极其郁闷的神情，把一头洋娃娃般的短发揪得很抓狂，“我说小水，你至于吗，这么大方地出手，竟是为了遮掩风光的事，我实在想不通！”

乔怡水狠狠地拍了下她的手：“别抓了，都抓成鸡窝了！想不通就别想了！不过给我适可而止，不然我豁出去了，你也不再是我的朋友！”

唐玉嘻嘻地笑了：“知道了知道了！反正你也很少戴首饰，我帮你戴戴又怎么样，看你那样！”

“知道就好！现在带我去迪厅，人越多的地方越好！”

“去迪厅？”唐玉又被电击到了，可爱的娃娃脸仿佛被一只无形的手拧成了麻花，“等等！你让我反应一下！一定是哪里出错了，纯纯的乔大小姐要去迪厅？在学校的时候那样拉你你都不肯去，今天这是怎么了？还是你终于长大了？

或者是钱总对你的刺激不轻？”

“哪儿来那么多废话！我要甩掉一条尾巴，他一直在跟踪我！”

“甩掉尾巴？”唐玉摸了摸她的额头，“也不烫啊，脑子怎么坏了，你不会梦游呢吧，我们这是现实世界！”

“是真的，有个人一直在跟踪我，跟你说不清楚，就像说不清楚我不是钱泽琰的情人一样！反正我必须甩掉他一会儿，带我去迪厅，所有的消费我埋单！”

唐玉夸张地用双手捧起了她的脸：“你究竟是谁呀，我怎么突然不认识你了，超级女特工？”她又露出一脸贪婪，“我带你去没问题，把你那条四叶草的手链也送我吧？”

乔怡水用拳头狠狠地把唐玉的手砸开，满眼愤怒：“你这是趁火打劫！”

唐玉连忙露出两个甜甜的酒窝：“这么大脾气，逗你玩的！真的要去迪厅？”

“当然，快走吧，找个人多的迪厅！”

“这个时间哪个迪厅的人都不会很多！不如先去吃饭吧，我现在饿着呢！”

“也好！”

于是她和唐玉随便地吃了点东西，从餐厅出来天色还没有黑下来，唐玉说要再过一会儿迪厅的人才会多起来，她们只好缓慢散着步往迪厅方向走。

一路乔怡水不停地掐着手指，心里十分矛盾！

“小水，你怎么了？”唐玉语气中再没有了平时的叽叽喳喳，一副很沉稳的样子，“我看出来了，你是真不开心。”唐玉像在大学时一样，轻轻地抓起了她的手，“傻头丫，告诉我，到底怎么了？夹在于小泉和钱总之间很难做？”

她摇了摇头：“不是，我不能说！”她抓紧了些唐玉的手，“小玉，谢谢你！”

“谢我什么！谢我勒索你的东西吗？”

“谢谢你的手！死丫头，你以为我不想让你勒索，你勒索得了吗！”她缓缓地眨了下眼睛，轻轻叹了口气，“小玉，真想回到大学的时候！”

唐玉很无奈地“切”了一声：“喂喂，某人！毕业证也才拿到手而已，说得像历经沧桑似的！”

“当心当心！”

一阵噪杂声打断了她们，一辆收废品的三轮车因为装得太高，眼看上面的东西朝着唐玉倾斜过来，乔怡水一着急，用力地推了一把，那堆东西摇摇晃晃地朝着另一个方向倒去，如果倒在地上也就罢了，偏偏砸中了一辆经过的车，不知道车砸没砸坏，但弄得脏兮兮的。

那辆被砸中的车，一个急刹车靠边停下了。

“完了，完了！”唐玉看着那辆车，娃娃般的脸扭曲了，这辆车可是全世界都超不过五辆的车！

车门开了，前座走下个穿深色西装的男人，彬彬有礼地打开了后门，弓着腰请车里的人下来。

乔怡水一看这个阵势也懵了，这是什么人的车，再看那车，颜色很特别，从没见过这个颜色的车。她不认识那个车标，但看上去价值不菲，只是现在，像抹了个大花脸的美丽少女。

紧接着从车里不慌不忙地走出个男的，瘦高个儿，衣着过分考究，就连发丝好像都是一根一根地打理过的，一张脸也算英气，只是过于稚嫩，偏偏要做出一副成熟稳重的样子，有几分小朋友扮大人的滑稽。

一看这个架势，那个三轮车的主人撒腿便跑，一溜烟地消失在了人群中。

“跑啊！”

唐玉反应过来时，抓着乔怡水就跑，却被那个穿深色西装的男人把二人一手一个抓着胳膊揪了回来，看上去比抓小鸡都容易。

“是你们砸了我的车？”那个男人一步一步地逼近，说话慢条斯理，但声音的稚气还未退，听上去怪怪的。

“不怨我们，是个意外，是这辆三轮车……”

乔怡水解释着，可那个男人明显没有耐心听。男人正要去捏她下巴的时候，一只有力的大手把她拉到了一旁，男人的手捏了个空，那个穿黑西装的也松开了手，捂着手臂好像在忍痛。

是凌钰，他出现得可真及时，她慌慌张张的心立刻踏实了，情不自禁地往他身上靠了靠，目前，这个胸膛最安全。

男人打量着眼前的这个大个子，看上去很生气，低吼一声：“滚开！”

“你损失了多少，钱家可以双倍赔偿，不要为难她！”他不是故意表现，但带足了男人的威武，罪魁祸首的她，依偎在他旁边，倒是有恃无恐了。

男人狐疑地看着凌钰：“钱家？你是哪个钱家？我看你是活腻了！”

男人说着打了个响指，车里又走下个穿黑西装的男人，看上去壮壮的，架势挺吓人，可一出手就被凌钰制服了，摔了个狗啃泥，趴在地上哼哼地起不来。

“废物！我怎么就养了你们这些废物！”男人气急败坏地往那趴在地上的人屁股上踢了一脚，又转向了凌钰，脸上没有什么表情，看不出他是怕还是不怕，但他说的话证明他怕了，至少这会儿他被眼前的力量给镇住了：“你说钱家赔偿？钱家谁赔偿，不会是你吧？”

“赔你就够了，不是吗？”凌钰阴沉着声音。

看着凌钰的脸，男人略作迟疑，还是妥协了，低声道：“是！是！”男人对着旁边的人挥了下手：“看看车有哪里弄坏了！”

那人仔细地查看了一番，有两处刮花了。

男人沉思了一下，“我也不要双倍了，五十万，这事我可以当没发生！”

五十万？开什么玩笑，乔怡水的嘴巴张得老大。砸了一下五十万，这是什么车啊，砸得也不重，不过是掉了点油漆而已！

凌钰微微一笑说：“五十万？好吧，就五十万！我马上就给你！劳烦稍等几分钟！”

他打了个电话，只说了一句，需要五十万的支票，不多会儿一个人送来了一张支票。男人验证了一下那张支票，令手下把那个趴在地上一直没起来的抬上车，愤愤地走了。看着那辆车走远，乔怡水才松了口气。

“喂，大藏獒，那车砸一下真的要五十万吗？再说，也不全怨我啊！”五十万啊，这算谁欠的！

凌钰蹙着眉头，推开了一直半拥着的她，满脸严肃：“修车是用不了五十万，我只是让你记住，遇到事情的时候别这么不分轻重！谁让你去推，不知道有多危险吗？”

面对他的斥责，她觉得万分委屈：“我哪儿知道会这样？”

“是啊，不怨小水，她都是为了救我！”唐玉痴痴地看着眼前这个高大帅气的男人，从凌钰出现的那一刻她就开始发痴。

凌钰根本就没多看唐玉一眼："可你知道那样有多危险吗，万一你没推过去，砸到你身上怎么办！你可以躲，为什么要推呢！我送你回家，在家里老老实实的待着，别真的惹怒了先生！"

凌钰拉着她就走，她奋力地挣脱开了，那种情况下她哪里还会想那么多！

"刚才谢谢你！不过我还不能回去，我和唐玉还有点事，你去忙吧，回头我自己回去就好！"当然她知道他不可能自己去忙。

凌钰很无奈地叹了口气："那你去吧，我就在后面跟着，小心一点。"

和凌钰刚拉开一段距离，唐玉就用力地摇晃了几下乔怡水的手臂。

"小水，这人是谁呀，劲儿怎么那么大呀，一脚就把那么一大坨肉踢飞了，我这个小心脏呀，差点就跳出来了！"

"他就是跟踪我的人！"

唐玉又回头看了他一眼："这家伙帅呆了！小水，我羡慕死你了，这哪里叫跟踪，明明就是保护。你看他刚才揽着你的那个样子，是百般呵护啊，要是有人愿意这样跟踪我，有多少来多少吧！我就奇怪了，好男人怎么都围着你转，呼之则来挥之则去！又富有，又帅气，五十万呀，他递上支票的那个样子，简直太帅了！真有魄力，连施家三少爷都让他给镇住了！"

施家三少爷，这让乔怡水大感意外，刚才那个是施家三少爷吗，难怪那副派头！

"刚才那个人是施家三少爷？不是说在国外进修吗？你确定吗？"

看着乔怡水有点过激的反应，唐玉露出了狐疑的眼神："咦？你一向不关心这些富家子弟，怎么会知道施家三少爷在国外进修？不正常哦，你最近究竟怎么了，给我从实招来，不然我就告诉那个大个子你想要甩掉他！"

乔怡水不屑她的威胁："那你就告诉他去好了，反正他一直知道我想甩掉他！倒是你，项链还想不想要了？"人只要有弱点就好办！

唐玉嘟着嘴，愤愤然："死丫头，你什么时候也学得这么奸诈了？他究竟是什么人啊，这个告诉我总无妨吧，他说的先生又是谁呀？"

"再说我真不理你了！"

唐玉歪了歪头，咬了咬手指说："我就不明白了，你为什么还要和于小泉结婚呢？你也别说我势利，咱们都生活在现实中，于小泉穷鬼一个，你的小泉虽然长得也还行，可是和钱泽琰比起来是一个天上一个地下，要是换做我，我就毫不犹豫……"

"小玉！"她也不想和于小泉结婚，但绝不是因为他没有钱！

"好，好，不说了！看你那脾气！"

终于到了迪厅，震耳欲聋的声音都快把人的胸膛震炸了，空气中弥漫着酒味、烟草味、还有各种混杂在一起的香味，人挨着人，个个都像发了疯的僵尸一样！

这个地方算是选对了，这么密集的人，这么糟糕的光线，为了保证她的安全，凌钰不得不挤了进来，他本想把她拉走，可谁知被几个不要命的女孩纠缠住了，他摆脱了女孩再去看乔怡水，人群里早已经找不到她的身影了。

乔怡水捂着心口逃出了那里，来到隔壁餐厅的一个包厢，像是做间谍似的，着实很紧张呢。

"小水，你还好吗？"

一进门，男人就抱住了她。她愣愣的，不知如何是好，炙热的体温，宽厚的胸膛，虽然认识了他很多年，可他从来没这样过，她怎么能不慌张？以为抱一下他就会松开，可是久久的，他没松开。

"施先生，我是乔怡水！"

"我知道！小水，几年了，我们认识有几年了？"

她想也没想就报出了数字："十三年！"

"十三年，都十三年了，当初那个小女孩生的亭亭玉立，我还当你是小女孩呢，蓦然发现你已经这么大了！告诉我，这十三年来，我在你心里是什么人？"

这是他从来都不曾问过的问题，他今天这是怎么了。"施先生，可以放开我再说吗？"这样的问话，这样的距离，都让她很不自在。

"不可以！我要这样听你回答！"

"施先生……"

“不要总是这样恭恭敬敬的，你可以叫我阿峰，或者峰哥！”

她整个人僵住了。他已经三十出头了，她一直把他当长辈，比对长辈还恭敬，他也一直都像长辈一样，今天他到底怎么了，阿峰、峰哥，这是很明显的暗示！

她一时间不知道该做出怎样的反应，不想让他不高兴，可也不想面对他的这种暗示。

“小水，你怎么不说话？”

她掐着手指，沉默了一会儿才开口：“钱泽琰的办公室里有一个保险柜，您要的东西可能在里面，那个保险柜我可以接近，但是打不开，你安排一个会开保险柜的人来吧！”她不知道怎么回答，干脆只说事，不回答了。“还有，我今天不小心砸了你弟弟的车，他大概很生气……”

“什么？”他终于推开了她，看着她的脸，一脸的难以置信。

他很英俊，十三年前就很俊朗，如今更是成熟稳重，充满了男人味。他叫施峰，是和钱家实力不相上下的施家的二公子，两家的业务领域百分之八十重合，也就是同行，所谓同行是冤家，他们两家的恩恩怨怨早已不是一天两天了。

这次她去钱泽琰身边就是他的意思，她不会问原因，只要他说需要她去做，她就会赴汤蹈火，这也是妈妈的意思，刚好一举两得了。

她垂着头，不敢看他的脸，事情办得乱七八糟，还惹了不少事。

在他的要求下，她如实说了详细的经过，他听完脸色变得很凝重！

“我知道了！虽然没什么机会和他碰面，不过碰到了你就躲着点！”

她点了点头说：“我知道了，施先生！”

“至于那个保险柜，回头你拍张照片给我，我要看看是个什么样的保险柜。”

她点了点头:“嗯，那，施先生，我先回去了，一会儿那个大个子说不定就找来了！”她说着就要走。

“等等！”他的脸色突然变得有些阴沉:“小水，你要结婚了？”

她点了点头，得到了证实，他的眉头蹙了起来。

“你结婚都不告诉我吗？十三年了，我对你不够好吗？我给你请最好的老师，帮助你考入名牌大学，你结婚为什么要瞒着我？”

他生气了，这个从来没对她大声说过话的男人生气了，她从来都不想惹他生气，她自责地咬了下唇。

“施先生，这些都是我这个小人物的琐事，我不想烦扰你，不是瞒着你！你让我做什么我都会赴汤蹈火，哪怕失去生命，我都毫不犹豫！”

他的眼睛猛然瞪大了几分:“是吗，我让你做什么，你都毫不犹豫？”他逼近的同时两根指头捏起了她的下巴。

她从他的眼睛里看到了烈火和怒气，才注意到他也是个男人。“毫不犹豫！”她略微地挣扎了一下，不喜欢这样被人捏着下巴，为什么男人这么喜欢捏下巴，这两天下巴都被捏疼了！

“那如果我要你呢？”

他的脸都涨红了，虽然一向温文尔雅，他也是个男人。她心里那个高大的让她崇拜的形象，瞬间崩塌，他想要就要吧，在于小泉面前可以羞涩地挣扎，可以有自己的脾气，但在他面前，他要什么，她就给什么。

看着他的脸压近，她不由得闭上了眼睛，而后她又瞪大了眼睛，闪烁着水汪汪的晶莹。“不要，别这样！”这是亵渎，亵渎了他的形象，也亵渎了她的执著。

“不许反抗我。”

他的唇压近，她不会反抗，只得无奈地闭上了眼睛。那一刻，她的心蒙上了一层灰暗，很无力！

在能感觉到他炙热的时候，他停了下来。

“睁开眼睛！”

她很听话地睁开了，四目相对，他炙热，她平淡如水。

“告诉我，你愿意做我的女人！”

她一泓清泉眸子依旧平淡如水，但多了几分悲伤：“你想怎样都可以，但是对你，我从来没敢有过非分之想。你是高高在上的人，我一直尊敬你，崇拜你，你突然这么问，我很意外！”

他的神情稍稍缓和了一些，她这句话他听着舒心，浅浅一笑，他松开了她的下巴。

“你要和谁结婚，那个叫于小泉的？”

得到她的承认后，他不屑地哼了一声：“他配不上你，他不过是个平凡到不能再平凡的小人物！不许和他结婚！”

她缓缓地垂下了眼帘：“我也是个平凡到不能再平凡的小人物！如果早些说我会听你的，但是现在木已成舟，我必须和他结婚！”

“木已成舟？”他刚刚松了些的手指又很用力了：“什么叫木已成舟？你和他都做了什么，你怎么可以这么不检点？”他甚至有几分咬牙切齿。

她垂下眼帘不去看他的脸。十三年了，今天才发现原来他的脾气也很坏，不检点吗，和自己的未婚夫就算真的做了什么也不能算是不检点吧！

“他是我未婚夫！”

她的语气很肯定，以前一直还在犹豫，但现在肯定了。于小泉才是自己的男人，对于施峰她从未有过非分之想，钱泽琰虽让她心动，可和他之间距离太远，只有于小泉是可触可及的。她和他都是平凡的人，他从来不会咄咄逼人，只会哄着她开心，营造他们的小幸福，就像野花配野草。

“就凭他？凭什么做你的未婚夫！我说了，不许和他结婚，不然我废了他！”他眼睛里的怒火几乎喷射了出来。

她缓缓地眨了下眼睛，眼前这个认识了十三年的男人变得无比陌生，是啊，他本来就是陌生的！

“施先生，只要你一句话，我可以毫不犹豫的去为你做很多我不愿意做的事，但如果你伤了我的爱人，我就把我的命给你！”她拿开他的手，对着他深深地鞠了一躬：“他只是个无辜的平凡人，您又何必和平凡人计较。这些年你对我的帮助我一直记在心里，我会竭尽全力地回报你，只要你不去伤害于小泉，即便我结婚也一样会去做你交给我的事情！”

他的双眼射出了寒光，吓得她连忙垂下了眼帘，但惊恐归惊恐，她的心是坚定的！

“你敢这样跟我说话？你知道我为什么这么生气，我在等你长大，你是我的女人，你怎么可以和别人结婚？”

他的女人，听上去好奇怪，他有妻子，这事不需要谁提醒！

“施先生，您有妻子，您不会忘了吧?”

“我和她结婚只是因为家族利益，我和她没有感情！你是我的女人，不需要任何理由，我现在就让你做我的女人！”

他说着就去抱她，她躲闪，但没躲过去，被他抱在了怀里，接着按在了地上。他俯身去吻她，她瞪大眼睛双手抵着他，让他无法靠近。

他停下来凝视着她，不是因为她的反抗，和刚才去吻她时停下来的原因一样，她这双清澈的大眼睛和当年还是小女孩时一模一样。她只是个小女孩，他心里过不去那道坎，总觉得有些不忍。

她已经二十三岁了，早已成年，他和她也不过差八岁而已，他这样想着就不觉得过分了，于是他心一横，伸手去解她的牛仔裤。

这回是敲门声打断了他，他怒视着门口，怒吼了一声：“谁？”

“乔怡水，你给我出来！”

是凌钰的声音，这么快就找来了，她推了推身上的人：“施先生，让我出去吧，他要是想闯进来不需要敲门，他可以一脚踢飞你弟弟的胖保镖！”

施峰的唇动了动，带着警惕，压低了声音说：“我们之间的事情要保密，无论任何人问起都不要说，你是不小心遇到我，还和以前一样，我们是陌生人！”

“我明白，你放心！”

她整理了一下衣衫，捡起了地上的包，连忙出了那扇门。

凌钰正阴着脸站在门外。她带上门，低着头往外走，这个大家伙又被几个小女孩折磨了一通，一定气疯了。

“你应该知道，我没踢门进去，是不想你尴尬！”凌钰愤愤的，如果不是钱泽琰不让他闯进去，这会儿那个混蛋肯定已经趴在地上不能动了！

她一惊，尴尬，难道他知道里面发生了什么事？

“你什么意思？”

“没什么意思，你应该学会自重，长着这样一张脸就不要到处招摇！”凌钰冷着脸。

自重，她冷笑了一声，她的命运从十三年前就改变了轨迹，“我从来都不想招惹谁，更不会到处招摇，如果可以，我宁愿洗去我所有的记忆，只和我的小泉做一对平凡幸福的夫妻。算了，不和你说了，你这只大藏獒只会和你的主子一个鼻孔出气！对了，你是怎么这么快找到我的？”

“你的手机有定位！”

“什么？”

“不用大惊小怪，你应该猜得到！你刚离开我的视线，不到半分钟我就找到你了。我不喜欢对女孩子动粗，但仅是不喜欢，必要的时候我闭着眼睛不管是男是女。你以为几个小女孩就能缠得住我吗？别总把我当成大藏獒，我有脑子！你刚进去，我就站在门外了！”

大个子气得不轻，额头上的青筋都凸出来了。

“那你都听见什么了？”这才是她担忧的。

那里的隔音效果很好，他们的声音也不大，应该也听不到什么，但她想确定一下。如果钱泽琰知道了是施峰在打他的注意，他一定会反击，那样的话得跟施峰通个气。

“一字不落的都听见了，我的耳朵比藏獒的灵，不然你以为我会在那个时候敲门吗？老色鬼！”他说话的时候甚至把拳头握得咯咯响。

她掐起了手指，都听见了，这个忠实的大藏獒一定会如实地告诉钱泽琰！他没踢门进去只是顾及施峰是施家的二少爷吧！

看着她这个反应，凌钰嘴角苦涩地扬了扬，那就继续按计划行事吧，这个傻呆呆的丫头！

“这件事情如果先生知道了，你就惨了！”

听他这么说，她精神一振，似乎还有希望：“你能不告诉他吗？”

凌钰一脸苦楚地蹙了蹙眉头，还叹了口气：“我答应过你，要劝先生好好对你，绝不再那样——强来。如果这件事情告诉了他，他一定会很狂躁，谁知道他会干出什么事！我可以不告诉他，不过你要答应我一个条件！”

她连忙点头，像是抓到了一根救命稻草一样的兴奋：“你说，只要我能做到的！”

“想甩开我的时候别再让小女孩来纠缠我，如果遇到小女孩纠缠我，你要帮我解围，我觉得对我来说那是一种羞辱！”凌钰一脸委屈。

看着他的样子，她忍俊不禁，真是个傻大个！

“就这么点小事呀！以后遇到这样的事，姐姐一定帮你解围！”

听她这么说，凌钰的嘴巴都扭曲了：“什么姐姐，我比你大好几岁呢！那个混蛋非礼你，你怎么不挣扎，对先生却拼死反抗！”

她脸上的笑意瞬间消散了：“我挣扎了，可是我欠他的，不能像对你主子那么凶！”

“这样说的话，你现在也欠先生的了，以后是不是可以不对先生那么凶了！”凌钰时刻都在想着怎样可以让先生在这方面少费点心。

“不一样！”

“有什么不一样，你欠了他多少钱？”

“我欠他的是情！再说，是你的先生对我凶，不是我对他凶！”

他们两个是互相凶，却又不是真的凶，他凌钰干着急，却说什么都没用！

“要我说，你们两个其实就是天生一对！对了，你还要答应我一个条件，以后不再和那个家伙来往，否则，我只能告诉先生！”

“好，我答应你！”虽然知道做不到，但她也只能应着，“谢谢你呀，阿钰，我能叫你阿钰吗？”

他一愣，含糊不清地说了句随便，随后又摇起了头：“不要，你还是叫我凌钰吧，否则先生听见会不高兴。要不叫大藏獒也行，千万别叫阿钰！”他不讨厌大藏獒这个称呼，还觉得从她嘴里叫出来有几分可爱。

看着他不知所措的样子，她忍不住想笑：“大藏獒，今天的事情你真的不会告诉他吗？”

他严肃地摇了摇头，看他摇头，她一下子火了，顺手给了他一拳：“你个出尔反尔的大藏獒，你刚才不是还答应不告诉他的，怎么回头就反悔？”

凌钰满脸无辜：“你怎么这么容易激动，今天砸车的事他已经知道了，不然哪儿来的五十万支票。至于后来迪厅的事情，我可以只字不提，也只能只字不提，否则以先生的观察力，想瞒也瞒不住。倒是你在他面前别太紧张，免得露出什么马脚，先生的那双眼睛能洞察一切！”

听他这么说，她的心放了下来："那你不说清楚，吓了我一跳！"

"其实你不用害怕，先生不会伤害你，也不会让你受到伤害。我可不是一般的保镖，他让我来保护你的时候我都怀疑他吃错药了，现在我明白了，先生是真的喜欢你！"

"你觉得怎样才算伤害？"说到这里，她转动了下眼珠，突如其来地想在这个大藏獒身上证实一下，"你的先生不是钱泽琰，是钱泽虞对不对？"

凌钰傻傻地愣了一下："什么鱼？什么意思？"

凌钰这个反应，也看不出他是真的呆头呆脑，还因为这个问题发了一下愣。或许根本就没有什么钱泽虞吧，那不过是一个编造的故事。

第八章

不领证怎么结婚

别墅里，钱泽琰衣冠楚楚，脸上不带一点表情。

“怎么才回来，都凌晨一点了，她才睡下吗？”他随即捂着鼻子向后躲了躲，“你身上怎么这么臭，干什么去了？”

凌钰向后退了两步，他身上全是臭豆腐味，是因为涂了那个药膏，牙印是好了，可是香味怎么弄也弄不掉，送她进小区的时候无意中说了句要是被先生闻到这味道就惨了，于是她就在小摊上买了几串臭豆腐，全抹到了他身上。

但这事他不想解释，只露出一脸的无奈，还有不满，愤愤然地说：“你不让我说你却自己说！既然她已经知道钱泽琰和钱泽虞了，你就把事情全都告诉她，把她接到身边，多简单呀，何必这样折磨她也折磨你自己！”

钱泽琰一蹙眉：“谁让你多管闲事！我有我的目的，你这脑子就只会陈述事实！我不是告诉过你了吗，少和她说话！给我记住了，以后非必要情况下不许和她说话！我让你办的事情没问题吧！”

凌钰不满地转动着眼珠，语气依旧愤愤的：“她完全相信我不会告诉你，她比我想象得还单纯！”换句话说也可以叫没什么脑子，但她身上有股子说不出的劲，让人越是接触越是喜欢，“既然喜欢就把实情全部都告诉她，让她到你身边来不就算了！你这样对付一个单纯的女孩，我鄙视你！”凌钰虽对他恭敬，但说话也毫不留情，多管闲事还不是为他好！

钱泽琰也跳脚了：“你鄙视我？你以为我愿意这样！你能不能先动动大脑再说话，让她到我身边来送命吗？”再说，他也不确定她是不是一个出色的演员。

凌钰不服气地挺直了胸膛：“有我呢，只要有我在，没有人可以伤害到先生和先生心爱的人！”在这一点上他自信到自负。

他如此的忠肝义胆，钱泽琰并不领情，只冷冷地给了他一瞥：“你当你是超人啊，就算你有孙悟空的功夫，也还有如来佛的掌心！再这样跟我瞪眼睛小心我抽你！休息去吧，明天也不用管她了，你好好睡两天，她现在是惊弓之鸟，肯定会很老实。”

凌钰挑了挑嘴角："不见得吧，"她敢把天下第一高手的手咬破。"我觉得先生你不能用男人的思维去预估她的行为！先生，你去睡吧，我会守在这里，我有数，累的时候我会休息，我不会让自己垮掉！"

钱泽琰嘿嘿一笑，带足了邪恶："我去她那儿睡，一个人睡不着！"

他说着就要走，凌钰大手一挥把他拉了回来。"先生，你不应该这样，你不应该强迫她，你应该先和她培养感情，让她心甘情愿地接受你！"他凌钰答应的事情就一定会去做，哪怕要制止的人是他的先生。

钱泽琰回头一脚把凌钰踢翻在地，一点也没留情。"越来越过分了，我怎么做要你教我！她是我的女人，十四年前就是了，我只是在行使我的权利！"

"你这是山贼行为，十四年前她才九岁！你不能强迫她！"凌钰趴在地上不依不饶。

见状，钱泽琰狠狠地在他屁股上踢了一脚："让你再鄙视我！她是我的女人，眼看要做别人的新娘了，必要的时候我只能先占有了再说，感情可以以后慢慢培养！恋爱都没谈过，别他妈的跟我议论女人，再对我指手划脚看我不抽你！"

他又踢了凌钰一脚，才大步地往外走，凌钰双拳狠狠地砸了下地板。

"今晚你不用跟着我了，给你放一天假！"

凌钰爬起来跟了上去，他不能让钱泽琰有一点风险。

"宝贝，我来了！"

半个小时后，他把她搂在了怀里。她迷迷糊糊地被惊醒，惊叫之前嘴被他封上了，一阵疯狂地索取，他心满意足地舔了舔嘴唇："宝贝，你越来越香了！好滑，好腻哦！"

他没等她呼吸够氧气，又封上了她的唇。

"宝贝，好滑好腻，"怎么这么肉麻，客厅里的凌钰双手捂上了耳朵，但很快又拿了下来。

她全力地推开了他，大口呼吸着："你怎么来了？"

怎么可以这样，想来就来，想亲就亲，什么羞涩矜持在他面前好像从来就不存在。

“我怕你孤单！睡觉，我只有四个小时的觉可睡，不许吵，安安静静地陪我睡觉！”

他搂着她，她一点儿也没挣扎，一来挣扎也没用；二来，吃人的嘴短，竟这样无端地欠了他五十万！

他很快发出了鼻鼾，凌钰在隔壁，他可以睡得很安心，搂着一个香软的小人儿，更是舒心，他是真的乏了。

她借着月色看着他的脸，也许是月光太皎洁，他的脸显得有些苍白，也不知道他的伤口愈合得怎么样了。她悄悄地掀开盖在他身上的薄毯，向他的腹部看去，还贴着药呢，也看不出来，不知道他还疼不疼，现在想想那伤口，头皮还发麻。

她悄悄地盖好躺回了原位，看着他的睡容：月光下，他的脸。宁静俊逸，好看得不像人类，更像——吸血鬼！

或许，他就是个吸血鬼，不然怎么帅成这样，又坏成那样！

她不知道是怎么睡去的，只知道是头痛着醒来的。醒来时，身边依旧没有了他的踪影，但枕边有他的气息，很浓，很浓，虽然是同样的香味，但掺杂着他的体味，味道就不一样了，清新中带着凛冽，很特别。

“水啊，醒了吗？”妈妈敲了几下门，大声地问。

“醒了！”已然是形成了生物钟，虽然很困，但这个时候还是会醒。

“快穿好衣服出来，小泉来了！”

她嘟着嘴应了一声，这么一大早小泉来干什么，各自都要上班的，再说她还有那么多图纸要画。她穿好衣服刚出卧室的门，就被一双有力的臂膀拥在了怀里。

她推了推他：“小泉，你干嘛呀，一大早的！”

他在她的额头吻了吻：“小水，我妈请人算过了，今天是个好日子，我们去领证吧，我们的婚期眼看就到了，没有证的婚礼可都是非法的！”

领证？她从来就没想过要领证，只好说：“可是，我得去上班，我有很多工作要做！”

“还上什么班？”妈妈替小泉不满了：“领证是头等大事，今天就请假吧，哪儿能因为上班耽误了结婚，妈听了都伤心！”

“可是……”

“还可是什么！死丫头，妈说话不好使了是不是？”妈妈有些火了。

于小泉看她这个反应，心里自然也不好受。“小水，我妈等着看我们的结婚证呢，她知道我们今天要去领证，精神头好了很多呢！”对她大呼小叫的没有用，于小泉知道她的软肋在哪儿。

昨天和施峰面对面的时候，她是那么坚定地想要嫁给于小泉，但过了一夜她又动摇了。她和他之间没有感觉，仅凭他对自己好就嫁给他，对谁都不负责。如果领个证能让他妈妈高兴，那就领了吧，他妈妈的恩情她得回报，回头和于小泉说清楚就是了，于是她点了点头：“好吧，我得请假，我先去打个电话！”

她钻进卧室把电话打给了凌钰，响了好一阵也没人接，就给他发了个短信：今天我有事，不去公司了，就几个小时，别告诉你主子，我会说我肚子疼起晚了，帮我打个圆场，拜托了！

于是在民政局刚开门的时候，两个人成了今天的第一对新人，于小泉拿着那个红色的小本子兴高采烈。

“小水，从这一刻起我们就是合法夫妻了！”

他说着抱起她转了几圈，他们也算是郎才女貌，在街上留下了一道煞是好看的风景，引来了一片目光，她觉得脸都着火了：“大街上，你干什么呀！快放我下来！”

“不放，我抱我老婆我愿意！”

看着他灿烂的笑容，她心里百般滋味：一直想找个机会和他说清楚，但一直找不到合适的机会，这会儿更不行了，他一激动不定干出什么傻事呢，“小泉，你听我说，如果有一天，我离开了你……”

他连忙捂上了她的嘴：“我不许你说这种话！”

她拿开他的手继续说：“小泉，你听我说，你一定要记住我的话，如果有一天我离开了你，不要怨我，也不要怨任何人，就当不曾认识过我，找个好女孩，一起好好地照顾陈阿姨和于伯伯，你一定要过得幸福！”

于小泉一头的雾水：“小水，你胡说什么呢，我们已经是夫妻了，怎么突然说这种话？”看着她忧虑的眼神，他突然有种不太好的预感。于小泉心头一紧："小水，告诉我，发生了什么事？我是你丈夫啊！"

凌钰闪现了一下，她知道该去公司了。

"我还有很多工作，得先走了，小泉，你要记得我跟你说过的话！"

她要走，于小泉拉着她的手不肯松开："告诉我，究竟发生了什么？你最近这是怎么了？"

"没有，我就是有点紧张！放手吧，你不想让我又工作到半夜吧？"

于小泉放开了她，她钻进了一辆出租车，随后凌钰也钻了进去。

"你干什么来了？"凌钰第一句话就是质问。

"你不是一直在跟着我吗，还用我向你汇报吗？"

凌钰蹙了蹙眉头，早上有点事，没看到她，哪儿知道她在干什么，"你怎么又和他在一起，要是先生知道了会很生气！"

她下巴一扬，带足了倔强："我跟我的未婚夫在一起与他何干，你愿意告诉他就告诉去吧！他是强盗，你就是强盗的爪牙！"

"他不是！"说到先生凌钰就显得有些激动："他不是你认为的那种人，他要是强盗的话把你关到某个别墅里，想发泄的时候发泄一下不是更痛快，用得着像现在这个样子吗，你动动脑子好不好！"

她冷笑一声："我怎么知道他没这样想过，或许他觉得这样更好玩吧！你这只大藏獒跟他的时间还不够久吧，怎么都不知道有钱人最喜欢玩游戏！"

乔怡水顶着重重目光的压力，来到了办公桌前，却发现这里已经易了主。

"乔特助，你已经不是我们设计部的人了，还来我们设计部干什么，你的办公桌不是搬到钱总的床上去了吗？"

"这就叫一脱腾达，不过自己没有翅膀，飞得高摔得也疼！"

同事们你一句我一句地冷嘲热讽，她不想和这些阴阳怪气的家伙计较，只想知道办公桌上她的东西呢，刚想问又憋了回去，问了也白问。

办公桌都没了，怎么办公啊，去找钱泽琰？这些家伙虽然过分，但如果没有钱泽琰的允许也没人敢这么干！

刚要离开的时候，顶头上司孙思雨懒洋洋地递给她一个快递包裹，"你的！"她只说了两个字，却带足了怒意。

她接过包裹说了声谢谢便转身而去，她和她们本是井水不犯河水的，都是因为那个该死钱泽琰！

她把包裹放到了包里，站在钱泽琰的办公室门外敲了几下，没人回应，她轻轻地转动了下门把手，门没锁，那就借用下他的地方吧。

推门进去的那一刻，她愣住了：他竟然在，坐在那张硕大的椅子上悠然地看着她，嘴角挂着一抹似笑非笑的微笑，脸上不见了昨夜的苍白，神采奕奕的。

“这么随便，你就没想过我这里会有女伴，那可是常有的事！”

“现在您是我的直接上司，请告诉我，我在哪里办公！”

“现在才来问我在哪儿办公，一大早死哪儿去了！我可没看出你哪里不舒服，你挺有本事啊，连我的贴身保镖都替你说谎！”

注册结婚去了，关你屁事，但这话她不敢说，于是只说了四个字：“你想怎样！”

听到这四个字，他眉头一蹙，修长的手愤怒地一挥：“从现在开始，这四个字被我定义为调情，你下次再敢说这四个字，无论在什么场合，我都会先满足了你！”

她也愤怒地一瞪眼：“你想……”“怎样”两个字被她硬生生地吞了下去，不说这四个字她好像真的不知道说什么了。

“吞回去也是调情！”他拍了拍自己的大腿，“过来，坐上来，别让我说第二遍！”

坐就坐，她走到他面前，狠狠地一屁股坐了下去。可惜力量不够，体重也不够，否则坐断他的大腿！

他揽着她的小蛮腰，唇在她的香颈上肆虐：“昨晚上我太乏了，没亲够，今天得补回来！”

一抬眼，她看到他办公桌上多了样东西，是婚礼上砸碎的那个七彩莲，修复得很完美，想用它来换取杜家的原谅吗，还有可能吗？

他正吮得津津有味，办公桌上的分机响了，他抓起了电话贴在耳朵上，舌尖却依旧在她身上肆虐。

“好，让她进来吧！”

他又吮了几下才停了下来，仔细地帮她整理好衣服，在她唇上印了一下，“以后我每天都要和你一起睡，所以你每天晚上都要在床上等我哦！”

她瞪着水汪汪的大眼睛盯着他，不明白他究竟是什么意思。说他淫荡？同床共枕了两晚，除了亲吻，他也没有进一步的侵犯，如果他强要的话，其实她毫无办法。特别是昨晚，她甚至没把身边多了个男人当成障碍，看着他帅得像吸血鬼一样的脸，还不小心吃了下他的豆腐，幸好昨晚他睡的很熟。

“看不够？那我可以无条件的再给你摸，像昨晚那样！”

他拿着她的手贴在了脸上，她连忙缩回了手，囧死了，还以为他睡得很熟呢，他竟然知道！

“我……才不是……”怎么像是欲盖弥彰！

看着她满脸红霞，他陶醉地把脸贴在了她的胸口：“好了我的小水，你要是喜欢随你看随你摸，你是我的，我也是你的，不用不好意思。记住我的话，跟着感觉走就好，那些别人告诉你的，你眼睛看到的或者耳朵听到的，都别去相信，只相信自己的感觉就好！出去吧，我的客人就要到了！”

她刚要走，外面响起了当当当的敲门声，他无奈又带着几分宠溺的在她的屁股上拍了两把。“进里面去，不让你偷听也没用，但记住我说的话，你听到的都是假的！”

她进了他的休息室就把包裹藏在了床头柜里，回头安全的时候再拆开吧，现在她要做的是偷听，于是她把耳朵贴在了门上。

外面的那个好听的声音，是属于他那个曾经的未婚妻杜梦妍的！

杜梦妍莞尔一笑说：“我是背着我父母来的！”

她穿了一件齐膝的宽松连衣裙，衣着得体，落落大方，脸上略施粉黛。面对这样一张皮囊，钱泽琰并没有露出丝毫的厌恶之色，甚至还露出了个很温柔的微笑。“你能来我倍感意外！婚礼上的事对不起，我知道这种事情受伤更多的是女方，可是我们没有感情，我不想委屈了你！”

杜梦妍看着棚顶笑了一声，是委屈，是无奈，如果换做前几年她会哭，但现在不会了。

“是因为我太丑了吧，我自己都不愿意看镜子里的自己，我很努力地想让自己瘦一点，可是饿到发晕了也瘦不下来！”

他摸了摸额头，一脸柔和地说：“这不是你的错。我从你清澈的眼睛里能看出来你是个好女孩，虽然我也喜欢美丽的东西，很抱歉我实话实说，这是人之常情，我也是凡人，不过说实话我真的不是因为这个原因，我们之间完全不了解！”

杜梦妍嫣然一笑，带着一点诡异：“你这句话露出了马脚，我和钱泽琰从小就认识，可以说是一起长大，你怎么说完全不了解！就算是我异想天开，我想嫁的只是你！”

这个你字她说的很重，钱泽琰这样绝顶聪明的人当然一下子就听出了猫腻，看来她的来访和他预想的不一样，但他没动声色，只是保持着礼节性的微笑。

“一起长大不意味着互相了解！没什么异想天开的，任何人都可以追逐自己的幸福，我尊重你，也认为外表不能成为扼杀幸福的理由！”

她羞涩的笑了笑：“听你这么说，我心里很舒畅！特别是从你嘴里说出来！我能听出来你的真诚，女人的感觉比你想象的要灵敏，其实四个月前我就……”

钱泽琰的脸色终于变了：“既然你发现了，你想怎样？”

乔怡水挠了挠头，他竟也说这四个字了——你想怎样，他也害怕了吗，说到四个月前，他怎么就害怕了，继续听！

杜梦妍依旧嫣然的笑着：“我说过了，我想嫁的是——你，所以我是来帮你的。别看我丑，我也不会随便嫁人，就像你说的，我不会因为我的外表就放弃追逐我的幸福，否则我也不会明知你们钱家有目的还答应这门婚事！”她说着从随身带的小巧的包里拿出了两个日记本，轻轻地放在了他面前，“这是他的日记，我想可以更好地帮你了解他！”

他翻开看了两眼，又合上了那本子，重新打量起眼前这个女孩。这个已经快要淡出他计划的女孩，给他带来了惊异。

“你想要什么，当然除了我，和你的外貌无关，因为我有心上人！不是恐吓你，但请别挑战我的底线！”他喉咙里发出的一字一句都很温柔。

杜梦妍又笑了，“你已经在明显地恐吓我了！我欣赏的只是你，其他的我什么都不需要，给我一个机会都不可以吗，我不相信这个世界上有什么是绝对的！”

他爽朗地笑了：“我喜欢你的性格，只要不在交换的条件之内，机会是你自己的，我给不了你！”

又是杜梦妍的笑声：“当然，我也不会用交易亵渎我的幸福！我也喜欢你的性格，这个机会我抓定了！”

他微笑着点了点头：“那我祝你成功！作为对这两个本子的答谢，我送你样东西！”

杜梦妍看了看那尊修复好七彩莲：“不会是它吧，那本来就是我们家的东西，这个是复制品吗？惟妙惟肖的！”

他把那个七彩莲推到了她面前：“是修复品，我不指望用它换取你父母的谅解，只是表达一下我的愧疚！”

他不慌不忙地把那个七彩莲装进了一个精致的盒子，递到了她面前。

“要我送你吗？”

“逐客令？”她有点不快，虽然他还算委婉。

他指了指那扇门：“我女人在里面，这会儿大概像个小猫一样趴在门上听呢，聊久了她会吃醋！”

乔怡水直皱眉，什么吗，他的女人？吃他的醋？这个讨厌的家伙！

杜梦妍有点酸涩地笑了一下：“能见一见吗？”

“她很害羞！以后吧，我想有机会！”

“是婚礼上的那个女孩吧？”见他眼睛里掠过一丝警惕，她笑了笑，“那个女孩很可人，看来我没什么机会了！你放心，我杜梦妍不会为达目的不择手段！不管怎样，我很欣赏你，我会尽量说服我父母不再为难你！”

“你让我很意外！”他怎么也没想到这个女孩有这样的胸襟。

他进休息室时，乔怡水已经躺在了床上，假寐，以示她什么也没听见。

“都听见什么了，提炼出有价值的讯息了吗？”他说着，漫不经心地把那两本日记本扔在了床头柜上。

她不应，继续假寐。

他一拍额头，仿佛恍然大悟一般。“哦，我明白了，你是在床上等我呢。我的小宝贝，你果然很会调情，我一定好好地满足你！”

他说着就压了过去，她一个翻滚爬了起来，他扑了空。

“无耻之徒！”

他捂着肚子，英俊的脸痛苦地走了形，但很明显是装的。“死丫头，躲得这么快，伤口崩开了！”

崩开才好！她在心里嘀咕了一句。

看着她微微扬起的下巴，他跳起来，拎着她扔到了床上，却碰掉了她的包。包口处露出一个红本子的角，他蹙着眉头把它拿了出来，竟然是结婚证，打开一看，他咬牙切齿地把那个本子扔到地上狠狠地踩了一脚。

“死丫头，你竟敢跑去和他领结婚证！凌钰那个臭小子竟然敢和你串通起来骗我，真是反了！你是我的女人，你怎么可以和他领证！这证上的人应该是我，怎么可以是那个臭小子！”

他愤怒了，雄狮般地扑上去，一丁点儿躲闪的机会都没留给她。他啃咬着，不顾她的全力反抗，三五下把她的衣服撕成了碎片，半趴在她身上，凝视着身下如玉雕成的小人儿。

见他宁静了，她才小心翼翼地开口：“你不是答应不干涉我结婚的吗，不领证怎么结婚？”

他直勾勾的眼睛突然抬了一下，吓得她的魂魄跑了大半。

“是啊，不让你领证你怎么结婚？”他的双眸从她的上面一直扫视到下面，眸子里全是怒火，“知道我多恨你吗？”

他话音落，她只觉得左侧锁骨下一阵剧痛，他竟然狠狠地咬了下去，疼得钻心，她咬着牙不让自己出声。

他感觉到了温咸的液体才松开了嘴，抬头看着她的脸，嘴角挂着一抹邪恶，嘴唇被她的血染成了红色，活脱脱一个吸血鬼。

他长长地舒了口气：“现在好多了，我差点被你气得失去理智！凌钰那个混小子说我要是强迫你他就鄙视我，我的女人果然不一般呀，能在不到十天的时间里把冷冰冰的天下第一高手给搞定了！”他手指在那个血淋淋的牙印上打着旋，“不过印记总要留下点！这里不许上药，我的印记要留着！”

“我还有事，不能陪你了。你做的设计稿我都看了一遍，还不错，很有潜力，历练一下一定会小有作为，不过你似乎更适合做一个服装设计师。以后你就在我办公室里办公吧，喜欢什么就设计什么，可以用我的电脑。记住了，你是我的女人，不许再做让我不高兴的事情，你乖乖地听话我会很疼你很宠你，别给我惹太多的麻烦，否则的话，后果你自己想！”他临走时拿起了那两本日记：“我真的还需要再了解一下钱泽琰！”

钱泽琰走了，她躺在床上编织着各种版本的故事。几声手机铃声打断了她的思绪，没等她接起来，已经挂断了，是施峰打来的。她连忙拿出了刚才藏在床头柜里面的那个包裹，是一部设了密码的手机，还有张字条，写着：密码是我们相识的日子。她很容易打开了手机，里面只存了一个号码，她拨了过去，那一端正是施峰的声音。

他的指令是：用这部手机拍张保险柜的照片发给他，立刻！

她迅速照做，之后自然是等他的安排，接着她给凌钰打了个电话，衣服都被钱泽琰撕坏了，她需要一套衣服。

大个子的敲门声响起时，她虽然身上裹着浴巾，但还是只伸出去了一只手接衣服。凌钰拿来的是一套蓝色的运动装，穿上以后她简直就像个中学生。

她从休息室里出来，凌钰正站在钱泽琰的办公室中央发呆：“喂，大藏獒，谢谢你，不只是因为你给我送衣服，那个家伙没想到还真的会听你的！不过这衣服穿上好像中学生，你的眼光实在太幼稚了！”

他木讷的笑了笑：“穿成这样好，安全！”

她的唇尴尬的动了动，原来这个大藏獒选这套衣服是这个原因，她心底不由得升起了几分温暖。

“谢谢你，大藏獒，以后我不欺负你了！”

“我要是不想让你欺负，你以为你欺负得了？”他闻到了她身上夹杂着药味的香味，问：“你受伤了？”

她情不自禁地摸了下左边肩窝旁的位置，他说不许上药，但是没听他的，她才不要让身上留下他的牙印。“你的主人和你一样，都是犬科的！”

大个子掩了掩鼻子：“你也是犬科的！我得出去了，手机要保持开机，别真惹怒了先生，他是在乎你才会这样！”

她苦笑，就算是真的在乎又怎么样，他带给她的只能是患得患失，只希望那个保险柜里有施峰要的东西，拿到东西她就会毫不犹豫地选择离开。

第九章

你男人被非礼了

一转眼三天过去了。这三天，她每天都在他的办公室里用着他的电脑做着他安排的任务，很辛苦，没空去想乱七八糟的，这倒也成了一种幸福！

钱泽琰每晚都会出现在她的床上，这似乎已经形成了一种习惯，他来之前她根本没法睡着，她也终于知道了他是怎么进来的，竟然是用钥匙。他总是一番亲吻之后搂着她入睡，第二天早晨她还在睡梦中，他就消失得无影无踪，枕边只剩下一丝他的气息。

他这几天很忙，白天几乎见不到他，供应商断货，股价大跌，不忙才怪。

日升日落永恒不变，但乔怡水今天的心情不像日升日落那样平静。施峰找到了开锁高手，今天就要来打开那个保险柜，只要拿到施峰想要的东西就足够了，她所受的一切煎熬也将随之结束，至于后果她不想去想。

她在钱泽琰的办公室里踱着步子等待着那个高手的到来，心跳得很厉害，脑子里胡乱地浮现着他知道后的反应，他会愤怒到想吃人吧！

他办公桌上的电话响了，是前台打来的，说是修理马桶的修理工来了。她知道是那个开锁高手来了，她说让他直接上来，可前台说必须她亲自去签个字，她也只好去了。

前台站着一个瘦高的男人，穿着蓝色的制服，带着同样颜色的鸭舌帽，垂着头看不清全脸，只能看见黝黑的皮肤和下巴上浓黑的胡子。

“乔特助，麻烦你在这里签个字，这是公司的规矩，我也没办法，不然我可要被炒鱿鱼了！”水灵灵的小前台非常客气地把纸和笔都递到了她面前，在这栋大厦里最卑微的就是前台和保安，他们轻易不会惹谁。

“嗯，好！”

她以为自己可以很镇定，可是签的名字还是带出了紧张的痕迹。

“乔特助，你不舒服吗，你好像很冷！”小前台慰问着。

“没有，这样可以了吧？”

她刚要走，就听到一个声音：“等等！”

她回过头，是那个冷艳的孙思雨，依旧戴着那副紫框眼镜，那双犀利的眼睛里全都是愤怒。

“有事吗？”她冷冷地问，现在她已经不是她的直接上司了，不该过问她的事了吧。

“这是把什么人往楼上带呀？”孙思雨扫视着这两个人，那目光，像是抓到了奸夫淫妇一样。

“哎呦，孙经理，钱总休息室的马桶坏了，不过是个修理工！”小前台连忙帮着解释。

孙思雨挑着眼睛打量着眼前这个瘦高个男人，“这么多年也没见钱总休息室的马桶坏过，怎么你一来就坏了，不会是想借钱总的办公室干其他的吧？”

乔怡水一点也不想忍让她了，反正也许今天就可以和这里的一切说再见了。“我没记错的话，你是设计部的经理，这些好像你过问不着。如果孙经理愿意多管闲事，可以给钱总打个电话，那是你的自由！”她又转向了身旁的瘦高男人，“走吧，跟我上去吧！”

孙思雨气得咬牙切齿：“我看还是让保安跟着吧，万一有什么危险怎么办？”

“有危险算我的！孙经理，您就别咸吃萝卜淡操心了！钱总才是我的直接上司！您很喜欢越权吗？”

丢下孙思雨在那里咬牙切齿，她带着瘦高个进了钱泽琰的休息室。男人摘下手上的劳动手套，露出白皙细腻的手，完全不是脸上的古铜色，再看他的脸，好像涂了一层东西。

不知怎的，她觉得这个身影似曾相识，就是想不起来在哪里见过，或许只是因为瘦高个这个特征吧。

她打开那个柜子门说：“就是这个保险柜了。”

她屏住呼吸，在一旁看着，不知怎的，竟希望他打不开这个保险柜！

男人的手灵巧地握着那个钮转来转去，耳朵贴在保险柜的门上认真的听着里面的声音，真的和电影里看到的开锁方式一模一样。

时间一分一秒地过去，她的手心全是冷汗，可还是没打开。

“到底能不能打开？”她感觉都快无法承受心跳的速度了。

“别吵！”

男人依旧聚精会神地转动着那个钮，只听见咔咔的两声，她的心真的快从嗓子眼蹦出来了，“开了？”

“应该！”

男人试着拉了拉，果然开了，她的心咚咚地跳着，自己都能听见。

可是，里面竟然是一个小保险柜，男人叹了口气，狠狠地一拳砸在了保险柜上来宣泄愤怒。

她不知道是该庆幸，还是该骂钱泽琰是只老狐狸！

“怎么办？”

“什么怎么办！当然继续开！”男人活动了几下手指，又开始重复刚才的动作。

她觉得不太可能拿到里面的东西了，甚至认为这个保险箱里还是一个保险箱。又过了良久，还是没能打开，他也不耐烦了，狠狠地把鸭舌帽摔在了地上。她终于看见了他的全脸，好面熟，如果去掉胡子和古铜的颜色，那么他，应该是施峰的三弟，她砸了他的车，她见过！

施峰怎么把他的弟弟派来了，她装作没认出来，倒是有些想把那顶鸭舌帽戴在自己头上了。

他又试了一会儿，突然愤怒地回过身：“他妈的！耍爷爷玩呢吧！这他妈的是什么锁！”

她本能地后退了几步，说：“我不知道，我只知道施先生要的东西就在里面！”

男人的目光放肆地盯着她，嘴角微微一扬：“我们见过，你不会忘了吧？施峰就是个蠢猪，被一个小姑娘耍的团团转！”他从上到下地打量着她，“怎么穿的像个中学生一样，倒是也挺有味道的，我喜欢中学生！”

看着他饿狼般的目光，她慌了，连忙后退，一直退到了墙边，问：“你干什么？”

“干什么？当然是尝一尝钱泽琰的女人是什么味道，在他的办公室里和他的女人共度良宵，他要是知道了会是什么反应呢？知道吗，我最想看他吐血的样子！”他说着一步一步地逼近。

“我不是钱泽琰的女人，我是你二哥施峰的人！”她连忙解释。

他依旧压近着。“哦，看来你知道我是谁，那最好，自我介绍都省了！你弄花了我最心爱的车，总要补偿我点什么。看上去纯纯的，竟然连我二哥都勾引了，我二哥可是出了名的不近女色，原来都是装的，那我就尝尝能让我二哥动心的女人是什么味道吧，看上去就很可口！”

这回她真的慌了，吼道：“你别乱来，小心我告诉你二哥，他不会让你乱来的！”

男人哈哈的笑了，“你也太不了解施家了。施峰，他算什么东西，他凭什么不让我乱来，他就是个窝囊废！来吧宝贝，我会让你很开心的！”

他说着抓着她的胳膊一甩，她整个人重重地摔在了地上，五脏六腑都震得很疼，一时间没能爬起来。

他从口袋里拿出了一个超薄的小相机，调好了焦距放在了地上，“我要记录下来这美妙的时刻，让施峰和钱泽琰都看看，我是怎么和他们的女人逍遥的！”

她咬了咬牙，一个翻滚爬起来，拼命往外跑，却被他一把抓了过来，又重重地摔在了地上。她感觉五脏六腑都震裂了，疼得她躺在地上一动也动不了！

看着他一步一步地压近，她努力地想要爬起来，她的原则就是挣扎到死的那一刻也要挣扎！

就在这时，只见一个身影进来，手一挥，施三少爷一声惨叫倒在了地上，抱着腿打滚。

钱泽琰手握一根高尔夫球杆，一脸愤怒地站在那里。施三少爷的左腿肯定是断了，不多会儿已经满头是汗，他的小腿明显地成了折形。钱泽琰还不罢休，一球杆又打在了他的右腿上，他一声撕心裂肺的惨叫之后，头猛地一沉，晕了过去。

“敢动我的女人，活腻了！”钱泽琰又踢了他一脚。

安全了，眼中钱泽琰的身影，伟岸俊逸，她嘴角挂着一抹微笑缓缓地闭上了眼睛，不知道是晕过去了还是睡过去了，反正她什么都不知道了。

感觉到人中的疼痛，她才睁开了眼睛，眼前是他的脸。他的脸上竟然没带多少怒气，她有些弄不清，他是没生气，还是暴风雨前的宁静。

“笨丫头，现在知道什么叫疼了吧？”

他伸手抹去她嘴角的血，满眼的爱怜。

不知怎的，她眼睛湿润了，突然觉得那么委屈，差点就趴在他肩上哭了。“谢谢你救了我！我这是怎么了，是不是五脏六腑都震碎了，就要死了！”她连呼吸都觉得胸膛里疼。

他很无奈地刮了下她的鼻子，“知道对我说谢了！死丫头，看武侠片看傻了吧，你是紧张过度导致血糖过低才会这样晕过去，又摔得很重，休息一下就好了。你个笨丫头，联合外人偷自己男人的东西，要不是看你这么虚弱，看我怎么收拾你！给你记在账上了，我饶不了你！我现在还不想和施家正面交锋，我告诉你怎么和警察说。”

而后，施三少爷以修理工的身份被送往了医院，自然还跟了警察。警察得到的消息就是马桶坏了，请来的修理工企图不轨，而后就发生了这样的一幕。

她被安置在他的床上，他亲自给她倒了杯糖水。

“喝了会好一些！”

她很听话地把那杯水灌了下去，被水呛地咳了几声，胸膛又是一阵小小的疼痛：“你把他打成那样，不要紧吗？”

他微微一笑，轻轻地掐了把她的脸蛋：“你是在为我担心吗，我的小女人。”

她缓缓地垂下了眼帘，她是真的在担心他，但绝不承认：“我也被牵扯了进来，你没事我才没事，施家我又怎么惹得起！”

他浅笑着在她的小嘴上轻点了一下：“行啊，我的小女人知道找保护伞了！好像是你把我牵扯进来的，不打算跟你男人叙述一下故事的来龙去脉吗？”

她沉默不语，打死也不会叙述。

看她倔强的样子，他戳了下她的额头："死丫头，就你能挑战我的底线！休息吧，你男人还有很多事情要做，你的保护伞要足够强大才能保护你！"

他又在她的额头上轻吻了一下就要走，她一把抓住了他。

"你把他的两条腿都打断了，一定会很麻烦吧？"他最近已经有太多麻烦了，再惹上施家这个麻烦，真不知道他还能不能应付得来！

他笑得很开心，那张俊逸的脸，好像成了另一个太阳，她看得都傻了，这个男人竟然可以笑得这样好看。

"看来我是对的，我的女人，终究还是会爱上我，说你在关心我，我就告诉你！"

这种时候还贫，她才不会说关心他。"我在关心我自己！"她倔强的扬着下巴。

"说你是在关心我，否则的话我只好认为你想要我，我不在乎多留一个小时！我还是早点要了的好，刚才就差点被别的男人要了去！"

"好吧，我是在关心你！"这不是在他淫威之下的妥协，只是想让他快点去处理麻烦。

他依旧不慌不忙地说："真的吗，那也关心一下你男人的饥渴吧，你男人可是一个超级正常的壮年男人！"

"你无赖！"

"嗯，打是亲骂是爱，继续骂，让我知道你爱我有多深！"

她不做声了，反正说什么他这个无耻的家伙都可以耍无赖，不说话是最明智的选择，不如把力气都留着用来挣扎。

"施家也不敢轻易乱来，是那个蠢猪不知天高地厚，穿着工人的制服混到我办公室的，我就算打死他，顶多算防卫过当，这事他们也只能哑巴吃黄连；二来，杀鸡儆猴！还有很多疑问吧，你不给我讲故事我就不给你解释，用你的小脑瓜慢慢想吧！"他爬起来俯身在她唇上吻了吻，"我会尽量给你时间让你主动地接受我，但是千万别挑战我的极限！"

他又要走，她拉住了他，一双水汪汪的大眼睛里满是期待："你真的是钱泽虞？”

额头又被他戳了一下：“这个问题还需要再问吗？”

不需要问吗？至少从理论上说不通！

他走到门口又折了回来：“我如果真的是你的小虞哥哥，你愿意跟我走吗，我们去过神仙眷侣的日子？”

她看着眼前的男人，就算他真的是小虞哥哥，又能怎样，更何况钱家这样的家业，他会为一个女人舍弃吗？

“如果我反过来问呢，你愿意带我走吗，去过平凡的日子？”

四目相对，他看着她水汪汪的眼睛，笑意渐浓：“算了，找不到世外桃园，还是不过平凡的日子了。你男人我生来就不是平凡的人，你男人会给你营造一个幸福的天堂，相信我！”

他拖着她的手，很绅士地在她手背上吻了一下，又很绅士地退出了这个房间。

什么叫生来就不是平凡的人，自大的家伙！

知道不能把他的话当真，可是她再也躺不住了，爬起来踱来踱去，心里好像装了一个毛兔子，搅得她的心惶惶的。

隐约听见门外有女人的声音，她轻手轻脚地把耳朵贴在了门上。

“茵茵小姐真是越来越迷人了！”

乔怡水眉头愤怒地蹙着，这个色狼，就知道哄漂亮女人开心。她知道茵茵小姐是什么人，全名叫梁茵茵，几年前嫁给了一个富有的老头，老头死后她就成了年轻富有的寡妇，人长得很妖娆，又会打扮，绯闻一大把一大把的！

“阿琰你也越来越有男人味了！”

乔怡水起了一身的鸡皮疙瘩，那声音嗲得让人受不了！

“你越来越丰满了，二次发育了吗，让我看看是不是更粉嫩了！”

想象着门外的场面，乔怡水只觉得血液全涌向了大脑，如果这个家伙真的是小虞哥哥，她宁愿留着那个美丽的梦，那样至少还有梦！

她再也听不下去了，愤愤地退回到床上，躺在床上一动也不想动，刚才竟还为他踱来踱去，真是无聊透了！

门外，梁茵茵娇柔舒服地喘息着，声音愈发腻了。“色鬼！见了人家就这样！”她说着向他的下面摸了过去，突然脸色一变，“怎么没反应，你以前可不是这样，不会做的太多了，不行了吧？”

他低声在她耳边说了句什么，得了美人一个巴掌，美人愤愤地走了。他整理了一下衣服推门进了休息室，看着床上背对着门口的小人儿，蹙了下眉头。

“不是告诉过你了吗，听到的都是假的，不是你想的那样。她是钱泽琰的女人，不是我的，我得应付得像一点不是！”他看了看自己的双手，“真恶心，我不喜欢浪的，还是喜欢你这种纯的！”他到洗手间把手洗了又洗，“喂，床上那个，给你男人点安慰好不好，你男人被小色寡妇非礼了！”

“你才不是我男人！”说完她就后悔了，她的口气怎么软绵绵的像吃醋的小媳妇！

他一个饿虎扑食扑了上去，吼道：“再说不是！”

“就不是！别碰我！”她用力地推他，恶心的手，到处乱抓！

他捧过她的脸，直直地盯着她的眼睛，带足了霸道：“再说一遍试试！我立刻就让你变成我的女人！”

她闭嘴了，在他面前硬碰硬一点好处也得不到，但也绝不轻易服软。

看着她倔强的样子，他不轻不重地咬了下她的唇，又看了看手腕上的表：“我得走了，不然来不及了！刚才是个意外的插曲，真不知道钱泽琰有多少女人！记住，你是我的女人，只有我可以碰！”

这回他真的走了，她看着那个又关上了的保险柜发呆。本以为今天一切都可以结束了，没想到弄成这样，可她心底一点也不觉得沮丧，甚至有种莫名的兴奋。

是手机铃声把她的思绪打断的，她连忙翻出来那部单线联系的手机。

“施先生！”她恭恭敬敬的。

“怎么回事，我三弟怎么搅和进来了？”他的语气很不好。

“我也不知道，来的那个工人就是他，化了妆，开始我没认出来，还以为是你叫他来的！施先生，事情弄成这样是不是很麻烦？”

电话那端沉默了一会儿才开口：“是我太大意了！把这部手机随便扔到哪个下水道里去，等着我跟你联系，在我跟你联系之前，你只要在卧龙做好你该做的工作就好！”

她点头应着："我知道了，那我等着你和我联系！"

"嗯，无论什么人问起，你都不要承认你认识我！"

"先生放心，打死我也不认识先生！"

"小水，你注意保护自己！"

挂断电话，她就把手机卡拿了下来，用力地折断，扔在抽水马桶里冲了下去。手机没扔，她把里面所有的东西都清空，就像一部新手机一样了，挺好的手机扔了可惜。

刚才的经历，紧张和恐惧让她体力透支得很厉害，躺在床上，嗅着他的气息，她竟然睡着了。

她是被持续的敲门声吵醒的，隔着两道门，声音听起来很小，她揉揉眼睛爬起来看，门外是唐玉。

"难怪让我敲了这么久，你在睡觉？"说话间唐玉不停的往里探头，钱泽琰的办公室她从没有机会进来，对里面的那间休息室更是好奇，"今天还要加班吗？"

"不加了，我去拿包！"

她去休息室拿包，唐玉也趁机跟了进来，打量着那间休息室："也没什么太特别的，小水，从实招来，和钱总在这里翻云覆雨几次了？他的床上功夫一定了得，他的肌肉隔着衣服都那么有型！"

乔怡水给了她个白眼："你这个脑袋就不能想点别的！我和钱总不是你想的那样！走啦！"

虽然这里就她们两个人，唐玉还是神神秘秘地压低了声音："小水，今天怎么回事呀，你和钱总在搞什么，那个抬出去的男人好像是……"

"不该议论的事别瞎议论，这事就当不知道！这个给你，你不是嚷嚷着想换一部好手机吗！"

她把施峰让她扔到下水道里的手机给了唐玉，唐玉这个花钱没计划的月光族想换手机已经很久了。

唐玉拿着手机眼睛都放了光，抱着乔怡水狠狠地亲了一口："小水，我爱死你了！这是最新款的耶，我俩月的工资也买不到！"

“别和任何人说是我给你的，尤其是小泉，到时候我解释不清楚！”

唐玉又狠狠地亲了手机一口：“晓得！绝对不对任何人说是你给我的！小水，你要是有什么淘汰了不要的首饰啦什么的，直接向我砸来就好了，我来者不拒哦！”

出了大厦，她远远看见了于小泉的身影，他竟又在外面等她了！

“小水！”

他冲过来给了她一个热情的拥抱，她僵僵的，无法做出同样热情的回应，用力地把他推开。

应该跟他说清楚了！

“小泉，我得跟你谈谈！”她一本正经。

“又来了！我们家小水婚前恐惧症不是一般的严重，小玉，你得帮我安慰安慰我老婆！”

唐玉不屑地“切”了一声：“你自己的老婆你自己安慰吧，我又没结过婚，哪里知道怎么安慰，是你没给我们小水安全感吧，你要好好反省喽！”

唐玉话里有话，于小泉狠狠地给了她个白眼，乔怡水都看在了眼里，但她不想干涉。

“小玉，你先走吧，我有话跟小泉说！”

“有异性没人性的家伙，那我就不给你们当灯泡了，你们两个好好甜蜜吧！”

唐玉走了，乔怡水犹豫了一下，还是决定开口：“小泉，我现在不在设计部工作了，现在是CEO的特别助理！”她认为也许从这里入手来谈比较好。

于小泉呆呆的哦了一声，他不是不关心，只是有些愕然。他这个老婆正值妙龄，貌美如花，还有着名牌大学的学历，现在又有一份体面的工作，他在她面前严重不自信，唯一能做的就是哄她开心。

他用有力的臂膀把她娇柔的身体揽在胸前，这样实实在在的拥有，他会觉得踏实些。

“那不是很好吗，只要你工作开心，怎样都好！”

她没想到于小泉是这种反应，他如果质问，她可以顺理成章地说下去，可他说很好！

“可是小泉，你有没有想过，我是学设计的，我喜欢设计，根本就不知道怎么做助理，是因为特别的原因，小泉……”

“小水，这些都随你喜欢，只要你高兴就好！妈做好了饭，让我来接你去吃，妈今天特别高兴，她可是带着病，为了你这个她心仪的儿媳妇亲自下厨！我最大的幸福就是娶了个好老婆，还不用担心婆媳关系！”

听他这么说，她叹了口气，必须快点跟他说清楚了！

“小泉，你听我说，我是一个不吉利的人，是一个水性杨花的人，知道我为什么会成为CEO的特别助理吗，因为我和他发生了不正常的关系，我是一个肮脏的人！”

她以为自己可以很平静，可眼泪还是不受控制地流了下来。从此以后就要失去这个哥哥一样的男人了，分手还能做朋友，那只是小说中才有的情节！

于小泉难以置信地拼命摇着头：“我不信，你骗我的，你连接吻都那么羞涩，哪里和水性杨花擦得上边！小水，是不是我做错了什么，是不是你在生气我收了柴鹏涛的钱？我向你道歉，我都还给他，这样可以了吧！你说怎样我全都照做还不行吗，不要再说吓人的话了，我们现在都已经是夫妻了，你不要吓我！”他把她拥得很紧，唯恐一个不小心这个小人儿就不见了：“老婆，千万别再说这种吓人的话了！”

她本来想理智地直接和他谈谈，可是他这种状态，她不敢说得太直接。

“小泉，你听我说，唐玉就是嘴巴没有把门的，其实她人很不错，而且我觉得你们挺般配的……”

于小泉一下子火了，声音提高了好几个分贝：“小水你胡说什么呢，是不是那个臭丫头和你说了什么，你别听她胡说，不是那样的，我心里只有你，要不要我把心挖出来给你看！”他的眼睛慌忙地扫视着，好像找到一个锋利的东西下一秒就可以把自己的胸膛剖开一样，“我现在就把心挖出来给你看！”

他撕扯着胸前的衣衫，发疯地捶打着自己的胸膛，引来了一片目光。

“小泉，你别这样！你这是干什么呀？”

“不，我的小水是天底下最好的女孩！答应我，以后不再说这种话了。”

她不敢再说了，于小泉冲动起来，说不定真的会找把刀挖自己的心，谈谈的念头只能暂时放一放了。

第十章

记住今宵

夜晚，她靠在床头看着皎洁的月光，一点儿睡意也没有，眼睛余光盯着门的方向，这几天她习惯了等待着他的到来。

等待中，每一秒都被拉长，开始靠在床头，然后脖子酸了，就躺了下去，再然后，不知怎么的就睡着了，直到被早晨的第一缕阳光叫醒，她才猛然爬起来，完全不知道他有没有来过，应该没来过吧，否则一定会被他弄醒。

她闻了闻枕边，他的味道很淡。

她提前十几分钟到了公司，这样可以避开上班高峰期那些讨厌的目光。她用钥匙打开了他办公室的门，像进自己家一样随便地坐在了属于他的那张宽大椅子上，她看着手里的那串钥匙不知道该想点什么，以前绞尽脑汁地想进这个办公室，现在可以自由出入了，却什么也拿不到了！

她像前几天一样打开了他的电脑，背景图片换了，重点是上面的字：小水你要给我力量。

她抓着鼠标的手不受控制的有些发抖，竟然玩这些，明知是他的鬼把戏，可是她管不住体内那根不受控制的弦！

下一秒她想也没想地就把背景图片换了，这样才不会被他麻痹！

又过去两天，他交代的任务她完成了，拿去打样的图纸也都变成了真真实实的饰品，该交工了，可是却不见他人，白天晚上都见不到。

她把那些打样出来的饰品戴在自己身上看效果，图纸和打样出来的东西感觉完全不同，戴在身上就又是另外一种感觉了。大多都有些问题，于是她又忙碌了起来，把不满意的地方一一改动。

他办公桌上的直线电话突然响起，她犹豫了一下，抓起来放在了耳边。

她不说话，电话那边也不说话，只能听见粗重的喘息声，不知怎的，喘息声让她有些发慌。

“钱泽琰！”

听筒里终于传来了声音，她几乎把话筒扔掉，那声音低沉得像来自地狱。

回过神，她握紧了话筒，隔着电话有什么可怕的！

“转告你老子，我会让他好好品味一下欠我的该怎么还，包括你，还有你身边的每一个人。哦，还有你妈妈，虽然年纪大了点，也还是风韵犹存，你猜我会从谁入手！”

她连忙挂断了电话，拿着自己的东西离开了他的办公室，听着那个声音她就觉得背后发凉！

出了那栋大厦她向四周张望了一下，喊：“大藏獒，你在哪里，出来！”

以为要多喊几句或者打个电话才能把他叫出来，没想到只叫了不大的一声，那个大个子就出现在了视线内。

“你用得着这样监视我吗？”

“你再砸了别人的车怎么办，先生不在，我可没那么多钱！”

这幽默有点冷，她给了他一个斜眼。

“再提这茬，我跟你急！他干什么去了，能不能活着回来？”这才是她匆匆忙忙跑出来的原因。

凌钰嘴角露出了一丝笑意。先生说过，如果她这么问，就是关心！

“早就说过了，我不是监视你，是保护你！”什么吗，这个死大个子，也学坏了，明明知道她在担心什么。“我问的不是这个！”

他终于忍不住笑了出来，她被他笑得莫名其妙。“死大藏獒，你笑什么呢？”

“不能说！”他望着天依旧笑着。

她抓过他的手恶狠狠地盯着：“说不说，不然我咬你，这回可没药给你用，你现在就可以思考解释的理由了！”

“别！千万别咬！那我真说了，先生说你要是问起他，就说明你爱上他了……”

爱上他个头，没等凌钰说完，她一口咬了下去。凌钰连忙甩开了她，一急之下用力有点猛，差点没把她弄倒，其实他没用什么力气，只是她太弱了。

“对不起，没事吧，我不是故意用这么大劲，真不能给你咬！”

她一怒之下声音提高了几个分贝：“那个恐吓电话是他安排人打的吧，这样吓人好玩吗？”

凌钰的脸瞬间严肃了，问："什么恐吓电话？"

"少装！有什么样的主子就有什么样的奴才！我今天去逛街，累死你这只大藏獒！"她大步地往公交站走去，她知道大藏獒很头疼坐公交车。

"等等，什么恐吓电话，是不是一个男人，声音像鬼一样？"

她不屑，继续往前走，说："你就和他一起吓我吧，看有机会我不给你好看！"

凌钰一个箭步冲过去抓住了她，问："他都说什么了？"

看凌钰的样子，不像是在玩，她把电话里的内容重复了一遍，看着凌钰听完严肃的样子，她觉得好像事情很严重。

"是不是得罪了很凶残的人，大藏獒，到底怎么回事？"

"具体怎么回事，时机到了，先生自己会告诉你。"见她脸色苍白，他接着问了句，"怎么了，你不舒服吗？"

"没有啊！"

"你脸色很差！"

"我是有点害怕，他身上都让人开了那么大的口子，我又算什么？我不想死，更不想惨死！"

凌钰不以为然地说："你是说前些天他肚子上那个口子吧，这个都让你看！那不是别人开的口子，他自己开的，能在他身上开口子的人不多，再说有我在，我怎么能允许有人在他肚子上开口子！"

她狐疑："先不说你吹不吹牛，他为什么在自己身上开那么大一个口子？他脑子进水了？"

"男人的事，跟你说不清楚，反正他一刀换来的是几个为他卖命的弟兄，值！再说就是皮上划了个口子，又没伤到里面。"

原来只是划破了表层，难怪他带着那么大的口子还能乱动："怎么会惹到那些人？"

"你不会这么天真吧，这几大家族哪一家起家的过程中不都是伴着血腥。有利润就有腥风血雨，总有些人想不劳而获，有太多愿意为财去死的人！你是在担心先生吧，他知道了会很高兴的！"

她嘟着嘴说："我才没为他担心，我是担心他连累了我！反正我不要再去公司了，每天在他办公室里，说不是他身边的人恐怕都没人信！"

"不去也好，这一点我可以先代先生做主了！"

一连数天，钱泽琰都没有再出现。听说公司那艘被扣押的船回来了，可是又出了新的问题，原料供应商那里没有上乘的货供应了，这可是不小的事。高端的东西拼的不全是设计和工艺，要有上乘的原料，这是最基本的，用一块鹅卵石无论费多少心思都做不出奢侈品，施峰让她偷的东西就和上乘原料有关。

钱老爷子还在医院里不能说话，公司又接连地出问题，卧龙的股价一路走跌，至于其他，员工们就知之甚少了。

这些天不去公司，乔怡水也不好在家里待着，妈妈问起来不好解释，所以她每天都去图书馆，继续她的设计事业。

这段时间施峰没有再和她联系，倒是希望永远都不要和他联系了！

今天晚上她难以入眠，因为明天就要结婚了，很多次想和于小泉说清楚，可他都太过激动，反正不让他碰他也不会碰，不如就等他妈妈过世以后再说吧！

但无论如何都不能让他受到丝毫伤害，于是她悄悄地穿好衣服敲开了楼下的门，最近楼下住着的是凌钰。

凌钰给她开门时，衣着整齐，问："这么晚了，有事吗？"虽然她知道他住在楼下，但从来没进来过，她的到来，使得他显得有些紧张。

"这么晚了还没睡吗？"

"睡了，我穿衣服只要几秒钟！有什么事吗？"他站在门口，并没有让她进去的意思。

她直接闯了进去，说："我睡不着，和你聊聊！我明天要结婚了，你的主人不会干涉吧？"

她坐在了客厅的沙发上，凌钰隔着点距离坐了下来，脸色有些凝重，还有些无奈。

"很抱歉，我不能送上我的祝福！不是说过了吗，先生怎么想的我不知道，反正我的任务就是保护你的安全！"

"大藏獒，我答应于小泉结婚，是因为他妈妈生病了，很严重，医生说撑不过一年了。他妈妈待我像亲女儿一样，我和他结婚只是走个形式，让他妈妈可以安心地走，明天你别去捣乱好吗？”钱泽琰不在这个城市，她只要说服凌钰就好了！

凌钰凝重的脸色终于缓和了，说：“我就说么，你怎么会选择那个于小泉，先生哪一点不比他强！”

她很无奈地苦笑了一下，说：“那要看从哪个角度说了，有几个男人能忍受未婚妻连亲一下都不让，但是他能。无论是什么他都尊重我，从来不会强加给我什么！你的先生他能吗！对你的先生而言，我……算什么，他说过连衣服都不算，我或许连他的一件衣服都不如！”

凌钰听她这么说，拍了下沙发：“你明知道不是那样，先生他……他是真的对你好，你怎么就不明白呢，我可是他的贴身保镖……”

“行了！没有保镖我一样活了二十三年！而且，他凭什么想走进我的生活就走进我的生活！不跟你这只大藏獒聊了，就知道说你主人的好话，太无趣了！明天别去捣乱，拜托了！”

第二天的婚礼和大多数普通人的婚礼一样，有条不紊地进行着。所有操心的事都是于小泉在张罗，乔怡水就跟着走了个过场。宴席散了，大多数人都回去了，剩下几个和于小泉要好的想闹一闹，乔怡水不喜欢，也都被于小泉打发走了。

还不到七点，就成了二人世界。

“老婆，我今天真是太高兴了，终于把你娶到家了！”他说着抱起她转了几圈，“我娶了个天仙一样的老婆，你看他们那个羡慕的眼神！”

他今天的确很开心，容光焕发的，穿了套平时从不穿的西装，也算是风度翩翩。

她用力地把他推开：“小泉，别这样，有些事情不用说我们也心知肚明，我答应这么快结婚全都是因为阿姨，虽然结婚了，我还是……”

她突然冲了出去，是开门声，难道是凌钰来了？看见门口的人，她僵在了那里，不是大藏獒，是钱泽琰，或许该叫他钱泽虞。一身深色笔挺的衣服带着巨大的压力，还有他的脸呈现着鬼片里的僵尸色，完全是被愤怒憋出的颜色。

最阴森的是他手里拄着的那根高尔夫球杆，好像一球杆就可以把世界毁灭。

于小泉也跟了过来，他看着眼前魁梧愤怒的男人一脸疑惑："你是干什么的，怎么进来的？"

"小泉，你进去，我有些话跟他说！"

她把于小泉往卧室里推，可是推不进去，她只好又转向了钱泽琰："你不是说不干涉我的婚礼吗？"她小心翼翼的，他的样子像是一触即发。

"是！而且我也做到了，你的婚礼不是已经举办完了吗？"一字一句都是从他的牙缝里挤出的，他握紧的拳头发出了咯吱咯吱的声音，她竟然敢和别的男人洞房！她竟然真的要洞房！

"你……"她终于明白了他所说的不干涉她的婚礼的含义，简直卑鄙到家了！

"你是自己跟我走，还是我带你走！"他眉头微挑，眸子里全是怒火。

于小泉看清了眼前这个男人，底气不经意间弱了许多，这个男人身上有种无形的压力，让人窒息。

"老婆，你们认识？这是不是钱……"

"小泉，你进去，我有两句话跟他说！进去，不然我跟你急！"这回于小泉被她推进了卧室。

她关上卧室的门，压低了声音："凌钰没告诉过你我跟他说过的话吗，我结婚只是走个形式！"

他皮笑肉不笑地动了下嘴角："形式？你还真够天真的！在我发怒之前乖乖地跟我走！"

"她是我老婆，凭什么跟你走？"于小泉突然冲出来把她护在了身后。

她吓坏了，于小泉虽然有着一把子力气，可在钱泽琰面前不值一提，"小泉，你快进去，你不要管！快进去呀！你再不进去我真跟你急了！"

可是这回于小泉不依她了，死活不肯再进去："不管你是谁，给我出去！这里是我的家！"

钱泽琰一声冷笑："我若是不呢！"

于小泉挣脱开她，握起拳头冲着钱泽琰的下巴打去，却被钱泽琰擒住，狠狠地一甩，重重地摔在了地板上，发出了疼痛的哀嚎。应该摔得很疼，他动了一下没能爬起来，不知道是不是震到了内脏，他的嘴角流出了一道鲜红的血。

可整个动作钱泽琰只是后退了半步用了一只手！

“自不量力！”

钱泽琰的双眸里全是鄙夷，随即举起了高尔夫球杆，乔怡水见状连忙扑到了于小泉身上。

“不要打他，不要！求你了不要伤害他！有必要这样吗，他只是个无辜的人！”

钱泽琰眸子里的怒火甚至都能点燃一堆干草：“给我起来，不然打断你的腿！”

“你打断我的脖子我也不会起来！钱泽琰，你不可以伤害他，他和你无冤无仇，是你在抢他的老婆，你讲点道理好不好？”

和他抢老婆？她竟然承认是这个没用的东西的老婆！钱泽琰一声怒吼，球杆落下把茶几打得粉碎，溅起的玻璃碎片弄伤了于小泉的脸，也弄伤了她的脸，火辣辣地疼。

钱泽琰的唇愤怒地蠕动：“你最好自己给我起来！”

“老婆，你起来，我是男人，让我来解决！”于小泉想要推开她，她死死地抱着他不肯松开。

钱泽琰喉咙里发几声阴森的冷笑：“听见了吗，这是男人之间的事，你给我滚开！”

她不肯，钱泽琰怒了，像拎小兔子一样地把她拎开，她全力的挣扎在他面前就像个笑话。

于小泉这才勉强地爬了起来，但不敢再贸然进攻，实力的悬殊在刚才那一下已经显而易见了。

钱泽琰捏着她的下巴，愤愤的说：“我现在就让你看看这个男人的真实面目！”

他说着挥了下球杆，随即于小泉抱着一只手惨叫，指缝里渗出的全是血。再看地板上，多了一截小手指，他竟然打断了于小泉的一根手指！

他怎么可以这样！

她愤怒的连抓带挠，他的脸上，脖子上，胸口上全是抓痕，血液涌出，沿着他的肌肤流下，可他纹丝不动，像是不知道疼的僵尸。

“说，你是怎么骗她结婚的，别逼我废了你一双手！”

“他没骗我，一切都是我心甘情愿的！我跟你走，我跟你走还不行吗！”她停止了挠他，甚至开始后悔挠了他，这样解决不了问题，只能激怒他。

“你现在才说跟我走，晚了！而且这个说法我也不接受！”他的眼睛微微眯起，“你这样护着他，我很不高兴！说！你是怎么骗她的，我的耐心有限！”

于小泉捂着手指，大粒的汗从额头渗出，十指连心，可想那是怎样的疼痛！

“我妈妈没有病，我是为了娶她，才骗她说我妈妈病了，但我这么做是因为爱她，喜欢她！”

钱泽琰指尖在她脸上被玻璃扎破的伤口上滑过：“听见了吗，我的小宝贝，你看你有多可怜，他们全都在骗你！”

她的眼泪夺眶而出，不是因为他们骗了她，于小泉怎样对她来说都不重要，可此时此景下她只能选择愤怒。

“于小泉你这个骗子，枉我这么相信你，你们一家竟然都在骗我，我恨你！小虞哥哥，你带我走吧，我不要和一个骗子生活在一起！”伤了他就伤了吧，总比让他失去了一双手好！

钱泽琰又冷笑了一声：“我的小女人，你的演技太差了！”他说着球杆又是一挥，指向了于小泉。于小泉被这个举动吓得一屁股坐到了地上，钱泽琰见状哈哈大笑：“看见了吗，这小子的胆子多大，他拿什么保护你？说，你背着她都干了些什么？”

她怒了：“钱泽琰，你有完没完了，我跟你走还不行吗？”她想拉他走，但是拉不动，他纹丝不动。

“当然不行，我怎么能让我的女人心里记挂着另外一个男人！说吧，说出来免受皮肉之苦。哦，不是皮肉之苦，是可以多留点零件，反正不管怎么样，这个女人都不可能是你的了！”

她看着地上那截手指心急如焚：“小泉，你快走，快去医院，拿着手指，兴许还能接上！”

钱泽琰捏着她的手微微用力，捏得她痛吟连连。

“你以为他走得了吗？快说吧，说完赶快去医院，兴许还能把手指接上，别考验我的耐性！”

于小泉坐在地上就没再爬起来。

“我说，我说，我背着她和唐玉上了床，是那个唐玉勾引的我，她在我面前脱光了勾引我！小水，我不是故意的，我以后再也不会碰别的女人了！”于小泉哽咽着，很是绝望。

“听见了吗，宝贝，你还要死心塌地地跟着他吗？”

这点她早就猜到了，甚至还想撮合一下他们两个。但，此刻依旧要表现得很生气，她现在脑子里就一个念头，争取时间，让于小泉赶快去医院。

“小泉，你太让我失望了，你竟然和我的好朋友上床！你和谁上床不行，为什么是唐玉！我恨你，再也不要看到你了！”她说着拉了拉钱泽琰的衣服：“走吧，带我走吧，我不要再看见他！”

钱泽琰看着她的样子，上下牙咬得咯吱咯吱响：“演技差就不要演了！你不信是吧！”他说着从口袋里掏出几张照片摔在了地上，“看见了吗，看见他都在你们的婚房里干了什么吗？”

照片上全都是于小泉和唐玉的香艳照片，而背景，正是这间新房！

她不再说话，只是流泪。于小泉的手都被血染红了，地上滴了一滩的血，再不去医院恐怕那只手指真的接不回去了！

“还有呢？”钱泽琰低沉着声音。

还有什么，她都快疯了，但不敢说话，免得再激怒了这个疯子。

于小泉也不知道还有什么了，使劲地回想，终于想起来了：“我当初看见了柴鹏涛的遗嘱，说是死后把所有的遗产都留给她，我才决定追求她！”

这回她怒了，不是因为他说出的这个原因，而是因为他扯出了柴鹏涛！

钱泽琰蹙起了眉头：“越来越好玩了，柴鹏涛不是我们公司的柴老吗？他为什么要把遗产留给你？”

“于小泉！没出息的东西！我鄙视你！”

下一秒钱泽琰阴沉的笑声充满了这个空间：“骂得好，没出息的东西！宝贝，现在我们走吧！”

他得意地给了她一个臂弯，她很听话地挎了上去，看了眼这间新房，又看了眼于小泉，想跟于小泉说赶快去医院，但是不敢说，只能无奈地跟着钱泽琰走！

“别让长辈伤心！”

她临出门前只说了这几个字，于小泉会伤心会难过，但事情已经发生了他必须挺住！

“知道谁对你好了吧，找男人要找我这样的，上得了厅堂下得了厨房，又靠得住！”

真不要脸，要是有足够的力气，她就直接把他从楼上扔出去！

“你又在骂我，那个家伙哪里好，值得你用自己的身体去护着他！”

她还是不说话，跟他没话可说，他根本不可能去考虑她的处境。

他似乎也没指望她说什么，只顾自己说着，“我是想多给你些时间来了解我，可我最近事情太多，没有时间陪你，你又不肯给我时间。我这段时间没回来，你竟然真的和他结婚了，我以为你会放弃结婚，你太让我伤心了。你是我的女人，我怎么可能会让你跟别的男人洞房！”

她气得唇有点发抖：“我让凌钰转告你了，我和他结婚，只是走个形式，你为什么要那样去对待他，你至于吗？”

“我至于吗？你说我至于吗！哪个男人洞房花烛夜守着你这样一个美人能忍得住！他那种人，就打断他一根手指，算便宜他了！”

野蛮人，简直没法跟他沟通，就不该跟他说话，这无异于增加废话指数！

他的车就停在楼下，路灯下散发着不错的质感，司机是凌钰。她本想坐在副驾驶座上，却被他拉到了后座。

凌钰稳稳地发动了车子，她紧紧地靠着车门，想和他的距离更远一些。

可是没想到，他身体一倾，躺在了她的腿上。她身上的旗袍很短，一坐下就露出了大腿，他的头就毫无阻隔地贴在了她的腿上，更可恶的是，他的魔掌还到处摸。

他拿着她的手贴在了自己的脸上：“最近好累，给我点安慰！”

安慰，他竟然要安慰，今晚真正需要安慰的是于小泉才对，可是毫无办法，这就是弱者的悲哀！

又到了曾经到过的那栋别墅，建筑里黑着灯，只有路灯散发着昏黄的光芒。周围都是树木，树叶在微风中发出沙沙的声响，站在院子里看去，像是吸血鬼的住所。

“怎么不走了，哦，对了，今天你是新娘，应该抱着！”

说着他就把她横抱在了怀里，完全不顾旁边还有个凌钰。

进了房间，他就把她扔在了沙发上，俯身便开始亲吻。

她奋力抵住他：“你凭什么突然闯进我的生活，凭什么把我带到这里来，凭什么打伤他！你就是个强盗、流氓，别碰我！”

听她这么说，他本已平和的脸上突然蒙上一层愤怒，和他脸上指甲抓的血印组合在一起，让人毛骨悚然。

“为什么不能碰你？因为今天是你和他的新婚夜吗？你让我很不高兴！”他咬着牙。

他今晚很失控，没必要鸡蛋碰石头，她稳定了一下自己的情绪：“你在流血，我先给你上药吧！”先稳住他再说。

他摸了下自己的脸，疼的咧了咧嘴，随即托起她的手，看着她被血染红的指尖：“死丫头，你真下得了手！你知道吗，你这样对我，痛的是我的心！”

疼也活该，要不是他打断于小泉的手指，她怎么会挠他？

“疼吗？”他摸着她脸上被玻璃扎破的地方，这样娇柔的小人儿，流血了怎能不让人心疼？可是想想她那倔强的模样，恨不得往她的伤口上撒盐！

她一向很怕疼，但今天她对疼痛的感觉似乎有些木讷，他这么一问才感觉到疼，脸上好几个地方都在疼。

不知道他想怎样，今晚她也不敢再说那句你想怎样，她只是瞪着眼睛看着面前近在咫尺的他，只是静静地看着。

他的脸挂着血迹，勾勒出的是邪魅，却也一样的摄人心魄。

他真的是魔鬼幻化的吧，这个时候竟然还会去欣赏他！

他也同样看着她的脸，俊俏的小脸在浓妆的衬托下，多了几分艳丽，只是她那坚挺的鼻尖依旧带足了倔强，他轻捏了下她的鼻子，不知该怎么摆平这个倔强的小东西！

“你就这么抗拒我吗，小水？”他一边说着，一边轻轻抚摸着她的脸颊。

“就算你是小虞哥哥，也不该这样闯入我的生活。你有你的世界，我有我的世界，我们不是一个世界的人，这一点，你应该比我清楚！你要是喜欢我的姿色，尽管拿去吧，但三天以后我要回去，我不能让长辈担心！”

“谁说我们不是一个世界的人，这是谁下的结论！我说我们是一个世界的我们就是一个世界的！回去绝对不可能，我会去给他们一个可以接受的解释，我懂得尊老爱幼！”

她差点没笑出来，他懂得尊老爱幼？都把自己的老子气进了医院，在他的世界观里，不气死就算是尊老了吧！

看着她的样子，他长长地叹了口气：“我知道你对我有很多误解，我会让你慢慢了解我！小水……”他十指轻轻地插入了她的长发，轻轻地捧着她的脸，一脸深情：“我不愿意相信命运，但不得不感慨命运对我太不公平，成长坎坷也就罢了，感情上也要折磨我！”

看着他这个样子，她竟又心疼起来，但嘴上绝不承认：“你自找的，谁让你要拆散别人！”

他轻轻地拽了下她的头发：“你再这样，我可控制不住我的坏脾气了！”

她不再说话，任由他把她的头发拆开，最后被他横抱在了怀里。

随后，她被丢进了浴缸，在一翻泡泡的洗礼后，他才满意地笑了。

“还是本来的样子好看，化妆遮盖了你的美，等你做我的新娘的时候不需要化妆，原始状态最好看！”

做他的新娘？不要听他说这样的话，不要！

“我很疼！”她脸上被玻璃扎破的地方被水一浸泡疼得钻心。

“我陪你一起疼！”

她很快明白了他所说的一起疼的含义，就是他脱光了跳到浴缸里，让水浸泡他肌肤上的抓痕。

“果然很疼，你这只恶狠狠的小猎，竟然往你男人脸上抓，这张脸可是你男人的骄傲，以后不许再抓了！”他说着吻上了她的耳根。

“小水，想要我吗？”

她用力地摇头："才没有！"

"有几个男人可以像我这样有定力，怀抱着你这样一个美人还能如此镇定。那个于小泉没有，他都和你订婚了还和别的女人上床，你怎么还放不下他！"

"他是人，不是神，我不奢求他完美！再说，我只把他当哥哥！"

他在她身上用力的抓了一把："真的只是当哥哥？你对他那么宽容，为什么对我这么苛刻！小水，我能感觉到你心里有我，为什么不肯承认？"

承认，怎么承认，难道幻想着可以嫁给他吗！

"要不是你的破坏我会很幸福！"

她承认，眼前这个好看得不像人的男人拨动了她的心弦，但没带给她幸福的感觉，一点都没有，只有忧心和折磨。

"幸福？那个于小泉能给你幸福？"他几乎要发疯，但强忍着让自己平和了，"算了，我不想去说一个废人！小水，你忘了我们彼此的承诺了吗，我可是一直记着！"

"就算你是他，那时候我才九岁！你也不过才十几岁，我们都还是孩子！"

"可现在不是了，我不相信你对我没有感觉，你第一次看见我的时候目光就不一样，别以为我没正眼看你就不知道！"

她不语。她对他的恐惧是真的，对他的讨厌是真的，但对他的担心也是真的，这是一个让她无比矛盾的家伙。

"好了，不能再泡水了，不然用药膏恐怕也要些时日才能褪去疤痕，脸都被你抓花了！"

他简单地擦去身上的水，又把她从水里捞出来，裹上条浴巾抱着去了卧室，小心地把她平放在床上，很温柔地给她脸上的伤口涂上了药。

"这么点小伤口，很快会好起来，轮到你帮我涂药了！"

他四脚朝天地往床上一躺，等着她服侍。她裹紧浴巾爬起来，看见他的样子，连忙拉过被子把他盖在了下面，他身上什么也没穿，四脚朝天地躺着。

只看得她脸颊像是着火了一样。

看着她可人的模样，他笑："小水，你脸红的样子真动人！"他说着闭上了眼睛，"我不看你了，免得我忍不住！给我涂药吧，薄薄一层就好，省着点用，原料紧缺，剩下多少都是你的，这么说你就不会觉得浪费我的东西过瘾了吧！”

“那不给你涂了，全是我的！”

他闭着眼睛浅笑：“是吗，那我可就不忍了，忍着很辛苦！”

这句很有用，她连忙坐到他身边，轻轻地给他涂起了药，涂得很薄很薄。

他的眼睛突然睁开了一条缝，她还没明白怎么回事，就被他轻轻一拉，整个人已经骑在了他身上，那个盖着他的被子不知道什么时候不见的，她也只裹着一条浴巾……

“快下来，我受不了了！”本想说你这样给我涂药，可这种冲击远远的超出了他的预料，她柔嫩的肌肤，惹得他热血沸腾，几乎无法战胜那狂热的冲动了！

她连忙翻身下来，是他拉自己上去的好不好，说的像是他是受害者似的！

这回他自己拉过被子把自己盖了起来，其实他也有些害羞的！

“继续涂药吧！”他又闭上了眼睛，脸却涨得发红，他在努力抑制体内沸腾的热血。

她又给他涂起了药，那柔柔的刺激，再次考验着他的定力！

“小水，以后你就住在这里吧，需要什么只管开口。”他以为说说话也许会好一些。

“我有别的选择吗？”

“没有！”

“那还说什么废话。”

“为什么要改名字，连姓都改了？”也的确是废话，他改变了话题。

她没有惊慌，想必这件事情他已经调查过了！

“我妈妈想忘记过去！”

他浅笑：“你根本就不会说谎，不如说说实情吧，这些年你究竟经历了些什么，一点一滴我都想知道，比如，你怎么会为施峰做事？”

她的心一颤，就不该指望那条犬能保密：“在我最无助的时候，他救了我妈妈的命！还有我现在的学历，如果没有他的资助，恐怕我也没有经济能力读下来。”他既然知道了，隐瞒也没什么意思了。

十三年前，爸爸死于非命，妈妈伤心过度，住进了医院。当时她只是个十岁的小女孩，唯一的依靠就是妈妈，又没有钱，茫然而无助，是施峰伸出了援手，条件只是他的一句话：你的命是我的了，等我有需要的时候，让你做什么你就要做什么。

他轻轻地叹了口气："命运弄人啊，可惜那个时候我也太小，连自己的生存都成问题。所以你为了帮他找东西，接近了钱泽琰？"

她沉默，事实上基本是这样。

"就算你欠他的，也不用什么事都为他做吧？"

她还是沉默，就是什么都可以为他做，十三年了，她一直这么认为。

"好吧，先不说这个了，你爸爸呢？"

想回避什么他就问什么，讨厌的家伙！

"去世了！"

"什么时候去世的？怎么去世的？"他继续讨厌地问着。

"我十岁的时候，车祸！"

他轻轻的哦了一声："那这十三年来你应该过的很辛苦！"

听到辛苦，她的鼻子有些酸，不说是衣不蔽体，但经常是食不果腹。早些年妈妈总是精神恍惚，经常是她照顾妈妈。

他看见了她眼睛里的晶莹，轻轻地握起了她的手："难怪你这么瘦，要好好补充一下营养才行！"本来这句挺让人感动的，下一句就让人鄙视了，他摸了把她的胸脯，"这里发育得还不错，好好调养一下应该会更丰满。"

她连忙闪出了老远，三句话离不开他的色狼本性！

"跑什么，你以为我要怎么样你，你能跑得了吗！过来，躺到我身边来！"

她微微犹豫了一下，还是躺在了他指定的手臂上，他想怎样她，她的确是逃不掉，只要不刺激他，他还是挺安全的，于是她表现得很乖巧。

他嗅着她的发香，轻拍了拍她的手臂，闭上了眼睛："睡吧，把今天的事忘了！"

忘了，这样的事情怎么忘得掉，她不是电脑，把文件删了就没了！

许久以后，他发出了浓浓的鼻鼾。她小心地拿开了他的手，悄悄地爬了起来，他竟一点也没有察觉，他大概很疲惫，比前些天瘦了一圈。

她赤着脚，轻轻地挪到了客厅，拿到自己的手机，悄悄地钻进了距离卧室最远的房间，拨通了于小泉的电话。

“小泉，对不起，你的手指接上了吗？”

电话那端沉默了好一会儿才开口，好像是在哽咽：“接上了，但医生说只是个装饰品了！”

于小泉这个语气她倒是放心了不少，没有发狂就好。“你打算怎么跟你爸妈说？”

“我不知道！”于小泉的声音听上去很颓废。

“小泉，都怪我，我该早些和你说清楚的，我们不合适，唐玉其实挺好的，你可以考虑一下！”

“小水……算了，不说了，我知道，你不可能再回到我身边了，是我没用，我只是个小人物！”

她不知道该怎么安慰他，说人人都是平等的，但显然不是，有权有势的总是可以改变些什么。

“小泉，在我心里，你永远是我哥哥！好好活着，忘了我吧！”

挂断电话，她无力地瘫坐在了地上，眼角挂着泪。

猛然的开门声吓了她一跳，他一脸的怒火：“在给谁打电话？”

“给我妈妈！”他那样残暴，不得不骗他。

“给你妈妈打电话你用得着躲到这里来吗？”

“我不想吵到你！”

“是吗！”他大步地走过来夺过她的手机，翻看了一下通话记录，是给她妈妈的电话也就罢了，竟然是那个没出息的于小泉！

“你就这么放不下他！你为什么偏要逼着我去和他做比较，他算个什么东西，我都不屑，你知道吗！”

她放不下是她的事，他不屑是他的事，各不相干，至于这么大反应吗！再说不就是打了个电话吗！但她不敢再跟他争论，他的样子，不触都要爆发了。她抹去眼泪，不去看他的脸，免得他说你瞪什么眼。

可谁知这样也惹怒了他：“都懒得看我了吗，我就这么令你生厌？我做什么你才能对我改观？”他有些歇斯底里的怒吼着。

谁说女人不讲道理，男人不讲道理起来也很要命，那就看他吧。于是她又把目光移到了他的脸上，多少有些不自在，因为他依旧什么也没穿。

如此的百依百顺依旧没能平息他的怒气，他浓黑的眉头高高蹙起：“看来我对你太仁慈了！对任何人都不能纵容，这是一个永恒的真理，尤其是女人！”

看着他压近，她本能地抱胸。

“你讲点道理好不好，你究竟想让我怎样，不看你不行，看你也不行，就没见过你这样不讲道理的！”

“我不讲道理？”他狠狠地把她的手机摔了出去，那漂亮的手机瞬间七零八散，“我就不讲理给你看了！”

突然听见嘭的一声，紧接着是玻璃破碎的声音，没听错的话这就是电影中才听过的枪声。她还没来得及害怕，已经被他抱起来冲了出去，接着是不断的嘭嘭声。她已经吓呆了，他躲闪的同时没有忘记抓了件睡袍裹在她身上，也抓了件裹在了自己身上。

他手里要是有把枪会好一些，可他手里什么也没有，暂时只能躲闪，而且还带着她，灵活性就差了很多。

不多会儿，房间里出现了五个彪形大汉，黑衣，蒙着脸，手里都拿着枪。她还没来得及看得更清楚一点，随着一声瓷器碎裂的声音，那些黑衣大汉随即倒下了四个，还剩下一个，把枪口对准了他们。

大汉发出了阴沉的笑声，眸子如同野狼一样放着凶残的光：“钱泽琰，是你死还是她死，你放心，你死后我不会杀她，我会帮你好好疼她！”

那四个人都被碎瓷片一片封喉，血流了一地。乔怡水已经抖得无法站立，全靠钱泽琰的臂力在支撑。

那黑衣人没给他什么时间，话音刚落又冷笑了一声，直接扣动了扳机，连发几枪，钱泽琰都拎着她躲过了。

可是这一枪他有点躲不及了，拎起她的身体挡住了子弹，他得了这个机会，用一个茶杯打中了黑衣人的手腕，那人手里的枪掉落。钱泽琰丢下乔怡水，一个翻滚捡起一把枪，疯狂地朝那个人射击，黑衣人身上多处中枪，但都没有致命，之后他仓皇逃走。

乔怡水只觉得腹部似乎已经炸开了，她摸了摸自己的小腹，全是温温的黏黏的液体，整只手都被血染红，就在刚才，他还说会用生命去保护她，他保护得多好！

钱泽琰也吓坏了，怎么会打在了腹部！

看着她腹部鲜红的血，他慌了，真的慌了，就算自己受伤他也没这样慌过，他心痛地握起了她血染的手。

“小水，没事，不会有事，你要挺住！你不会有事，睡一觉就好了！”他也不知道是在安慰她还是在安慰自己，肚子里有那么多重要的器官，伤到哪个都够她受的。

看着他满脸焦急的样子，她笑了，他在着急吗？多讽刺！

凌钰听见枪声用最快的速度赶了回来，看见血泊中的乔怡水，他自责的恨不得用刀砍自己。

“对不起先生，我来晚了！”凌钰移开了视线，她的血流出了那么大一滩，看着让人受不了。

“不怨你，快叫救护车！”

刚才凌钰听不了房间里的声音，才走远了些，没想到才离开没多久就发生了这样的事，看来是被人盯上了，就等着凌钰离开呢！

钱泽琰并不怕血，可是看不了她的血。比想象中的难受多了，心都快碎了，他把她的手紧紧地握在手心。

千言万语都无从说起，说想替她忍受这疼痛吗？他用她的身体挡了子弹，现在都不知道会不会有生命危险，说什么都没用了！

她眼睛中的鄙夷，比刀刺他的心还难受。

半个小时后，满身是血的她被推进了手术室，钱泽琰坐在外面的椅子上，看着自己沾满了她鲜血的手，一直发呆。

凌钰不安地踱来踱去，她那么娇柔的一个小人儿，才有多点血，竟然流了那么大一片，他胸膛里的那颗心脏一直紧缩着。

“为什么，那几个人不是你的对手，怎么会伤到她？”凌钰怒气冲冲的，几近失去理智。

钱泽琰的双眼泛着血丝，整个人好像瞬间沧桑了许多："是啊，怎么会把她伤成这样，我只是想用她的腿挡子弹，没想到打在了她的肚子上！都怪我！"

"你说什么？你用她挡子弹？"

凌钰愤怒地抓起了他睡衣的领子，就差给他一拳了。竟然用这样一个纤弱的小人儿挡子弹，眼前这个男人还是他认识的先生吗！亏他还口口声声说在乎她！

钱泽琰的眼睛更加的红，像鬼一样，要是路灯下撞见能吓一跳："是我用她挡子弹，我只想告诉他们，我并不在乎这个女人！我该把她拎高一点的，打在腿上休息几天就好了！怎么会打在肚子上！这下我彻底把她的心伤了！"

凌钰的手缓缓地松开。是啊，如果那群没有人性的家伙认准了她是钱泽琰的软肋，那就糟了。凌钰知道以自己的能力，保护钱泽琰这样的十个也不成问题，可是她那样的只能保护一个。她太弱了，手无缚鸡之力不说，一害怕连站都站不住，更何况如果先生和她都有危险的情况下，他肯定会先救先生。

"你就不能准一点吗？"凌钰心疼乔怡水，但对先生这样大吼大叫，还拎起先生的衣领，显然过了头。

"都是我的错，不然他们不会有这样的机会！"钱泽琰狠狠地揪着几乎揪不起来的头发，从来不求神的他，此刻也只能用祈祷来安慰自己，一遍一遍地在心里念叨着，死丫头千万别有事！

"先生，先去洗洗手吧！"凌钰虽然对他这种行为很不满，但对他依旧很敬重。

"是该洗洗！"

沾在手上的血都已凝固，他刚起身，手术室里就走出个护士，他激动的冲上去就问是不是没事了。

口罩遮住的半张脸此时承载的是希望，但护士只是没有表情地抬了抬眼皮。

"手术才开始，血库的血不够用，伤者失血太多，你们两个谁是O型血？"护士说话的语气很小心，带着枪伤的伤者，肯定不是一般人，她没有表情，也只是怕用错了表情。

“这么大的医院，这么点血都没有吗？”钱泽琰火冒三丈。

护士被他吓得后退了两步，说：“您别激动，是这样的，今天有辆旅游大巴出了事故，四十几个人受伤，需要大量的血浆，附近几家医院包括我们医院的血浆也都调拨了过去。她失血太多，再不输血恐怕会有危险，附近几家医院肯定没有血浆了，从远些的医院调拨血浆需要些时间！”

凌钰挺了挺胸膛：“我是O型血，快带我去抽血吧！”他是保镖，需要保持体力和机警，献血这种事情轻易不会做，但现在没办法：“先生，你提高些警惕，我会立刻叫几个警卫过来，顺便问问他们中有没有O型血！”

凌钰一边打着电话一边去抽血了，钱泽琰急得直跺脚，为什么自己是AB型血！

第二天一早，医院的特护病房里，俯在病床边的钱泽琰缓缓地坐直，握着她的手都僵了。她一直昏睡着，秀气的小脸一点血色也没有，他的心都疼碎了。

担心牵挂异常的消耗体力，昨晚那两个多小时的手术，简直像两个世纪，把他的能量全都吸干了，幸好没有伤到任何一个器官，只是伤了一条大血管，失血太多。

“先生，吃点东西吧！”

凌钰带来了早餐，他也担心了一夜，好在她没有生命危险。

“不是让你休息吗，休息去吧，这里不需要你了！”凌钰昨晚抽了六百五十毫升的血，要是换成一般人应该直接就晕倒了。

“我没事，先生，还是你休息一下吧！”

凌钰还从未见过他这个样子，双眼通红，胡子一夜之间就沧桑了他的脸，爱情这个东西的能量真是不一般呢！

“我要等着她醒过来！”

钱泽琰轻轻地把她的手放下，简单地洗漱了一下，坐在病床边吃起了早餐，无论如何不能让自己垮掉，这是他从小就懂的道理。

“该处理的都处理好了吧，我不希望留下什么麻烦！”他从来没有怀疑过凌钰的能力，凌钰向来技高心细，但他还是会问一问，凌钰的脑子有时候不是那么灵活。

“先生放心，那几个人本来就来路不明，消失了也没人会报案，医院这边也都打点好了。”

“嗯，回头把那栋别墅也处理了吧，她肯定不敢再住了，可惜了那么好的环境！你去隔壁躺一会儿吧，吃点养血的东西，我和她的安全可都指望着你呢！”

凌钰也没再推辞，毕竟体内少了六百多毫升的血，说不乏那是假的。

一直等到黄昏时分，她才缓缓地睁开了眼睛。他一阵激动：“小水你醒了！你终于醒了！”

她看着床边的男人一脸茫然：“你是谁呀，这是什么地方？”

他一愣，失忆了吗，医生说过她失血过多，会导致脑供氧不足，有可能会对大脑有影响。转而他神情缓和了，失忆了其实也好。

他轻轻把她的手握在了手心：“我是你老公，你生病了，我们现在在医院！”

她俏眉微蹙：“老……公？”这个词叫起来怎么觉得这么别扭，她又看了看眼前的男人，嘿嘿地笑了：“你是属兔的吗，眼睛怎么这么红，虽然胡子拉碴的，倒是挺有男人味，应该有好多人嫉妒我吧！”她说着，眼睛缓缓地闭上，“我病得很重吧，怎么说了这么点话就一点力气也没有了，好想睡觉！”她又昏昏沉沉地睡去了。

他开心地笑了，想了无数种她醒过来后的应对方式，就是没想到她会失忆。这是一个不错的结果，一切可以从头开始。

于她也不错，抛去辛酸的经历，她是那样的活泼可爱，也许忘记对她来说是最大的幸福。

她再次醒过来时，已经又过了一个夜晚，清晨的阳光洒在她有了点血色的脸上，美轮美奂，如同踏着阳光飘下来的仙女，安详甜美。

她醒来就给了他一个笑容，甜得他倦意全无。

“老婆！”

他在她的手背上吻了吻，又在她的唇上吻了吻。她轻轻地把头偏向了一边：“好扎！”她的语气完全是娇滴滴的在撒娇。

小模样万般动人，可他还没欣赏够，她就变了脸。随着意识的清晰，记忆拥挤着冲进了她空白的大脑，撕裂的痛，满地的鲜血，腹部被打穿的痛，全都涌了上来："滚！我不要看见你！滚啊！"她歇斯底里的敲着床，"强奸犯、杀人犯、流氓，滚啊！"

她喊了几声已经气喘吁吁。

他的希望也在这一瞬间跌入了谷底，不是失忆了吗，怎么就只是失忆了这么一小会儿！

"小水，你听我说……"

"你不滚我滚，反正大不了就是一死！"她说着就要爬起来，他连忙阻止了她，"别乱动，伤口还没完全愈合，我滚，我滚还不行吗，不要再乱动了！"

她挣扎着，不管不顾，这样真的会撕裂伤口，他虽然不愿意，但也不得不用极快的速度奔了出去，刚好遇到听见她叫声出来的凌钰。

"先生，要不你去休息一会儿吧，我跟她聊聊！"

钱泽琰很无奈的点了点头，像个受了气的小媳妇。聊聊也好，凌钰肯定会说些好话，不能完全解除误会，至少可以缓解一些。

凌钰走进病房时，她已经安静了，躺在床上一动不动，身体并没有多么的无力，伤口也不疼。她知道是涂了那种特效的药膏，空气中弥漫的气味证明了这一点。

只是心理上很无力，她的新婚夜简直不堪回首，洞房花烛夜过得乱七八糟也就算了，可是那颗穿入她腹部的子弹，完全击碎了她的心。虽然不愿意承认，但内心深处似乎已经认定了他就是小虞哥哥，可他却用她的身体挡了一颗子弹！

现在她要重新考虑一下他是谁了！

"你还好吗？"

凌钰本来就不善言辞，这个时候完全不知道该说点什么了。对她的承诺已经化成泡影，先生终究还是用了强，就连自认为可以万无一失的保护工作也没能做好，此时他除了自责就是愧疚。

"你不是都看见了！"她的语气中充满了怨，她并不怪凌钰，但谁让他是她心中阴郁唯一的发泄口，"我睡了很久吧，我得给我妈妈打个电话！"

听了她这句话，凌钰安心了许多，她比他想象中的要坚强许多，遭遇了这般，没有自怜自怨，醒来就想到了妈妈，看来胆量和坚强之间没什么联系。

“嗯，应该的，可是你怎么跟你妈妈说呢？”

是啊，怎么跟妈妈说呢，但总要报个平安，于小泉都那样了，妈妈也不可能什么都不知道。

“手机给我用就好！”

不管先生同不同意，反正他已经把手机给了她。

“妈，是我！”所有的坚强在妈妈面前都会变得无比脆弱，电话接通的那一刻她鼻子就酸了，只能努力地让自己保持平静。

电话那端没有发出急切的追问，而是沉默了一会儿：“是小水啊，告诉妈妈发生了什么？”

妈妈的语气平稳，没有不安和急切，她也就安心了：“没发生什么，我就是还不想结婚。之前不是和你说过了吗，我才二十三岁，不想这么早结婚！”

妈妈轻轻地叹了口气：“你这丫头，要不是你柴叔叔告诉我你没事，我就要全世界找你了！是妈妈不好，婚姻是一辈子的大事，妈妈太主观了，没考虑到你的意见。小水，你去哪儿散心了，要是散够了就回来吧，妈妈不会责怪你！”

她不知道妈妈得到的是怎样的消息，但显然情况比预料的好了许多。

“妈，你真开明，我妈妈就是不一样。反正都出来了，我想多玩几天，过几天再回去。妈，对不起，让你为难了！”

“没什么为难的，只要你幸福就好！”

挂断了电话，她又无力地靠在了床上：“他是不是对于小泉做了什么！”一定是钱泽琰威逼着于小泉不敢说实情，不过也不一定，就算不威逼，于小泉应该也不会说实情。

凌钰点了点头：“他收了先生的一千万，他一辈子恐怕也赚不到这么多钱。”

她没再说话，这一点她信，相比打断施家三少的两条腿，钱泽琰对于小泉算是很仁慈了，只是于小泉竟然肯收那些钱，让她的心头有些堵。

看她一脸绝望的样子，凌钰捏了捏自己的额头：“其实，先生他不是故意的，他并不想让你伤这么重，他只是不想让那些人认为他很在乎你。那天晚上的那些人，就是你接到的恐吓电话的那个人派来的，那些人没有人性，要是你落到他们手里，后果我都不敢想！你就别怪先生了，这几天他一直守在你床边，我还从来没见过先生这样沧桑。”

见她还是那副样子，甚至连转动一下眼珠都没有，凌钰不知如何是好地蹙起了眉头：“你倒是说句话呀！”

“是我哄你走还是你自己走！”

如果有下次，在那种情况下，她的身体一样还是盾牌，这一点她确信无疑。

看着她的样子，凌钰觉得有一只无形的手在虐待他的心。她那双水灵灵的清澈的眼睛，蒙上了一层冰，古灵精怪的模样少了几分灵动。

是啊，哪个女孩子能承受这样的事情呢，被拎起来挡了一枪。他觉得，虽然她还活着，但曾经的那个乔怡水已经被那一枪打死了！

他走到她面前，把手伸到了她的唇边：“给你解气，咬烂了我都不会哼一声！”

她也不客气，抱着他的手一口咬了上去，一点也没留情，温温的咸咸的血液流到了她的嘴里，她一点松口的意思也没有。她要是知道自己体内流着的有八分之一多都是他的血，大概就下不去口了。

咬着咬着，她的眼泪流了出来，嘴自然也松了，在这个大个子面前无需故作坚强，也无需隐藏脆弱，她靠着他结实的身躯嘤嘤地哭了起来。

凌钰僵在了那里，血雨腥风他都经历过，但这种情况他从未经历过。看着她柔弱的肩膀无力地颤抖着，他的心真的碎了，也许是因为从小就没什么亲人，也许是因为血液建立的某种联系，他感觉到了一种温暖。这种温暖钱泽琰也给过他，他把这种感觉理解为亲情，但钱泽琰太强势，给他的感觉和她给的完全不同，她那么柔弱，是一个需要呵护的小妹妹。

这一刻，他暗暗发誓，他会用生命去保护她！

眼泪这个东西，虽说没什么用，却也很神奇，流到一定量的时候，好像悲伤也会跟着流走一些。

哭了一会儿，她的情绪好多了，没心没肺地把他推到了一边：“滚吧！”

看着她的眸子恢复了几分曾经的灵气，他觉得手上的疼也是甜的，露出了个憨憨的笑容，把另一只手也伸了过去。

“你要是觉得这样做能好一些，这只也给你咬！”

她蹭了蹭嘴，看着他的憨笑，忍不住嘴角微微上翘了一下：“才不咬了，味道一点都不好！大藏獒，你看上去很疲惫，那个没人性的家伙把你当机器人用了吧，真不明白你为什么要给他那种人卖命！”

她的笑容好像又和以前一样了，古灵精怪中透着甜美，只是此时出现在她脸上，不免让人看着心酸。

“没有，我精神着呢！”他脸上依旧挂着憨憨的笑容。他肤色黝黑，就算脸色有点不好也看不出什么，更何况他看上去是那么壮，很少有人会说他看上去很疲惫。

“没有才怪！你就不知死活地为他卖命吧，早晚有一天你也被他当成盾牌！”要是刚认识他，她也看不出他是否疲惫，但是接触久了，凭感觉就能知道他有些乏。

“不会有那一天，就算有，也是我去给先生挡子弹，而不是他把我当盾牌！”他语气坚定，目光也坚定。

她狠狠给了他一个白眼：“滚吧，一根筋的大藏獒！”

第十一章

下辈子我做女人你做男人

在医院的特护病房里又过了七天，这七天钱泽琰进过几次病房，但都不到半分钟，就被她哄了出去，只留下凌钰照顾她。

出院的那天她身体已经没有任何异样，甚至感觉还轻盈了几分，但不能表现出生龙活虎，走路都用细碎的步子，免得钱泽琰那个禽兽大发淫念。

她被带进了另外一栋别墅，周围的绿树少了些，房间里的格调也完全不同，暖色调，视觉上温馨了许多。

凌钰没跟进来，莫大的房间里只有她和钱泽琰两个人，多少让她有些生畏。

“小水，喜欢这里吗？”

这几天他像个受气的小媳妇一样，连多说句话也要看她脸色，这会儿还保持着一点小心翼翼。这么个桀骜不驯的家伙，像个受气包，有几分滑稽。

她没说话，也没再撒泼，他这脾气，这几天显然给足了她脸，给脸不要脸的话，那可要自找苦吃了！

她故意当他不存在，看也不看他一眼，迈着软软的步子，无力地靠在沙发上，随即半闭上了眼睛，只等他说一句累了就到房间去休息吧。

可是，他没说，还一屁股坐到了她旁边，不大的单人沙发瞬间变得拥挤。

“还在生我的气呀，要怎样你才肯原谅我？”他说着轻轻的把她揽在了怀里，随即动情地拥紧。这个柔软的小人儿没抱过也就算了，抱过之后就再也放不下了，这几天每天都想抱抱她，可是她连门都不让进。

自宫，她只是在心里狠狠地说，嘴上什么也不敢说。他的耐性恐怕已经到了极限，再轻轻一触，说不定就会恐怖地爆发。

感觉到他的体温在升高，她意识到情况不妙，于是手拄着头，表现出了十足的乏力：“我浑身没劲，想去睡会儿。”

“少装！你早就没事了，别想骗过我的眼睛！”他终于表现出了不耐烦。

果然被他识破了，既然不需要再演了那就不演了，她眼睛瞪得老大，眸子里全是怨气与愤怒：“是，没事了，不打中要害，也还能挡几颗子弹！”

他蹙了蹙眉头："把这事忘了吧，我看看有没有留下疤痕！"

他说着就去掀她身上的T恤，她挣脱了几下，毫无作用，只好任由他像研究古董一样的研究起她的肚皮。

"恢复得很好，我的宝贝哪儿都好看，肚皮也是又白又嫩。"他摸了摸，"还很滑，手感真好！"

淫贼，她的双眸中突然迸射出了怒火，既然发不发飙结果都是一样，不如让自己痛快点。她握紧拳头，全力地向他的下颚打去，感觉就要打中了，他没防备，而且这么近的距离，谁知他把头轻轻一闪，她就打了个空，接着第二拳第三拳……不停地向他的脸上挥去。

终于他耐不住性子了，一把抓住了她的小拳头，还捏了捏。

"又挠你男人的脸，你后半辈子可都要看着这张脸呢，怎么一点也不知道爱护自己的东西，你这只不乖的小花猫！"他捏着她的手指，看着她又长长了的指甲："指甲这么长，不能再挠人了，容易折断！你得学会自卫，我有个礼物要送给你。"

"你以后要加强一下锻炼，就这么点体力怎么行！看这个，特地给你准备的，就算你手无缚鸡之力，也能只动一下手指就可以让凌钰那样的家伙倒下！"

他打开盒子，里面整整齐齐地摆着两排精巧的小东西，颜色各不相同，从浅到深。他拿起一个套在了她的指甲上，那小东西完全是一个精巧的小机关，牢牢地吸附在她修长的指甲上，像美甲后的效果，很是漂亮。

"看着，我教你怎么操作！"他轻捏了一下那个小玩意儿，尖端伸出了一截半厘米多一点的小刺。"看见了吗，这是一个小机关，针尖上有麻痹神经的剧毒，是从这个世界上最毒的毒蛇身上提取的，颜色从浅到深，毒性从弱到强。最浅的这个只需要轻轻地刺一下，就能让一个强壮的大活人在两秒钟之内丧失活动能力，颜色最深的那个，能让人瞬间倒地，二十分钟内呼吸衰竭，也就是窒息而亡。没有解毒的药，抢救及时吸出点毒血，可以保住命，但会变成残废。你戴上这个我能安心些，但千万要小心，可别刺到了自己！"

剧毒，没有解毒的药，她看着指甲上的那个小玩意儿眼睛放了光，拿起那个颜色最深的学着他的样子套在了自己的指甲上，又轻轻的一捏，无声地伸出一根针，操作很容易。

“做得很好，我的宝贝真聪明！”他在为他的暗器沾沾自喜。

突然她眼睛里汇聚了一丝邪恶，下一秒猛地向他挠去。他感觉到她的那丝邪恶时，连忙去抓她的手，抓住了，但是那针尖太锋利，那个深色的针尖浅浅地刺进了他中指的肌肤……

他看向她的双眸瞪得大大的，流露出的不再是柔情，也不再是玩世不恭，那感觉应该称之为寒心。

他紧闭着牙关，唇动了又动，却一句话也没说出来。

看他的样子似乎很痛苦，她完全呆了，他要死了吗，二十分钟内，窒息而死！

胸膛一阵闷痛，心脏好像在抽搐，她连忙抱着他的手吸起来，把毒血吸出来就不会死，变残废就够了！

“你真的这么想我死吗？”他的每一字都透着心痛。

她没空跟他说话，想让他死就不给他吸毒血了，只是一时的冲动，谁让他这样欺负人了！至于家仇，其实一直以来都是妈妈想让钱家的人死光光，而她没有那么强烈的怨恨。

她无论怎么努力地吸，他的血液都凝固了大半，平时捶捶打打都无所谓，她竟真的对他用毒针！

“滚！”

他狠狠地把她甩开，冷着脸穿上衣服头也不回地走了。

她靠在沙发上发呆。天呢，都做了什么，他会死吗？不对，不是说可以让人瞬间倒地吗，他怎么还能走？没毒的吧，哪儿有那种毒呢，对，没毒！没毒！

不多会儿后门铃声响起，门外传来的是凌钰的声音，“我可以进来吗？”

“等一会儿！”她快速地穿好衣服，“进来吧！”

“你对先生做了什么，我从没见过他这么生气！”钱泽琰的脸冷得发青，凌钰第一次见他这个样子，吓得他连问都没敢问。

她晃了晃手指上的毒针，说：“用这个刺了他！没像他说的那样，瞬间倒地，是毒发作得慢还是怎么着！”她心里有一丝隐隐的担心，但绝不会表现出来。

“啊？”凌钰的脸都扭曲了：“你疯了吗，你用这个刺先生，这针上要是真有毒，先生这辈子就毁在你手里了！”

她松了口气，嘟了嘟嘴：“原来没毒，想想也不会有那样的毒！就算有毒，比起他施加给我的，也扯平不了！”

凌钰脸上的肌肉抽搐着：“你这样太伤先生的心了，先生为你做的，远远超出了我的想象。这针上有毒，除了颜色最深的这个，全都有毒，这些毒是我涂的，先生特地嘱咐，最深的那个先不要涂毒，先生说你胆子小，万一杀死了人会害怕一辈子，没想到你用这个去刺先生，先生的心里一定很难过！”

她一声冷笑：“他为我做什么了，应该说他都对我做了什么！所有的一切都是他自找的！针上没毒算他命大！”

他确实很可恨，在他的婚礼上推倒她，还给她惹来了那么多流言蜚语，又打伤于小泉。

“你怎么就不明白先生的心呢，先生现在没有太多的时间陪你，他只是想把你留在身边，多相处一些时间，你会知道先生是很好的人！”

她又冷笑了一声，如果说之前对钱泽琰还有那么一点渺小的期望，但从那晚以后，还有什么好说的，用她的身体挡子弹，再对他有期望不是很滑稽吗！

“你要是来跟我说这些的，就滚出去吧！”

凌钰轻轻地叹了口气，情况怎么越来越糟，这会儿不只是她伤心，先生的心被也伤了，可他什么都改变不了！

“好吧，不说这些了，你没什么衣服穿吧，我陪你去买些吧，如果还有什么需要的，只管开口！”

她确实没什么衣服，她是被他抢来的，衣服都在家里。身上的这套凌钰说是钱泽琰买的，长牛仔裤，五分袖的T恤，很保守，朴素的颜色，也不是很合身。

“我用毒针刺了他，他会怎么对我？”这才是她当下最想知道的！

凌钰沉思了一下：“待先生消消气，还会像以前一样对你，先生不是小心眼的人！”

以前一样？挡子弹吗，除了冷笑，她不知道还能怎样。

“凌钰，放我回家吧，求你了，留在这里做他发泄的工具，我还不如死了算了！”

凌钰眉头紧锁：“先生是真的喜欢你，你慢慢会明白！我会替先生照顾好你！”他看了眼那些带毒的小东西，摘下了她指甲上的那两个放回了盒子，“我帮你保管着吧！”他担心她会用这东西刺她自己。

她想把盒子抢回去，但是抢不到，气得咬牙切齿：“还我，这是你先生送我的东西，你也敢抢！”

“不是抢，是帮你保管！你要是有心情，我陪你去逛街吧！”

一连一个星期，钱泽琰都没再出现过。她每天起来就去逛街，一直逛到商场关门，衣服鞋子首饰腕表，买了一大堆。今天又是满载而归，大包小包的，凌钰来来回回搬了三趟，才全都搬进她的卧室。

吃饱喝足，她躺在阳台的摇椅上看起了月亮，前几天这个时候还有兴趣试试那些买回来的衣服，她试了几天就烦了，懒得试了。

今晚的月亮是很圆的满月，大大圆圆的，挂在夜空中，皎洁的光洒满了整个大地，矮树丛中蛙声片片，很田园的感觉。

她长长地吐了口气，站了起来，她害怕这种宁静，不想回忆过去，也无法畅想未来，还是摆弄那些华丽的衣衫吧。一转身，她撞上了一个结实的胸膛，撞上的一刹那她就知道是谁了。

那一刹那，她心头竟是一阵激动，她不明白，他都那样对自己了，为什么还要为他的出现而激动。

她想闪开，却被他的双臂困住了，被迫紧紧地贴在他炙热的胸膛上。

“有没有想我？”他轻轻地在她额头吻了吻。

这是他该有的反应吗，那天他明明是愤怒着走的，她觉得一阵发冷，“要杀要剐你就给我个痛快吧！”

那天真把他气坏了，死丫头竟然真的用毒针刺他，但回头就不怪她了，他对她做了那样的事，也活该被她刺一下，现在几天不见只剩下思念了。

她缓缓地垂下眼帘，不是害羞，是不敢去看他的眼睛。他的那双眼睛，好像有魔力，会勾魂；虽然不愿意承认，但她心里清楚，即便身体被他用来挡子弹，对他也没有多少恨，所有的挣扎与反抗都是因为不可以对他动心，也不可以和他在一起，她知道施峰早晚会和她联系。

更何况他姓钱，妈妈不可能接受的！

就算把这些原因都抛开，她也不能。对他来说，她连衣服都不算，她又怎么敢异想天开！

“告诉我，你想我了！”

她依旧垂着眼帘：“每天都大把的花着你的钱，怎么可能会想不到你，但是想到和想，绝对不一样。”

听她这么说，他轻轻地叹了口气：“看来必须把事情说清楚了，不然你对我的误会会越来越深，你接近钱泽琰一方面是为施峰做事，另一方面是因为你爸爸吧！”

他都知道了，应该能猜到的，只要去查，这些很容易查出来！

“我查过，十三年前发生过一起拆迁事故，而且是一起人为的拆迁事故，当时死了好几个人，包括夏非一家，而事实上死去的只有夏非，他的妻子乔莹和女儿夏小水不久后变成了夏莹和乔怡水，那个楼盘的开发商正是钱家。那个时候钱泽琰虽然还不到十四岁，但已经跟着钱禹做事了，那个楼盘的开发钱泽琰也参与了，所以你和你妈妈都恨钱家，我说的没错吧！可那一切和我没关系！”

她终于抬起了眼帘：“没关系吗，你难道不姓钱？”

他坐在了摇椅上，轻轻一揽把她带入了怀中：“那也不用恨所有姓钱的人吧，再说十三年前的事到底是怎么回事谁知道呢，我知道你心里没多少恨，小水……”

“不恨你，我也不可能接受你！你就别废话了！”

怎么可能不废话，做了那么多，他才不会接受这样的结果。

“你不是问我怎么回事吗，现在给你讲讲我的故事……”

“不听！我对你的故事没兴趣！”

她心里想知道嘴上也不会承认，她挣扎，他抱紧。

“口是心非！老老实实地给我听着！我和钱泽琰是兄弟，但不是同胞兄弟，我和他同父异母，他比我大两岁，我也很奇怪为什么我和他长得几乎一模一样，事实上我比他高一点点，但肉眼上看不出来。赵晓霜，也就是钱泽琰的生母，知道了我的存在以后，想方设法地想要把我从这个世界除掉……”也许是因为回忆太心酸，他说着声音有些哽咽了：“所以我和我妈妈，一直过着逃亡的日子，偷渡到了越南，才算暂时安全了，这也是你会在那里遇到我的原因，那段时光你应该记得很清楚吧！”

她安静了，不由自主地贴紧了他的胸膛。

她当然记得，那是十五年前，爸爸因为工作原因去了越南，爸爸是工程师，那段时间为越南政府做事，要在那里生活两年的时间。爸爸把她和妈妈也带了去，除了一家可以团聚外，主要是为了让她见识一下异国风情。她记得越南比较乱，当时一家三口都在军方的保护中，就在爸爸工作不远处的小山上她见到了他，闲暇的时候就和他一起玩，一直叫他小虞哥哥，那时候他们都是孩子，也没想起来问他的大名。他们整整相伴了两年，离别的时候她把随身戴着的长命锁送给了他，而他给了她一颗红宝石，她记得清清楚楚，当时她说这个是不是很贵重，他却霸道地说你都是我的，所以这颗宝石也还是我的。

后来，在爸爸被埋在废墟中的那一天，躲在废墟中的她，从缝隙中看到了他邪恶的笑脸，虽然那笑是因为目的达到了，而不是因为死了人，但一样可恨。

从那以后她就开始被煎熬着。

现在想想，钱泽琰和小虞哥哥肯定不是同一个人，那个时候的小虞哥哥穿得有些糟糕，钱泽琰作为钱家的宝贝儿子，怎么可能穿成那样，又怎么可能长时间生活在越南。

“我送你的小铃铛呢，你还保留着吗？”

他嘴角一扬，捏了把她的脸蛋：“还在怀疑我的身份啊，你送我的定情信物不是小铃铛，是长命锁！”

才不算定情信物，虽然当时说了长大后我要做你的新娘，但那时候不过是个孩子。

“小水，我现在的处境有些糟糕，我是怕我保护不了你。你想想看，如果不是因为太在乎你，我用得着在你身上花费这么多精力吗？我就是不敢表达我的感情，你明白吗？”

他心里是怎么想的，她不能确定，但她知道自己内心的感受。

“我接近你有目的，这一点你也知道，而且我可以很明确地告诉你，不管你是钱泽琰还是钱泽虞，也不管你对我是什么感情，即便我爱上了你，我该做什么还是要做什么！”

他又不满地在她脸上捏了一把：“我当然知道！这是你的可爱之处，也是你的可恨之处，但不影响我去爱你，我也不希望这些客观因素影响到你的感情！”

“我懂了，你是说我们该爱还是爱，该斗还是斗？”

他点了点头：“对，就是这个意思。我喜欢你，但我不会明知你要拿我的东西送给别人，还拱手相送，你可以用你的智慧继续找你要的东西，但别拒绝我的感情！”

她缓缓地眨了眨眼睛：“我做不到！我做不到处心积虑地算计一个人，还能去接受他的感情！不过有一点可以肯定，如果你早点证实你就是小虞哥哥，我不会用毒针刺你！想想挺险的，那根针上要是真有毒的话，你就从这个世界上消失了！”

他露出了个笑容，带着几分邪恶，带着几分幸福：“怎么，现在知道心疼你男人了！”

她小嘴一撅：“才不心疼你，谁让你那样对我，就算你不是钱泽琰，也活该！”

“是，我活该！你这只会抓人的小花猫！”他紧紧地把她拥在了怀里。

“你替换了钱泽琰，钱家人不知道吗？”她很没出息地担忧起了他。

他拥得她更紧，狠狠地亲了一口：“你真是我的小女人！钱家人当然知道，是他们威胁我做钱泽琰的。钱泽琰惹了一个黑道上的厉害角色，你接到的那个恐吓电话就是那个家伙打来的，扬言要钱泽琰的命，钱家害怕了，抓了我妈妈，让我来替钱泽琰受死！知道吗，第一眼看见你我就想告诉你我不是钱泽琰，但是我不敢，我怕我应付不了这一切，更怕会给你带来危险。我本想把一切都搞定了，再把你接到我身边，可是命运不肯给我这个时间！”

“那、那……”好多担忧，好多疑问，她一时间不知道从何说起了，两只水灵灵的眼睛里流露出的全是担心。

“那什么那！”看着她这副担心的小模样，他由衷地欣喜：“你放心，他们杀得了钱泽琰，可杀不了我，现在我妈妈也安全了，所以主动权掌握在我的手里！只是暂时你还不能光明正大地做我的女人，我不能把你这根软肋亮出来……”

“谁要做你的女人？”想到他不管不顾的就那样了，她心里就窝火，不管是出于什么原因，都是强迫！

“这些年你是怎么过来的？为什么杀人连眼睛都不眨？”

那晚发生的事情，不只让她痛，更让她心惊胆战，那影片中才能见到的一幕竟然就那样真实地发生在了自己的眼前，荧幕上看着会觉得很刺激，可发生在自己身上，除了害怕，现在就只剩担心。

听她这么说，他很动情地亲吻着她的后颈：“我的小宝贝，你是在为我担心吗？”

“当我没说！”她没好气地说。

“以后我慢慢说给你听，听阿钰说你每天半夜都会惊醒，那天把你吓坏了吧，你个胆小鬼！”

“他怎么知道我会惊醒！”

“他的耳朵比狗耳朵还灵，我们现在说的话，他要是想听，全都能听得见！”

“什么？那我们刚才……”那些话，囧死了！

“没办法，宁可被他听见，我也不能再让你受伤了。那天真的把我吓坏了，你流了那么多血，脸都白了，你不知道我有多担心！”

“少酸！如果有下回，只要别要了我的命就好，我还要留着命给我妈养老，如果我是为你挡子弹死的，你帮我照顾我妈妈！”

她从不要求另一半会为自己付出生命，可也用不着拿她挡子弹吧！或许原因真如他所说，她心里也总是有些疙瘩。

这注定成了他不堪的往事，他爱怜地在她身上抓了几把：“我不会让你死，绝不会！”

那恐怕不是他能决定的了的，她没再说什么，缓缓地闭上了眼睛：他把她置于一个很不堪的境地，这么短的时间，发生了这么多！

和他没有什么感情基础，有的不过是儿时的那一缕承诺，除了心底的感觉，她对这份感情没有多少信心！

“怎么了小水，还在怪我吗？”

“换做你是我呢？”

他憨笑着挠了下头，这个问题他早就想过，如果换过来，以他的暴脾气，肯定会废了这男人。

“这辈子已然这样了，我会尽我所能地弥补，下辈子我做女人，你做男人，你欺负我！”他嬉皮笑脸的。

她忍不住嘴角扬了扬，他就是个死无赖，却拿他一点办法也没有！

见她态度有所缓和，他继续耍无赖：“宝贝，不生气了，过去的就让它过去吧，以后我会好好疼你，就像现在这样！”

第二天她睡到中午才醒来。

“小水，还没睡够吗？”他坐在床边，捋了捋她脸颊边的长发，看着她的睡容，身边多了个人的感觉真温馨。昨晚她又被噩梦惊醒了一回，还说了梦话，她说她只想要平平静静的生活，看着她甜美的模样，他暗暗下决心，一定要给她平静的生活。

“死丫头，睡得还真香，真想每天都看着你醒来！”

她翻了个身，把后背给了他，“我不想！讨厌死你了，你这个色魔！好饿！”她的眼皮依旧很沉，肚子咕噜咕噜的在闹意见了。

“起来吧，可以吃午饭了，我们两个还没有好好地一起吃过一顿饭呢！”

“不想起来，我要在床上吃！”

“不行，必须起来，不然我上来，二选一！”她闭着眼睛撅着嘴一动不动，看着她的模样，他嘴角掠过一抹坏坏的笑，“不起是吧，看来你还没够，我来了！”

他扑了过去。她一个翻身滚到了床下，接着一个翻身爬了起来，不满地揉着眼睛：“你就知道欺负我！”

“死丫头，闪得还真快，把你男人腰都闪着了，过来给我揉揉！”

她红着脸逃也似的进了洗手间，连忙把门反锁，刚锁上门，就听见了他的声音：“别锁了，防盗门对我都毫无作用。我不会进去，看见美人出浴我肯定忍不住，给你十五分钟，我在餐厅等你！”

她洗完澡，穿了身很保守的运动装，浅灰色的，该遮住的都遮住了，也不凸显曲线，这样总不至于再勾起他的兴致了吧！

看见餐厅里的他，两个人都愣了，他也穿着一身浅灰色的运动装，看上去就像情侣装。

“我的小女人，故意穿成这样的吗，你真让我感动！”他笑得很惬意。

她难为情的皱着眉头，好像刚才他就穿的这身，她才不是故意穿成这样，刚才那种情况都没空看他穿的什么衣服就冲进了洗手间！

“我饿了！”她坐下来就吃，也不解释，否则有欲盖弥彰的嫌疑。

他也不吃，拄着下巴看着她，她被他盯得有些不知如何是好：“要不叫凌钰一起来吃，他还没吃呢吧！”

“我们两口子吃饭，他来算怎么回事！给你这个，猪蹄，补充胶原蛋白。还有这个，特地为你炖的药膳，可以帮助你快速恢复体力，尝尝！”

他把猪蹄放到她碗里，接着把一口药膳汤送到了她唇边。

她眼睛转动了一下，恢复体力，恢复了他再榨干，还不如不恢复！

“不喝！闻着好恶心！”她抓起猪蹄就啃了起来，味道还不错。

“恶心？宝贝，你不会有了吧？”

她一惊，咬在嘴里的一块猪蹄掉了下来。有了，不会吧，虽然没有恶心，可是没有采取任何措施，万一真有了，算怎么回事，又怎么跟妈妈说呢！

看见她这个反应，他脸上的笑容僵住了：“怎么，怀上我的孩子让你很纠结吗？”

看他这副模样，她也火了，凭什么他不高兴就可以歪鼻子瞪眼，凭什么他想给什么她就要欣然接受，她把手里的猪蹄直接砸了过去：“臭流氓，是你强行闯入了我的生活，才不到两个月，发生了这么多事，难道你让我欣喜若狂地接受吗，你这个又色又自私的混蛋！”

那个猪蹄没砸中他，被他接在了手里，他嘿嘿地笑了，“你这个浑身是刺的小刺猬，竟然用猪蹄砸你男人！是我太心急了好了吧！”他嬉笑着凑到了她跟前：“我来喂你吃，吃饭的时候要保持心情愉悦，不生气了，乖！”

隔壁房间的凌钰噗嗤笑了，这个不可一世的家伙肉麻起来真让人受不了，还真是一物降一物，她用猪蹄砸他，骂他臭流氓，他还笑，恐怕在他心里，她是这个世界上唯一的存在了！

“我都承认错误了，别瞪眼了，吃吧，不是饿了吗？放心吧，不是排卵期不会怀孕的，我也不会没有准备就让你怀孕！”

什么吗？连是不是排卵期他都知道，她撅了撅粉嫩的小嘴，简直就是个超级大无赖。她夺过猪蹄抱着啃了起来，肥腻的全吐在了碗里，啃完一个猪蹄，吐了一堆肥腻的猪皮，有的还带着口水，她把碗往他面前一推：“看在你认错态度诚恳的份上，这个奖赏给你了！”

“谢谢我的小女人！”他连眉头都没皱一下，就津津有味地吃了起来。

“啊？你真吃啊！”那从嘴里吐出来的东西看上去很恶心。

“当然，我女人奖赏的，怎么能不吃，我都不用自己啃了！”

两天很快过去了，这两天除了上厕所，他几乎一刻也没离开她，一副很满足的样子。但她很纠结，就这样和他在一起了，难道真的要像他说的那样，爱归爱，斗归斗。

她继续躲闪，什么也不说就往客厅跑。说不要肯定不行，每次说不要他都像打了兴奋剂，客厅里好一点，王阿姨在打扫卫生，他多少会收敛一些。

“回卧室，我有话跟你说！”他一本正经的。

“才不回！”她坐在沙发旁边，手里抓着一根盆栽的枝不放，他对这些花草比对人仁慈得多，这是她不小心发现的他的弱点。

他蹙眉，又是这样！

“乖，跟我回卧室，我保证不那样了，真有话跟你说！”

“鬼才信！”

“你男人我堂堂八尺男儿，什么时候说话不算数了，快回去，还有不到一个小时我就要走了，有重要的事情要交待给你！”

她不理，依旧抓着那根枝子不肯放手，才不信他有重要的事。

“死丫头，还真以为我治不了你了！”他大步地走过来，搔了几下她的痒痒，就这样她失去了救命的盆栽枝，被他横抱了起来前往卧室。

“王阿姨，把这些盆栽都移到外面去，房间里一盆也不留！”他狠狠地说。

进了卧室，她就被扔在了床上，她一个翻滚滚到了一旁：“你不是说不那样了吗？”

他抓住她的脚腕狠狠地捏了一把：“就这么不相信你男人，等着，我马上回来！”

他出去了，她还是有些担心，他的自制力她见过，不想碰她绝对可以不碰，但是他不自制的时候，简直太恐怖了！

不多会儿他回来了，手里拿着的那个盒子她见过，就是那个装毒针的盒子。

“又拿它来干什么，小心我扎你！”

“你舍得吗！这玩笑不可以再开了，这毒素麻痹神经几乎不可逆，轻点肢体不协调，要是重的话，我们的性福可就没了！我不在你身边的时候要随身带着，要是有人想欺负你，就扎他。颜色最深的也不会要人命，最多后半生在轮椅上度过，每天都戴在手上，要养成习惯，你安全我才可以安心！”

她能感觉到他的恐惧与无奈，虽然他看上去天不怕地不怕。

她情不自禁地抓住了他的手：“带我走吧，我不喜欢这样，哪怕去越南那样的山林里，只要有你就够了！”

他愣了一愣，轻轻地捋了捋她的长发，这个小东西终于收起浑身的刺了：“傻丫头，真想跟我走吗？”

一时冲动而已，这哪儿是一句话就走得了的！

他反过来握住了她的手，“小水，我们哪儿也去不了，你走不了，我一样走不了，就算我们走了，也不一定能平静地生活。你爸爸只是个工程师，与世无争，和你妈妈本来过着平静又平凡的日子，但是结果呢？这个世界有太多的意外，也从来都是弱肉强食，你放心，我会用我的双手给你营造一个平静的世界！”

是啊，这个世界从来都是弱肉强食，想躲也没处躲！

“要活着，还要完整地活着！”她是真的担心，想到那晚子弹乱飞的情景，就心有余悸！

“死丫头，知道担心你男人了！放心，为了你我也会完整地活着！小水，为我做件事吧！”

“什么？”

“去腾飞应聘，打入腾飞的核心管理层，去拿一些有价值的东西！”

她的心瞬间被冷冻了，他所做的一切都是建立在这个目的之上的吗？别的先不说，腾飞是施家的，施峰对她有恩，怎么可以反咬一口！

“我不去，就算你要了我的命我也不会去！”她狠狠地推开他。

看着她倔强坚定的样子，他嘀咕了句：“如果是施峰让你这么做呢？”

施峰？她难以置信地摇着头：“不可能，他不可能让我这么做，腾飞是他们家的产业，你开什么玩笑？”

他冷笑一声，拿出手机拨通了个号码：“她不肯听我的，你来劝她吧！”他说着把手机放到了她的耳边。

电话那端果然传来了施峰的声音：“小水，是我，施峰，去腾飞应聘吧！”施峰更像是在下达命令。

“为什么，这是怎么回事？”她实在是想不明白，这两个男人怎么弄到一起去了，她更疑惑施峰为什么要这么做！

“别问这么多，你只要去就好了，越快越好，最好是明天就去，腾飞最近在招聘设计师！”

挂断电话，她呆呆地看着钱泽琰，不对，现在应该叫钱泽虞了。

“有很多疑问是不是？”他问。

她无力地点了点头。

他缓缓道来：“其实很简单。施峰在施家没有地位，他大哥施嵘有爷爷奶奶宠着，正所谓小儿子大孙子，爷爷奶奶的命根子，施嵘是长子，也还算有才华，他基本上是铁定了的继承人；他三弟施宇顺，就是被我打断腿的那个家伙，是父母的小儿子，有他爸妈宠着，整个一个高衙内，胡作非为，没什么本事，但喜欢装深沉。施峰夹在中间，没人疼没人爱，再说他又是私生子，在施家很没地位，他的梦想就是出人头地，在我这里找东西的想法破灭了，所以他选择了和我联手！还有疑问吗？”

她的心一直往下沉，怎么会是这样，施峰是那样的处境吗，他要用手段去对付自己的大哥和弟弟吗？

“为什么要我去？”

“这个问题你可以问施峰！不过我也愿意你去腾飞，在那里工作，比在卧龙安全得多，我可以更放心，你也可以继续你的事业，这不是一举多得吗？不用害怕，我把阿钰给你专用了，有他保护可以万无一失。”

“可是施宇顺知道我是你的女人！”

他笑了，笑得很开心，因为听到了她说她是他的女人，“让你去，我自然考虑到了，你和他碰面的机会很少，就算遇到了也不用怕他，他要是敢惹你，就用毒针扎他！”

她没再说话，她没得选择，因为是施峰让她去的。

看着她的样子，他轻轻地把她拥在了怀里：“要办的事可能不是一两年能办到的，你要做好长期在那里工作的准备，钱家这边很多东西我一两年也无法得手，我们一起努力，争取三年之后营造出我们的平静世界，到时候我要风风光光地娶你！”

第十二章

不只你抢手

不到天黑钱泽虞就走了，她懒懒地靠在沙发上，想让大脑空白，思绪却胡乱地涌来，更多的是无力。

凌钰不请自来地坐到了她的对面，想要安慰安慰她，但是他不知道该说点什么好。

“晚饭好了，去吃饭吧。”

一点胃口都没有，她眼皮都没抬一下。

见她不说话，凌钰挠了挠额头：“其实先生也有很多难处，你要多体谅他一下，我没见他对谁这么好过！”

她不满地给了他个白眼：“你不用不停地说你主子的好话，好不好我心里有数！”

凌钰欲言又止，最后只好无奈地挠了挠额头，看了她一眼，又继续挠头。

“大藏獒，你今天这是怎么了，是不是有什么话要说？”她平时不理他，他也就知趣地离开了，今天挠起头没完了。

他憨憨地笑了笑：“明天再说吧，今天你好好休息！”

她一瞪眼，嘟了嘟嘴：“卖什么关子，有话就说有屁就放，挺大的个子，干嘛吞吞吐吐的。说吧，你觉得还有什么是我不能承受的吗！”

“小乔啊，饭都快凉了，先把饭吃了吧！”王阿姨已经叫了她好几遍了。

“哎呦，阿姨，你就别总叫我小乔了，叫小水吧，说了多少遍了，怎么还叫小乔？”

王阿姨和蔼地笑了笑：“叫顺嘴了，不好改口！小水，快去把饭吃了吧！”看着她水灵灵的，她总是会不由自主地联想到古代的美女小乔，总觉得那小乔在世也会逊色她几分。

凌钰也跟着憨笑，自从听到王阿姨叫她小乔以后，他也有和王阿姨一样的感觉。

“阿姨，一起吃吧，大藏獒你也一起吃吧！”

王阿姨连忙摆手说："不不，你就别为难我了，哪一行都有哪一行的规矩，阿姨不能跟你一起吃！"

凌钰也摆手："还是你先吃吧，我还不饿！"先生虽然对他如同兄弟，但在这件事情上小气得很，要是先生知道了他敢和他的女人对坐而食，估计能被他剥了皮。

她冷笑一声："是怕你主子不高兴吧，跟我一起吃，不然我掀桌子！"她像个小魔头一样冲去了餐厅。

凌钰憨憨地挠了把额头，只好跟着她去了餐厅。王阿姨连忙跟去加碗筷，也总算明白了点这几个人之间的关系，她倒是和谁在一起都是郎才女貌。

她坐下去就喝了口那个恢复体力的药膳汤，这两天除了早餐每顿都在喝，效果不错，味道也不错。

"今天这药膳的味道怎么不一样，不如之前的好喝！"

"当然不一样，之前都是先生亲自为你煮的，今天这个是先生嘱咐阿姨煮的！"

她愣了一愣："是吗，之前都是他煮的？"一丝暖流涌向了她的心底，那个家伙竟然也会下厨，还煮得这么好吃，随即那暖流又消失了，如果他做这一切都有目的的话，还有什么好感动的。

"当然！"凌钰说着露出了一副无比骄傲的模样，好像有个好主子他很光荣一样，"先生可是全才，厨艺不是一般的好，做的饭菜特别好吃，不过他不轻易下厨，一般只做给他妈妈吃，我也只是受伤的时候吃到过先生做的菜。你还在睡着，先生就一大早起来给你炖药膳了，知道他对你有多好了吧！"

听凌钰这么说，她心里又暖了起来，但还是"切"了一声："就知道夸你主子的好，做顿饭就了不起啦，会做饭的男人多了！刚才有什么话要说，说说吧！"

"哦，那我说了，先生说让我帮你增强一下体力，顺便先教你一些基础的自卫动作，再教你近身格斗……"

"就这个呀，我还以为什么事呢，这用得着吞吞吐吐的吗！"

"先生给我规定了期限，要求一年之内让你可以应付四个地痞。就你这个身子骨，要一年之内达到那样的水平，会很辛苦！"

她不以为然，但很快就证实了凌钰说的话。很辛苦，非常辛苦，每天早上慢跑两个小时增强体力，扎半个小时的马步，晚上一到两个小时训练反应速度，加起来每天要训练四五个小时，简直苦不堪言，而且她还要照常上班。

她已经在腾飞上班了，没费劲就通过了面试，成了腾飞设计部的一名普通员工。她配了副傻呆呆的黑边眼镜，换了发型，虽然也还是长发，之前是很飘逸的长发，现在剪了很齐的刘海，配上黑边眼镜，有些卡通。

她的身份也换了，新的身份叫余奇，虞妻的谐音，钱泽虞搞的小动作，简直无聊透了。

所以没人知道她就是那个曾经在卧龙掀起了一场小小的嫉妒风暴的乔怡水。

虽然来腾飞有目的，但她没把目的放在第一位，也许有一天施峰会改变主意，毕竟那都是他的亲人！

在腾飞，她只全心做她的设计师，不管将来怎样，谋生的本领不能丢了，不求成为柴鹏涛那样泰斗级的人物，至少也要小有名气，那样才可以有不错的收入，才可以活得有尊严，也可以让妈妈的晚年过得好一点。

她回家看了妈妈，只说卧龙派她去进修，封闭式学习不能总回家。柴鹏涛那边，不知道钱泽虞都对他说了什么，反正和她的口径完全一致。

她不敢再去看于小泉，实在不知道怎么面对他！

转眼十多天过去了，训练不再让她觉得痛苦，肌肉酸痛的阶段已经过去了，再加上每天有药膳辅助，她体力恢复得很快，整个人的精力也好了很多。

她每天早上五点起床开始锻炼，一直到八点，然后去上班。下班回到住处五点半，吃过东西休息到六点半开始训练，一直训练到八点半，然后洗个澡，做些设计，十点半上床睡觉，时间排得满满的，倒也充实。

今天也是如此，她洗过澡套上了件吊带睡裙，坐在书桌前看起书。想要做一名出色的设计师，一定要懂生活，所以各个方面的书都要选些经典的看一看，这是设计界的泰斗柴鹏涛告诉她的。

突然门开了，不用看她也知道是谁，王阿姨和凌钰有事都会敲门，只有他进出自由，他说十多天回来，时间也刚好。

“你男人回来了，你就不能表现得激动点吗？”他站在门口，一副气鼓鼓的模样。

她不以为然地瞟了他一眼："要我放挂鞭欢迎一下吗！我明天五点钟要起床，别惹我！"其实她心里很激动，只瞟了一眼，已经确定了他的状态很好，西装革履的，一身笔挺，很英气，但有些距离感。

"帮你男人更衣，别让我说第二遍！"

她凶巴巴地把他的外套脱下来，又凶巴巴地去拉他的领带。

"死丫头，谋杀亲夫呀，你想勒死我，怎么这么不温柔？"

"谁让你回来就威胁我？"她嘟着小嘴。

他抓着她去解他纽扣的手，目光瞬间变得深情，声音也磁性而低沉："想我了吗？"

感受着他身上的热气就知道他想干什么了："别这样，不然我明天起不来！"要起来就没完没了的，更何况还有凌钰那个听客，总是觉得太过尴尬。

"十点半之前让你睡觉，想死我了！"

"阿钰说你训练很刻苦，连他都佩服你的毅力了，我还以为你会哭着闹着不肯训练呢，这回怎么这么听话？"

倒是想哭闹，可是哪儿有哭闹的资本！

"有机会成为女侠我当然会很刻苦！等我强大了，看你还敢欺负我！"的确是很辛苦，挺过来后很有成就感，支撑她的只有一个念头：自己保护自己，总比依靠别人的好，只有自己强大了，才能让妈妈老有所依。

"我的女人果然不一般！"他在她身上四处抓捏了几下，"结实了些！我的小女人哪方面都不弱，我还以为你需要适应些时日呢，没想到你直接上道了！"

"是啊，不然拿什么跟你斗！"

"那你可要好好练上些年头了！说说在腾飞的情况，适应吗？"

她轻轻地叹了口气，逍遥过后，他想着的依旧是利益。她把脸转向了一旁，他的脸再好看这会儿也不想看了。"不说你也知道了吧，小喽啰一个，连和施嵘正面打招呼的机会都没有！"

看着她的样子，他抚了抚她的脸颊，嘴角无奈地上扬了一下："不急，两年之内能引起施家的重视就够了，取得他们的信任总要个几年！不用有心理压力，你只要认真工作就好。”

“我知道，我要睡觉了！”她不喜欢谈论这些。

气氛冷了，他也不太高兴：“我知道你不喜欢这样，其实我也舍不得让你去做这些，但是现在我没办法。忍一忍，三年，不出三年，我会让这一切结束，三年之后你就二十六岁了，那时候我们可以考虑造个小人儿了！对了，你和于小泉的离婚证我已经帮你取了，死丫头，竟敢背着我去和那个小子注册结婚，想想我就恼火！”

“该恼火的明明是他！”

他脸色一沉：“不许为他说话！”

“我只是在说事实！”

“事实也不行！就是不许说！我的女人他连看都不配，他算个什么东西！”

她一翻身把后背给了他，这个男人不讲理起来简直不可理喻……

“宝贝，你醒啦？”

“想不醒都不行！你个大色狼，走开，我要去晨跑！”她用力地想要推开他，每天早晨五点半凌钰都会在外面的小路上等她。

“怎么像没睡醒似的，把你的毅力亮出来给你男人看看！”

他一身浅色的运动装，虽然是柔软的纯棉面料，但一点也遮不住他身上的凌厉之气，反而多了几分阳光，除了人间极品，找不到别的词可以形容他了。

看着他，她的内心深处多少也有些骄傲，这个极品男人是她的，可是，仅仅是肉体上的而已！

看着她的眼神，他一脸得意：“你发什么花痴呢，在家里还没看够啊！”

她下巴一扬嘴一撅：“自恋！谁看你了！”

就这样，一晃两年过去了，她坚持了两年的训练，勤勤恳恳地做了两年的小设计师。

这两年中，开始的时候钱泽虞经常一忙就是好些天不见人影，他忙什么，她一点也不知道，当然他也不会知道她的担忧和祈祷。

但最近，几乎每天他都在她身边，悠闲了许多，陪着她晨跑，陪着她练功，他似乎有用不完的能量。

卧龙早已从股价大跌的困境中走出，正在稳步发展，钱家内部的事情，外界再没有什么流传，他没说起过，她也不问，毕竟那是他的亲生父亲。

在腾飞，她从来没有试图去引起高层的注意，在间谍的位置上，却不做间谍的事！

听他说过一次真正的钱泽琰，在国外一直不敢回来，因为黑道上的人从未放弃报复。他们也不是真的想要钱泽琰的命，而是想要一大笔钱，但钱泽虞从未妥协过，所以那些人骚扰不断，还曾经抓过赵晓霜相威胁，但不知道钱泽虞做了什么，他们又把赵晓霜完好地送了回来。

今天早晨一如既往，吃过早饭，她换了深色低调的职业装，准备去上班，钱泽虞把她拥在怀里带着几分撒娇："小水宝贝，这几天别去上班了好不好，你男人这几天得了个空闲，陪陪他吧！"

"不可能，一边去，别捣乱，不然我要迟到了！"她态度坚定。

"我不管，反正不许你走！"他耍赖。

她嘴角微微一扬，带足了邪恶，今天的她可不是两年前的她了。她回手一拳攻击人类普遍脆弱的部位——眼睛，紧接着一个踢腿，攻击男人最脆弱的部位——下三路。他躲闪之间，她已经摆脱了他，动作干净利落。

她得意地拍了拍手："都说了别捣乱！"

他愤愤地掐着腰，像受了气的小媳妇，满脸怨气："说多少遍了不许往那踢，踢坏了我们的性福就没了！果然是养虎为患，翅膀还没硬呢就反咬一口了！"

她哼了一声，大摇大摆地走了。她当然知道他没真的强留，自己有几斤几两她还是有数的，如果说他的力量速度和技巧都是大学水平，那她不过还停留在幼儿园阶段。

腾飞公司的本部，是一座二十八层高的大厦，很阔气。

"余主管，早！"

认识她的人见面都是这句问候，进了这栋大厦她必须忘了自己叫乔怡水，在这里她要用他给的身份——余奇。

两年，她成了腾飞公司设计部的一名主管，对她的个人发展来说，这个速度不慢，但没有达到钱泽虞和施峰的期望，因为她没能引起施家高层的重视！

两年，她一个才毕业的大学生想引起腾飞这么大的公司的高层重视，如不出现什么特殊情况简直就是天方夜谭。

两年，她对腾飞的了解，比对卧龙的了解多得多。一切都如钱泽虞所说，大哥施嵘叱咤风云；施峰很不受待见，连普通的小主管都敢给他脸色看；至于那个施三少施宇顺，基本不在公司，她又刻意躲避着，两年来从未和他正面相遇过。

她乘坐管理层专用电梯上了楼，腾飞特地给管理层设置了电梯，避免了挤电梯的尴尬，也多少维护了领导层的威严。

腾飞对设计部很重视，每个主管都有独立的办公室，她自然也有一间。刚坐下，办公桌上的电话就响了，是内线，但这个号码她很陌生。

电话里传来一个深沉成熟的男性声音："是余奇吗，我是施嵘……"

"施总！"也不知道是紧张还是激动，她不由自主地站了起来。

"方便到我办公室来一趟吗？"

"当然！"

"那过来吧，五分钟之内！"

她不知道施嵘怎么会突然叫她去办公室，他应该都不知道余奇是哪个人，怎么会突然叫她到他的办公室。她无法不忧虑重重，她让自己平静了一下，便去了施嵘的办公室。

施嵘已经快三十五岁了，看上去成熟稳重又老练：衣着并不奢华，但也不失档次，很是得体；眸子里没有钱泽虞那种年轻的凌厉之气，更多的是让人看不懂的深邃。他不像钱泽虞那样特别的英俊，但也很耀眼，五官端正，属于越看越耐看的类型。

他看着眼前的乔怡水，凝视了几秒钟，看不出他眼睛里有什么波动，更像是在打量一件瓷器："你就是余奇？"

"我就是余奇。"她有些不知如何是好。面对这种大人物，难免会有些紧张，更何况她还有特殊任务，虽然她什么也不想做，可难免会影响情绪。

施嵘看着她的样子，浅浅一笑："不用紧张，坐吧！"

她应了一声，回头找坐的地方，他的办公室里可以坐的地方就只有茶几旁边的沙发，坐过去就距离他办公桌太远了，她感觉有些别扭。

“我还是站着说吧，施总是不是有什么吩咐？”

“坐吧！坐下说！”

她不好再推辞，只好坐了过去。施嵘也起身离开了他的办公桌，倒了杯水之后坐在了她的侧面，把那杯水放到了她面前，她连忙躬身以示承受不起。

“不用这么拘谨，你来公司两年了吧，现在是设计部的主管？”

她连忙点头：“是，施总您让我有点受宠若惊了！”她心里也格外的矛盾，不知道是什么引起了他的注意。她有种感觉，从此以后就会引起腾飞高层的注意了，即便她想什么都不做，施峰和钱泽虞恐怕都不会同意。眼前这个施嵘，和她无冤无仇，她却在有目的地接近，或许有一天会因为她这个小丫头的小动作让他失去现在的荣耀。

“你的指甲很漂亮！”施嵘漫不经心地称赞了一句。

她连忙攥起了拳头，这指甲里藏着的可是瞬间可以放倒一个大活人的毒针，她每天出门都戴着，虽然凌钰就在不远处，但戴着这个东西她心里更踏实些。

看着她紧张的样子，施嵘笑了，本来是想缓和一下氛围，没想到她更紧张了，一点也不像现代的职场女性，紧张也就罢了，竟然还害羞！

“猜猜看，我为什么叫你到办公室来？”

她摇头，猜不到，就算做得不好要辞退，也用不着他出面。

施嵘把一份文件打开，往她面前一推：“你设计的‘一缕承诺’系列在全国设计大赛中拿了冠军，你才二十五岁吧，前途无量啊！”

她看着那纸文件不敢相信，真的白纸黑字写着余奇冠军。她只是抱着试试看的态度，悄悄地参赛，没想到竟然拿了冠军，这个系列凝聚了她两年的心血，还有十几年的情感，抒发的是那个男孩留给她的种种少女情怀。

早知道可以拿到冠军就用乔怡水的身份参赛了，余奇不过是个暂用的身份！

“施总，你不是在跟我开玩笑吧？”她知道这一定是真的，施嵘堂堂腾飞的准负责人，怎么可能跟她开这样的玩笑，但她总要表示一下谦虚。

“很意外吧，我也很意外，没想到四年一度的设计大赛冠军竟然是我们腾飞的一名不起眼的主管！而且你这个冠军也年轻得让我意外！我仔细地看了你的作品，的确很打动人心。水晶球蓝玫瑰红宝石竟然可以结合得这么完美，承载着一个美丽的童话，还带着一点伤感，好像这个童话并没有结局，你竟然把这种意境都展现了出来。知道吗，成功的设计就在于能把内心情感表达出来，让人们看见它就能产生共鸣！你让我震惊的不是你拿了冠军，而是你的作品！”

她的心微微颤抖了一下，没想到施嵘竟然能看懂她的心思。这的确是一个没有结局的童话，纯粹的水晶球永远都会勾起人们对美丽爱情的向往；那颗红宝石是他的承诺、他的炙热；而那朵略带邪恶的蓝玫瑰，却让她看不到结局，她不知道和钱泽虞的结局会是怎样，但他们的爱情绽放过，就像蓝玫瑰，美丽，但邪恶！

“似乎还有不少奖金呢！”她说了句大煞风景的话，她只想让施嵘不要再接近她了，就冲着他这番话，她也不想做有损于他的事！

“你很缺钱吗？薪水太低了？”施嵘严肃了起来。

她连忙摇头：“薪水不低，不过是我很拜金而已！”

施嵘看着她笑了笑：普通的职业装，除了指甲，从上到下再没有任何饰品，这样也能叫拜金？虽然她戴着一副傻呆呆的黑边眼镜，但隐藏不住她的美，只要她愿意，凭这样的姿色傍个大款太容易了，这个小丫头有点意思！

“有一点我敢肯定，拜金的人设计不出这样的作品！你是个有经历的、执著的人，没错吧，我看人很准！”

既然你看人很准，怎么就看不出我动机不纯呢，这句话她差点就说了出来！

“任何人都有经历，至于执著不执著，那要看衡量标准！施总，谢谢你告诉我这个消息，要是没有其他的事，我去工作了！”她起身就要走，希望他对她这个设计师的兴趣到此为止。

“当然有事，今天晚上有个庆祝活动，你这个冠军是主角，下午我让秘书带你去准备一下，晚上我的司机会接你过去！”

“施总，不用这么高调吧！”完了，估计现在她想低调也不可能了！

施嵘耸了下肩：“已经准备了！公司对这件事情很重视，而且决定推出‘一缕承诺’系列，它一定会给公司带来不错的利润！”

有些事情想躲都没法躲！

“那好吧，不过就不用劳烦您的秘书了，晚上我自己去就是了！”

“总要有套像样的礼服，你可是主角，而且会有记者，花费公司报销，你不用有压力，这是惯例！”他认为她的审美可能没问题，但钱包肯定有问题。

“那，好吧！”选礼服她也的确外行。

一上午她都很不安，如果没有附带目的，这是一个多么值得庆幸的消息！

快到中午时，她把电话打给了钱泽虞，晚上她要回去晚些，总要告诉他一声，不然那个小气鬼肯定会不高兴，很多时候她更愿意像鸵鸟一样，只把他当成一个普通的恋人。

“宝贝，你打电话来了！”他兴高采烈的。

他的反应让她有点莫名其妙：“你激动个什么劲？”

“我当然激动，两年了，你头一次主动给我打电话，你说我能不激动吗？”

好像是真的没主动给他打过电话，都是他打过来，她都有点不好开口了。他要是听到是因为她晚上会晚些回去才打给他，大概又要像个怨妇一样了！

但是他怨妇的样子也挺可爱的！

“哦，你先别激动，晚上公司有活动，我要晚些回去！”

“什么？你是因为这个才给我打电话的吗？你就浪费我的感情吧，心好痛！”

果然如她所料，隔着电话也能想象到他怨妇的样子：“乖宝宝，晚上姐姐给你带棒棒糖，就这样了！”

“不要棒棒糖，要爱爱！”

她的脸刷地红了：“讨厌，你个大色鬼！我不跟你说了，我要吃饭去了！”

“晚上我也有活动，你几点结束，说不定我可以顺便接你！”

“不知道呢，到时候再说吧！”

“好吧，晚上你要打给我，抚慰一下我受伤的心，听见了没有！”

“听见了！你是小孩子吗？”

下午刚到上班时间，施嵘的秘书曾宣就敲开了她办公室的门。

“余主管，祝贺你呀，拿了冠军！”曾宣露着两个甜甜的酒窝。

乔怡水对曾宣的印象还不错，经常带着微笑，人长得很甜，是真正的秘书，不是那种小秘，人很能干。施嵘也是正直的人，三十多岁了没结婚，也从没有过什么绯闻。

“消息传得还真快，谢谢曾秘书！是不是该出发了？”

“嗯，我们走吧！”曾宣突然露出了诡异的笑容：“余主管，让施总这样上心的，你可是头一个，连自己的秘书都动用了，这可是从来没有过的事！”曾宣不停地打量着乔怡水，她要看看这个让施嵘这种宁缺毋滥、无比挑剔的人上心的女孩子究竟有什么与众不同。

“曾秘书，你胡说什么呢？”

“以前没注意，余主管也是个美人胚子呢！用不着不好意思，能让施总看上可是你的福气，施总比起你虽然稍稍大了点，但这样的钻石王老五，谁还会注意他的年龄呢！”

乔怡水立刻严肃了起来，这样的流言蜚语可不是她想要的！

“可别胡说八道，施总怎么可能会看上我，今天之前他都不知道余奇是哪个呢！再说，我有男朋友了！曾秘书，这种话可不要再说了，要是让我男朋友听到这样的传言就糟了，那家伙小气得很！”

“那就甩了他，施总这样的男人错过了可没第二个！”

早就知道曾宣自来熟，没想到自来熟成这样，没和她说几次话，竟然上来就谈论这种话题！

“我看是曾秘书你被迷住了吧，走吧！”她收拾好桌上的东西起了身。

“是啊，我是被迷住了，可是施总看不上我呀。不过能做他的秘书，经常可以看到他，我就很满足了！”

竟然花痴成这样，乔怡水笑了笑，没再说话，她们已经到了办公室外面，人多耳杂，要是有人断章取义就不好了。

刚走出电梯，曾宣接了个电话，笑容变得诡异起来：“机会来了，余主管你要好好珍惜哦，施总孤单太久了，我看着都心疼！”

什么乱七八糟的，乔怡水蹙着眉头：“曾秘书，你又胡说什么呢？”

“你马上就知道了，跟我来吧！”

跟着曾宣到了地下车库，坐到车上她才明白曾宣为什么笑得那么诡异，施嵘竟然在车上，难不成他要跟着去挑礼服，这可如何是好！

“施总，您这是什么意思？”她的语气很不好，他这样一个有身份的人这样做，显然把她推到了风口浪尖！

“我决定亲自陪你去挑礼服，上来吧！”他脸上挂着柔和的微笑。

她可一点儿也没领情，冷着脸：“这不是公司的惯例吧，我不能接受，施总您这么做是想让我辞职吗？”

曾宣的嘴张得老大，这是何等的荣幸啊，这小丫头竟然不领情！“余主管，你傻了吗，这是施总！”

施嵘也愣了一下，这小丫头还是带刺的：“怎么想法会这么极端！你一举成名，第一次亮相衣着一定要得体，作为一名设计师，如果穿了一件小丑一样的礼服，那可就成笑话了！我对你的确有特殊照顾，像你这样的设计师，我要是不特殊照顾，别的公司恐怕就要来特殊照顾了，这么优秀的设计师要是被人挖走了，我不是太没面子了，上来吧！”

她犹豫了一下，还是坐了上去，要不是欠了施峰的人情，她肯定会扭头就走，但是现在不能那样任性！应该不会太糟糕吧，就算施峰夺了大权，也是施家的人！

曾宣没有跟来，这让她觉得更加别扭，她只好目视前方。

“你是刚毕业就到腾飞来了吧？”他看过她的简历，没有工作经验，再说她才二十五岁，周岁二十四，两年前正好是刚毕业的年龄。

她点了下头，之前在卧龙工作的那几个月不能说。

“你也是做设计的，应该听过柴鹏涛这个名字吧？”

她一惊，他怎么会提起柴鹏涛？转而她又平静了，柴鹏涛那样的名家，提一提也不奇怪。

“当然，而且我很崇拜他！”

施嵘点了点头：“这就对了，我看了你平时的设计作品，有些柴鹏涛的影子，但又不局限于他的风格，当真是青出于蓝而胜于蓝。你到他那个年纪，成就绝对会高于他！”

这个结论可真有点吓到她了：“施总您千万别这么说，我不过是侥幸拿了个奖而已，怎么能和柴鹏涛相提并论！”

施嵘笑了，笑得很欣慰，这么年轻取得了这样的成绩，能不骄傲实在是难得。他见过很多有些才华的年轻人，都输在了骄傲上。不恃才傲物，这句话说说容易，但是真正能做到的没几个人。

“不用太谦虚，要是没有平时的努力，就不会有这样的侥幸！但也不能骄傲，每个人都可以有几个不错的灵感，但要保持灵感的持续，不是件容易的事。要时刻保持荣辱不惊的心态，才能达到登峰造极的境界！”

果然是长者，上来就说教。或许是因为过早地失去了父亲的原因，她从来都不讨厌说教，很认真地点了下头。

“这个我知道，再说我也没什么骄傲的资本，就是不小心拿了个奖而已，否则的话，我依旧是个不起眼的小主管！”

“小主管？”施嵘一脸的不可思议：“你才工作了两年而已，腾飞的小主管足以抵得上普通公司的经理了！看来你的野心不小啊！”

“在施总眼里，我不就是小主管吗？”

他又笑了：“这倒是！”

司机有些愣了，他从来没见过施嵘在同一天里露出过这么多笑容。

车子开进了一片幽静的别墅区，在一栋很有特色的建筑前停了下来。这里肯定是有钱人消费的地方，在建筑前并排停着几辆豪车。

建筑内果然很冷清，只看见了几个店员，但各种漂亮的礼服陈列得很有格调。那些衣服着实很漂亮，她看得有些发呆，没有哪个女孩子不喜欢漂亮的衣服。

“呦，这不是施先生吗，有些天没来了，看来施先生今天不只是选男装了，没记错的话这可是你头一次带女孩来！”一个看上去八面玲珑的女人冒了出来。

施嵘笑得很爽朗：“那就劳烦老板娘推荐推荐了！”

老板娘打量着乔怡水，笑得像朵花：“这姑娘水灵的，像天仙似的，怎么从来没见过，不会真的是从天宫下来的吧！就冲这天仙般的人儿，今天这礼服我白送了！”老板娘说着拎起了一件白色的长裙，“这件怎么样，我感觉特别适合她！我们这的女装和男装一样，都是仅此一件，绝对不会撞衫，试试吧！”

乔怡水蹙起了眉头，好像真如曾宣说的那样，施嵘真的太过上心了，这是在她计划之外的，可怎么办才好！

她像个木偶一样的进了试衣间，穿着那件白色的礼服走了出来。施嵘很失态地忘了眨眼，修长轻盈，曲线完美得让人惊诧，真的是天仙下凡了吧！

“哎呦，这简直就是特地为她设计的，真是个天生的衣服架子，这肤色，这身材，这脸蛋，哎呦呦，当真是个天仙！”老板娘的反应无比激烈。

乔怡水的目光却落在了另外一个人的身上，虽然只是背影，她一眼就看出来了，是钱泽虞。他怎么也在这里，让他看见就糟了，正想着怎么躲开，就听见一个好听的声音：“泽琰，你看这件怎么样？”

一个身材妙曼、面容清秀的女孩子穿着件诱惑的粉色礼服朝他走去，他点头称赞：“真漂亮！”

看着这一幕，乔怡水心头一阵紧缩，或许他和那个女孩没有特殊关系，但她心里依旧很不舒服。

施嵘回过神，走过来伸手去摘她鼻梁上的黑框眼镜，她连忙躲闪。

“摘下来吧，这个眼镜不合适！”

“我去趟洗手间！”

冲到洗手间，她靠在门上捂着胸口，原来她这么在乎他，只看见他和别的女孩子在一起就受不了了！

“小水，开门！”

是他的声音，原来他也看见她了。

“不开，走开，我讨厌你！”她不喜欢这种心痛的感觉，好难受！

“死丫头，吃醋了吧，我还吃醋呢，竟然穿这么好看给别的男人看，开门，不然我生气了！”

“走开，陪你的美人去吧！”

“什么美人，那是个人造美人，哪儿能和你这个天然的比，再说造得也不美，知道她是谁吗，杜梦妍！没认出来吧！快开门，我跟她在一起只是因为家族原因，真的！”

杜梦妍，那个曾经他的未婚妻，怎么可能会变成那样？身材可以用曼妙来形容，五官也可谓精致，完全是两个人，不过声音倒是杜梦妍的，她的声音很好听很特别。

乔怡水回身打开了门："真的是杜梦妍吗，变化怎么那么大？"

他带上门抱着她带着惩罚狠狠地亲了几口，杜梦妍怎么变化那么大他没兴趣说，但是施嵘的眼神让他很不爽。

"死丫头，还敢不给我开门！怎么会跟他一起出来，竟敢盯着我的女人看，那个家伙不会是看上你了吧？"

她扬了扬下巴："那又怎样，堂堂的施家大少爷，不比你钱家少爷差吧！别以为只有你抢手！"

他气得嘴都歪了："死丫头，故意气我是不是，那个老男人也配跟我比！不收拾你你就不知道天高地厚了是吧？"

他说着就抱着她放肆了起来，她全力抵抗，胡闹也不顾及点场合，"这是卫生间，公共卫生间，你疯了？"

"谁让你气我了？"他推了推她鼻梁上的眼镜，"老婆，你戴这个真可爱！"

"谁是你老婆！别闹了，我得回去了！"

她推他，但推不开。

"小水宝贝，不管我和谁在一起，我心里只有你。答应我，不要胡乱猜测，我可不想我们之间有什么误会！"他一脸诚恳。

"谁稀罕误会你！你给我听着，你要是敢有别的女人，我立刻甩了你！"

他嗤嗤地笑了："死丫头，这两年胆子倒是见长，敢这样跟我说话了！一会儿回去找个理由，装肚子疼也行，不许和他一起逛了！"

"你不是不屑和老男人比吗！不管我和谁在一起，我心里只有你，别胡思乱想了！"她拍了拍他的脸，大摇大摆地走了。

陈列大厅里，施嵘竟和杜梦妍正聊着，似乎还聊得很开心。

"小余怎么去了这么久，不舒服吗？"施嵘殷勤地问。

天呢，小余，叫得这么恶心。"中午有点吃多了！"

"这位是谁，可真漂亮，嵘哥哥不介绍一下吗？"杜梦妍凝视着她："我怎么看着有点眼熟呢，好像在哪里见过！"

乔怡水连忙推了推眼镜，要是被她认出来就糟了，不如赶快转移话题。

“我叫余奇，是公司的小员工，你是施总的女朋友吧，真漂亮呢，你们两个可真是郎才女貌！”杜梦妍叫嵘哥哥叫得这么甜，这样猜测也在情理之中吧！

“你这是什么眼神呀，他都能当我小叔叔了！我还以为你是他女朋友呢！”杜梦妍眨了眨眼睛，看了看试衣镜里的自己：“你才是真的漂亮，我是假的！难怪他那么喜欢你！”

乔怡水推了推眼镜：“你说什么呢！”

杜梦妍笑了笑：“我说什么你心里明白！我祝福你们，你放心，我不会棒打鸳鸯！”

施嵘一头雾水：“你们在说什么？”

杜梦妍看了眼施嵘，带着几分撒娇：“女人的话你不用懂！嵘哥哥，现在好多人说我漂亮了，可我总觉得怪怪的！”

乔怡水觉得浑身发热，原来她已经认出她来了，她这种态度让乔怡水很是愧疚，好像是抢了她的男人一样！

“漂亮就好了，想那么多干什么！”施嵘的安慰听上去就是句废话。

“施总，我家里有点事，我得回去一趟，我先走了！”

她连忙钻进了试衣间去换回自己的衣服，她担心一会儿钱泽虞出来不知道怎么面对。

换完衣服，她一边往外跑着一边说：“施总我先走了。”

施嵘简单地和杜梦妍道别，大步地跟了上去，“你要走回去吗，这周围出租车都很少！”

“喂喂，等等，哎呦，怎么跑这么快，把礼服带上！”老板娘拎着礼服追了出来。

施嵘接过礼服，甚至连声谢谢都没说就继续去追乔怡水，他一把拉住了她。

“你这个小丫头跑得还真快！我送你吧！”

她连忙摆手：“不用了，真的不用，跑远点就能打到车了，我跑得很快的！”

施嵘眉头一蹙，拉着她的手腕直接把她塞到了车里，而后自己也坐到了车里。

“你在躲避什么，怕我追求你吗？”施嵘来得很直接。

她揉着手腕，抓得这么重，其实刚才可以挣脱，但现在不至于对他动武。

“难道施总不觉得这样很不妥吗？”

施嵘没有急着回答她，对司机说了句开车，才又转向她：“你家住在哪里？”

家住哪里，这倒是个问题，她每个周末会去看妈妈，但平时都住在钱泽虞的别墅里，那栋别墅算她的家吗？

“把我带到有出租车的地方就好了，施总你日理万机，耽误了你的时间我可担待不起！”

施嵘的脸瞬间严肃了起来：“如果我说我正式宣布追求你呢！”

她一怔，没想到这个老男人这么直接，有点不知如何是好地笑了笑：“施总，您是在开玩笑的吧，在我眼里您是长辈。再说，年龄上您也可以做我小叔叔了，这个玩笑一点都不好玩！”

施嵘的脸瞬间冷了，平时他并不是特别介意自己的年龄，但今天格外的在意，在她充满年轻活力的如花面容前，他突然感觉到自己老了。

“我看上去很老吗？”他声音低沉得有些吓人。

司机几乎傻了，跟了施嵘有十年了，没见他这样过。

她好像触到了这个老男人的痛处，似乎上了年纪的人都很忌讳别人说老！

“施总您德才兼备、叱咤风云，但是您也要尊重事实啊，您比我大十一岁呢，快一轮了，您和我开这样的玩笑是不是太不合适了？”

施嵘的脸冷了几秒，僵硬的神情慢慢缓和，又露出了柔和的微笑。

“你家里根本就没事，只是想逃避吧？”

是想逃避，她根本就不想做间谍。

“既然施总已经看出来了，就别为难我了，您这样我可要成为公司的焦点了！”

施嵘看着她的眼睛，她还真不是玩欲擒故纵的小把戏，从她的眼睛里他没看出她对面前这个男人的一点兴趣，而且目光还有些奇怪。他一向自信地认为只要他肯表态没有哪个女人能抗拒的了，就冲着施家大少爷的身份，就能征服数不清的女人了，更何况他叱咤商界，也算得上文武双全。

在这个小姑娘眼里他竟成了一文不值的老男人，这让他情何以堪！

施嵘没再应她，对司机说了句去公司，然后打了个电话让老板娘送双和礼服配套的鞋子来，就没再说话。

一路沉寂，乔怡水思考了一路，她不喜欢这样，或许可以试着去说服施峰别这么做了，也许可以说服他吧，毕竟是兄弟，血浓于水。

只是，钱泽虞会同意吗？这个问题是她一直不愿意面对的，甚至不愿意去多想她和钱泽虞之间是什么关系，危险的时刻说不定还会被他用来挡子弹，如胶似漆的温存见证不了真情！

车子驶进公司的地下车库，还没完全停稳，她就跳下了车子，飞奔向了办公室。她才不要和施嵘一起进去，那样的话说不定会登上八卦版的头条！

她回到办公室就把电话打给了施峰，跟他说，她不要继续留在腾飞了，但是施峰不同意，说做完这件事她就不再欠他的人情了。

她靠在椅子上感觉有些无力，电话又打来了，还是施嵘的分机号，她看着电话不愿意接，留在这里就留在这里，至于特殊任务可以拖着不执行。对，就这么做，拖着不执行就是了，只管做自己的设计师就好！

在电话第二次响起的时候她接了起来。

"施总！"

"不想我亲自去请你，自己到我办公室来，五分钟以内！"

接着电话啪地挂断了，她嘟着嘴起了身，有钱人的共性就是专横！

她敲门进去，看见施嵘的那一刻她愣了一下，他换了件浅色的外套，看上去年轻了几分，看来那句"您是长辈"对他的刺激不小。

"把礼服和鞋子都换上，我看看效果，去那里换！"他指了指旁边的门，他的办公室里也有一间休息室，"鞋子拿来了三个码的，选你穿着合适的那双！"

她应了一声，几分钟后换好了衣服，从里面走了出来。

施嵘看着她，嘴角微扬。和他预料的一样，她美得如同梦中人，曲线完美到无可挑剔，特别是那双腿，纤细修长，又很紧实，让人看着就有种想去摸摸的冲动，他并不好色，但是看着她，竟有了男人的悸动。

“你经常健身吧？”

“嗯，几乎每天，要不是今儿晚上有活动，一样会锻炼两个小时，大多数时间我男朋友都会陪我一起锻炼！”她想自己就用男朋友来打消这个老男人不该有的念头吧！

“你男朋友？”施嵘显然不太喜欢听到从她嘴里说出这个词。

“嗯，我男朋友，我八岁的时候就认识他了，也算青梅竹马，同居两年了，等我们的事业都稳定了就结婚！”她没说假话，只是结婚，钱泽虞似乎从来没计划过，虽然他经常一口一个老婆，但从未严肃地提过结婚这个话题。

施嵘笑了，笑得让她有些摸不着头脑。

“真的是你说的那样吗？我从你的作品里可没看出来，我看出的是你对爱情的彷徨，或者说你弄不清楚什么是爱情更贴切，他没有给你归属感，我说得对吗？”

她不由得发怔，施嵘句句说中要害，她的确弄不清什么是爱情，弄不清支撑爱情的是日久生情还是一见钟情。如果说是日久生情，那么和于小泉之间才应该是爱情，可是她知道她不爱于小泉。和钱泽虞之间又算什么呢？算不上一见钟情，也不是日久生情，对他的情感似乎都建立在儿时的那一缕承诺上，否则又怎么会轻易地就原谅了他，可这种感情的基础是那么的脆弱，她怎么敢把所有的梦都承载上去！

“施总，你太大男子主义了，我不需要谁给我归属感，做设计师的最看重感觉，在感情方面也是一样！现在我试完了，可以换回我的衣服了吧？”

虽然嘴上不承认，但事实上她真的很渴望归属感，或许这是女人的天性，这两年，虽然就在他身边，但感觉就像一株无根的野草！

她的话虽然从理论上无懈可击，从感情上却说不过去，但施嵘不想反驳她。

“还差一点，稍等！”

他打开一扇柜门，里面全都是首饰，他们家是大珠宝商，办公室的柜子里陈列了这些一点也不奇怪。

“我来看看戴哪些合适！可惜你设计的‘一缕承诺’系列还没来得及加工出来，不然你戴着它出场一定艳惊四座！”

他选了一套以红宝石为主题的首饰，要帮她戴，她抢过来自己戴了上去。

施嵘看着连连点头，在她白皙肌肤的衬托下，那个红得剔透的吊坠也显得可爱了几分。“首饰的作用就在于可以瞬间提升美的韵味，而美人能把赋予首饰灵性，相互映衬，美得让人心醉！”

天呢，这个老男人怎么酸成了这样！

她勉强地挤出了个笑容：“这首饰算你主动借我的吧，丢了我不赔！”她懂行情，这套东西至少值三百万，她工作两年的所有积蓄也才十几万，赔不起。

“如果你愿意接受的话，送你！”

“大哥……”能莽莽撞撞不敲门冲进来的只有施三少，他看见施嵘办公室里的倩影，脸上的神情瞬间变了，嬉笑着：“咦，大哥这儿有情况，看来我终于要有大嫂了！”

“都这么大了，还一点规矩都没有，不知道敲门吗？”施嵘的口气中一点训斥的味道也没有，更多的还是对这个三弟的宠溺。

乔怡水在看见施三少那一刻已经冲进了休息室，她可不想和施三少打照面。她连忙换回自己的衣服，耳朵贴在门上，听到施三少被赶走，她才松了口气。

施嵘在门上敲了两下，差点震聋她的耳朵。

“出来吧，我弟弟走了！”

她从里面出来，有点不敢去看施嵘。刚才他弟弟说的话实在太恶心了，什么都藏到床上了，女人的味道不错吧等等不堪入耳的话，如果可以，真想砸烂那家伙的嘴。

“施总，那我去工作了！”

“等一下，晚上可以不戴这副眼镜吗，看上去像是平镜，不戴没关系的吧？”

这副黑边眼镜配职业装也还说得过去，配那样华丽的礼服实在太煞风景。

“不可以！”她回答得斩钉截铁。

第十三章

我决定——追她

公司该下班的人都下班了，她又坐上了施嵘的车，先去做了个发型，才又继续上路。

施嵘也在车里，两个人都穿着华丽的礼服，她尽量距离他远一些，感觉很别扭。

“施先生，好像有人跟着我们，是不是别去参加晚宴了！”始终保持警惕的司机突然开口了。

施嵘也略显紧张：“知道是什么人吗？”

司机摇头说：“不知道，但可以肯定是高手！”

乔怡水好奇地忽闪着长长的睫毛，施嵘竟也这么警惕。“原来你不是普通的司机，不用紧张，那是我的保镖，看来你也不一般啊，都能感觉到他在跟着，我的保镖可是了不起的高手！”她流露出几分得意。

“你的保镖？你究竟是什么人？”施嵘的眼神里明显地流露出一丝警惕。

她嘴角不屑地扬了扬：“怎么，只许你们有钱人有保镖，我就不能有保镖吗，我的保镖还是免费的呢！”

“不会就是你所说的那位男朋友吧？”

她没再说话。真是多嘴，就不该提保镖这事，要是钱泽虞知道她和施嵘提了保镖的事，一定会被他责怪头脑简单！

“可以问一下他的大名吗？”司机作为一个高手，对暗中的那个高手很是好奇。

“什么大名，不过是不值一提的小人物，反正有他在不用紧张就是了！这个话题到此为止！”

她不愿意说，施嵘也没再追问什么。

车子穿过停车场的那一刻，她突然觉得有些不太对劲，停车场上停的全是豪车。

“施总，庆祝仪式要在这么奢侈的地方吗？”

“你怎么知道这个地方奢侈？来过？”这个会所不对外挂牌，只有圈子里的人才知道。

“停车场上那些豪车告诉我的！”

“观察得还挺细的！”

站在门口的时候她停了下来，说：“施总，你先进去吧，我一会儿再进去！”

“我要是先进去了你就进不去了，要请帖的，跟着我你才能进去！走吧，用不着这么小心翼翼，就算我追求你又能怎么样呢？对男人不要太死心塌地，就当是给你男朋友点压力，让他感受到危机，他才更懂得珍惜！”

好像也有点道理，她就跟着施嵘一起朝着室内走去，进门之前，施嵘趁她不备，把她鼻梁上的黑框眼镜摘下来，扔到地上一脚踩碎了。

“你怎么可以这样？”这眼镜可是做了她两年的保护伞，现在粉身碎骨了！

施嵘给了她一个有些奸诈的微笑：“它遮挡了你的美，这样就完美了！走吧，别看了，回头我赔你一个就是了，十个一百个都行！”

这个大厅里，处处透着奢华与高雅，人不少，每个衣冠楚楚的男士旁边都跟着一个花枝招展的女士。

施嵘带着一个貌美如花的女孩一进门就引来了一片目光。

这根本就不是一个庆祝仪式。她正想转身就走，却发现了一束愤怒的目光，钱泽虞也在，他的臂弯上还搭着一只纤细的手。

她能感觉到他的目光在说什么：死丫头竟敢跟这个老男人出现在这种场合，还穿成这样！

看着钱泽虞愤怒的目光和他旁边的女孩，她又改变了注意，轻轻地把手挎上了施嵘的臂弯，不再去看钱泽虞的脸。

接着就有一波一波的人过来搭话，差不多都快把他们围上了，大致内容都是围绕施嵘光彩夺目的女伴。

施嵘竟然得意地介绍说她是他正在追求的梦中情人，更引得一片唏嘘。乔怡水难为情地垂着头，如果会隐身术，她一定立刻隐身，有点后悔刚才没有转身离开，本想气气钱泽虞，现在可好，把自己放到热锅上了。

“我未来的大嫂还真是国色天香，也不枉费我哥等了这么多年！”施宇顺莽莽撞撞地钻了过来，嘻嘻哈哈的：“大嫂，我是大哥的弟弟施宇顺，有名的施三少啊，没见过也该听说过吧！你可是唯一一个进过我大哥休息室的女人，能遇到我大哥这么纯情的男人，可是几辈子也修不来的福气。我大哥才华横溢，在商战中更是有大将风度，除了爷爷和爸爸，我最敬重的就是大哥了，大嫂你可真有眼光，我大哥这么优秀的男人被你给抓住了！”施宇顺像个猴子一样的手舞足蹈，说得唾沫横飞。

“你这小子，总是莽莽撞撞的，也不分个场合，就知道胡说八道，赶快给我滚蛋，别在这儿给我丢人！”施嵘和之前一样，语气中没有责怪，甚至带足了对这个弟弟的宠溺。然后他对着周围的人笑了笑：“我这个弟弟向来喜欢胡说八道，别把他的话当真。”

“呦！这是哪儿来的小姑娘，成年了吗？施少原来喜欢老牛吃嫩草啊！”钱泽虞也凑了过来，他这是赤裸裸的挑衅。

施宇顺看见钱泽虞，吓得躲到了施嵘的身后，像是看见了怪物一样惊恐不安，然后看了眼乔怡水，才看清她是谁，眼睛都快瞪出来了。

施嵘脸色也微变，钱施两家虽然同业相争，但场面上一向还是谈笑风生，这个钱大少爷今天怎么开口就挑衅，竟然当着这么多人的面说他老牛吃嫩草！

施嵘一挑眉：“钱少有必要对我进行人身攻击吗，有失风范！”

钱泽虞嘴角一扬：“我无意攻击施少，只是你的女伴太漂亮了，我对她一见钟情，我决定——追她！”

“钱泽琰你不要太过分！”施宇顺喊了一声，又躲在了施嵘的身后，看来那两下高尔夫球杆把他吓得不轻。

钱泽虞眼睛一斜，更像是在说你个胆小鬼给我闭嘴。

施嵘冷笑：“你追她是你的自由，你登报声明都没人拦你！”他说着半拥上了乔怡水的肩膀，满是呵护：“奇，让你尴尬了，要不要去休息一下？”

在众人看来，这个钱家公子显然失了气度，但他不觉得，嘿嘿地笑着：“我追定她了！我会让全世界都知道我要追她！”

或许所有人都认为钱家公子在胡闹，但她乔怡水明白，这些话是他一直想当着众人说的！

这家伙，这样胡闹有什么意义！

“小奇，你怎么了？”施嵘晃动了下她的肩。

她这才点了点头：“好吧，去休息一下！”

施嵘又对着周围抑或发呆抑或唏嘘抑或看笑话的人笑了笑：“我的小女朋友一向喜欢安静，抱歉了！”他又把唇靠近了乔怡水的耳边，看上去亲昵又甜蜜：“走吧，我们到楼上去休息一下。”

“大哥！我有话跟你说！”施宇顺跟着施嵘走出了大厅，看向乔怡水的目光有些复杂。

“你要是不愿意留在这里，就回家去，别给我捣乱！”施嵘的口气中没了一贯的宠溺。

“可是，大哥，我要说的很重要，我必须立刻跟你说！”

“我现在不想听，别跟着我，臭小子！”

施宇顺被施嵘赶走，乔怡水也停了下来，一脸不高兴：“施总带我来这种地方的目的已经达到了吧，现在我要回家了！”

“对不起，我没想到会是这样，那个钱泽琰简直太过分了，早晚我要替他爸爸教训教训他！”施嵘一向没把钱泽琰放在眼里，在他看来钱泽琰不过是个不学无术骄奢淫逸的花花公子，卧龙全靠钱禹在支撑。但是这两年，钱禹连话都不能说了，整天住在医院里，卧龙的业绩却在蒸蒸日上，这让他不得不重新打量钱泽琰这个人。

“那是你的事！但有件事我必须和你说清楚，即便你让所有的人都认为我是你的女朋友，我也不可能做你的女朋友，你就别在我身上浪费心思了！你要是真想追我，先听听你弟弟要跟你说什么吧！”

如果他知道了眼前这个叫余奇的，曾经和钱家少爷有关，还和施峰有关，不知道他会作何感想。

她并不担心施嵘知道这一切，那样的话，她就可以顺理成章地结束这一切了。

施嵘浅笑道："我弟弟要跟我说的一定是你的坏话，不过我对一个人的判断不是听谁说的！反倒是你，凡事别把话说得太绝对。我来到这个世界比你久，见识的比你多，多份选择就是给自己的未来多留一条路。别这样看着我，我说我的，听不听是你的事！我送你回去吧，我也不想再进去了，我这个人不喜欢太低级的争斗，唇枪舌剑没意思！"

她古灵精怪地一笑："您也很喜欢炫耀，不是吗？只是方式高明一些！"他就是在炫耀，炫耀他的大度他的智慧！

他看着她，笑得很迷离，说了句："你真的很特别！"

她冷笑："你认为我有那么一点特别，就在认识不到一天的时间里宣布要追我，我只能认为你很肤浅！"

他不以为然，说："缘分是一种感觉，我活了三十几年累积的感觉。我若是肤浅，就不会到现在连女朋友都没交过了。我这个人对有些东西很挑剔，永远都是宁缺毋滥，我不会因为年龄到了就交女朋友，更不会因为长辈催促就草草结婚，如果遇不到有感觉的人，我这辈子都不会结婚，但是遇到了，我绝不会轻易放弃，你还认为我肤浅吗？"

这话如果从别人嘴里说出来可以归结为花言巧语，但是从施嵘嘴里说出来就不一样，因为他确实没有任何绯闻，而且做事很有原则，这两年她都看在了眼里。

"这样的话，我只能说，我很荣幸，也很遗憾，因为我已经心有所属了。我对他的感觉就是你所说的缘分的感觉，即便他把刀架在我的脖子上，我都没法去恨他，我这辈子算是栽到他手里了！"

对，就是缘分的感觉，她一直寻找的答案，施嵘给了出来，爱情没有缘由，就是一种感觉！

看着她表情的变化，施嵘的眉头高高地蹙了起来："没有什么是绝对的，也许很快你就会发现你的感觉有误，我才是你的感觉！我知道你可能不会答应，但是我还是要说，可以陪我去兜兜风吗？"

"不可以！也不用你送我回去，送我到有出租车的地方就行了！"她说着把耳坠、项链都摘了下来，塞到了他手里，"这个还给你！别继续把我往风口上推了好吗，我只想平平静静地做个设计师，你要是把我逼得太急，我也只能选择离开腾飞去卧龙了！”

施嵘嗤地笑了：“这话我怎么听都像是威胁！好吧，你威胁成功了，我怎么能把这么优秀的设计师推到对手那里，从现在开始，我绝对不会再像今天这么高调！上车吧！”

这个地方很幽静，要穿过一条两车道小路才能到比较热闹的地方。刚行驶了没多久，突然前方多了一辆横在路上的车，司机看见那辆车的一刹那就踩下了刹车，迅速倒车。那车里突然钻出五个人，一起朝这边射击，都是手枪，应该是装了消声器，声音不大。

乔怡水连忙紧紧地抱住了施嵘的手臂，再次遇到这种事情她魂都吓飞了。

“坐稳了！”

司机提醒了一句，车子猛地一横来了个大漂移，接着就颠簸着从景观矮树丛中穿了过去，甩开了前后夹击的两辆车。

本来可以很完美的逃脱，可谁知这里在施工，车子再次漂移的时候，一根拇指粗细的钢筋穿进了车后侧面的玻璃，直冲着乔怡水的后背扎去。情急之下，施嵘连忙把她按趴下来，速度太快，他来不及躲闪，那根钢筋直接穿透了他的胸膛。

车子停稳时，她缓缓抬起头，简直被眼前的景象吓傻了：虽然光线很暗，但影子很清晰，钢筋竟然贯穿了他的胸膛！

“不是真的，不是真的，我是在做梦！是在做梦！”她自言自语的，声音颤抖得厉害。

“把眼睛闭上，别看！”施嵘艰难地吐出几个字。夜色下她的脸显得格外苍白，把她吓坏了，牙齿都在碰撞。

“施先生，你还好吗？”司机既焦急又自责。

“别管我，先把那些人解决了，我没事，死不了！”

“不用我解决了，已经有人把他们解决了！我叫救护车！”司机连忙拨打急救电话。

她知道能这么快把那么多人解决了，一定是凌钰，她也安心了许多，“很疼吧，我该做点什么？”乔怡水强忍着不让自己晕过去。

“握着我的手，然后把眼睛闭上！我没有力气说第二遍了，照我说的做！”施嵘一字一句说得都很艰难。

她连忙握住了他的手，闭上了眼睛，一遍一遍地祈祷，他千万别死。

“施先生，我得把这根钢筋弄断，可能会弄疼你，忍着点！”司机打完电话观察这根钢筋：钢筋的另一端镶在墙里，没有合适的支点，很难弄断，要去找专业的工具来，时间恐怕又不充足。

施嵘艰难地应了一声。

司机弄了一会儿，急得满头是汗，也没能把钢筋弄断。

“大藏獒，你在不在附近，快来帮忙啊！”她用尽所有力气喊了一声。

不多会儿凌钰出现了。他蒙着脸，和司机合力，很容易就把那根钢筋弄断了。

施嵘身体前后都有一截钢筋，躺都没法躺，等救护车的时间变得很漫长，终于还是把救护车等来了。一路上她都握着施嵘的手，但是什么也看不见，凌钰用一块布蒙上了她的眼睛。

施嵘被推进手术室，她直接瘫软在了地上，一点站起来的力气都没有了。

“余小姐，坐到椅子上吧！”司机几乎是把她架到椅子上的，凌钰没有在跟前，他又隐藏到了暗处。

她平静了好一会儿才有力气拿开蒙在眼睛上的布，她不敢往下看，怕看见大片的血。司机的脸灰蒙蒙的，他大概在严重地自责。

“施总他不会有事吧？”

“没有生命危险。还算幸运，是从肩窝穿过去的，没有伤到脏器，可能会伤到一点骨骼。”

手术进行了一个多小时，之后施嵘被推进了特护病房，乔怡水也跟了进去。没通知他家里人，他特地嘱咐过不要通知家里人，免得一家人跟着一起担心。

“余小姐，你去休息吧，我守在这里就好！”

“他是为我受的伤，不然躺在这里的就是我，还是让我照顾他吧！”

他还有三袋液要输，输完差不多得到凌晨两点。

她就靠在了床边的躺椅上，司机找了一张躺椅靠在了另一侧。

都十点多了，那个姓钱的大概快气疯了吧，她这两年来从来没有这么晚回去过，手机应该是丢在车上了，也打不通。

当当当的敲门声，接着是凌钰的声音：“出来，先生要和你通话！”

她只能出去，否则那个家伙可能会让凌钰把她拎回去。

“死丫头你给我回来！”

果然电话那端他在咆哮。

“我不回去，你肯定已经知道了吧，施嵘受伤了，是为了我才受的伤，我要照顾他！”

“你有没有脑子，他那是苦肉计！”

“苦肉计？那么粗的钢筋把他的胸膛穿透了，你肯用这样的苦肉计吗？别像个孩子似的，我现在可以接近他了，不正是你想要的吗！”她愤愤地说。

钱泽虞脸都憋红了，用她的身体挡子弹这事，是他这辈子抹不去的污点了！

“你给我回来！我才不在乎你从腾飞得到什么，我只要你安全，让你去腾飞只是因为那里可以施展你的才华，还可以保证你的安全，你个笨丫头，给我回来！”

“我不！”

她直接挂断了电话，把手机塞给凌钰，就要往病房走，却被凌钰直接扛在了肩上。

“该死的大藏獒，你放开我！”她不停地捶打着凌钰的脊背。

“先生的意思，你就乖乖的回去吧！那个施嵘伤得不重，你没必要在这里守着！回去乖一点，别惹先生生气！”

她还是不停地捶打凌钰的脊背：“你就是他的爪牙狗腿子，他说什么你就做什么！他欺负我你就跟他欺负我，连这点自由都不给我……”

一路上她都没让凌钰的耳根子好过，直到被凌钰拎着进了那栋生活了两年的别墅。

钱泽虞身上还穿着之前在晚宴上的礼服，脸色铁青。就知道他会是这副德行，她已经做好了承受暴风雨的准备。

他从上到下地打量着她，她的样子有些狼狈，衣服上零零星星的都是血迹，之前做的发型也乱糟糟的。死丫头，竟然和那个老男人一起选礼服，还打扮得这样娇艳动人，他越想就越生气。

“你不会对那个老男人动情了吧？”他凶巴巴地问。

“就冲着他为了我连命都不顾，我动情难道不应该吗？”

她头一扭，往楼上走去。他几步冲过去揽住了她的腰，紧紧地把她拥在了怀里。“死丫头，竟然说这种话气我！你不知道我有多担心你，身上有没有擦伤？”看着她身上点点的血迹，他所有的怒气都化作了担忧。

被他这样深情地一抱，她立刻融化在了他的柔情中，他没有生气，只是在担心。

“应该没有！”

“什么叫应该没有，我来检查一下！”他直接把她横抱起来往楼上走去。“死丫头，竟敢挎着那个老男人来气我，不是说公司有活动吗，学会说谎了！”

她斜着眼睛嘟着嘴：“谁让你瞪我了，不是说不胡乱猜测吗，施嵘说是庆祝活动，谁知道是那种场合！再说你旁边不是也有美人相伴吗，你以为我看着就舒服啊？”

“我那是应酬，不是都说了吗，不许胡乱猜疑，我心里只有你！对了，我还没来得及问呢，你怎么突然和施嵘走得这么近，你不会是故意接近他吧，做做样子给施峰看就好了，不用真的去做什么！”

说话间已经到了卧室，他直接把她放到床上，查看起她有没有被擦伤。

“当初不是你和施峰一起让我接近腾飞高层的吗，现在怎么变卦了，不会是感觉到危机了吧！”

听她这么说，他惩罚性地在她身上抓了一把：“笨丫头，两年了还这么笨！你以为我真的会让我的女人去做这种事情吗？施峰让你做什么你都做，你报恩我拦不住你，与其不知道你在做什么，不如把你放在明处，在腾飞你既安全又可以发挥你的特长。要不是为了你我才懒得去搭理那个施峰呢，他没多少本事，而且连亲情都不知道珍惜，施嵘其实对他不错，他却只想着怎么对付自己的大哥，我怎么可能会和这种人联手！你都笨死了！”

似乎是这样，回想这两年他从来没有催促过她去做她不想做的事，也很少过问她在腾飞的详情。

“既然是这样，你为什么不早点跟我说清楚？”

“谁让你这么笨，笨也就算了，还一根筋，那个时候我要是跟你说施峰不是什么好人，不要帮他做那些不该做的事，你会理我吗？两年了，你总该看清施嵘是什么人施峰是什么人了吧！我本来想找个机会和你说说的，谁知道你这么快就接近了施嵘！”

她咬着嘴唇，好像也是这么回事，她欠施峰的人情，他让干什么就干什么，这是对他的承诺。

没想到钱泽虞所做的一切竟都是为了她，而且考虑得这么周全，再看眼前这个男人，觉得他高大了许多。

她轻轻地摸了摸他的脸：“小虞哥哥，谢谢你！”

他顺势把她的手握在了手心：“傻样！跟我不用说谢！还好，身上没有伤，今天吓坏了吧！”

“太吓人了，越想就越后怕！怎么会有那么多人有枪，他们都是什么人啊？”她紧紧地贴在了他怀里，如果今天那根钢筋从自己的胸膛里穿过，说不定连他最后一面都见不到了。

“黑道上的，有人出钱买施嵘的命，是谁要他的命我就不知道了。偏偏今晚你在他车上，真把我吓坏了，小水，你千万不可以有事，知道吗，一定不可以有事！”

她贴得他更紧了些，她也一样害怕有事，谁有事都不可以！

“洗洗睡吧，都十一点了，我帮你洗澡。”

虽然受了惊吓，但在他怀里，这一夜睡得很安稳。

清晨的阳光唤醒了大地，也唤醒了她，应该说是生物钟唤醒了她。两年了，她每天都是五点起床，已经成了习惯。

“宝贝你醒了，要是没睡够就再睡会儿吧，今天不训练了。”他已经看了好一会儿她的睡容。

她看着他的脸，痴痴地笑着，伸手捧起了他的脸，说：“真好看！”

“小色女！”

这么暧昧，一下子就勾起了他的兴致，他的唇压近，她却一个骨碌躲闪开了：“去训练，我要变得强大，免得你总欺负我！”

“死丫头，是你先挑逗我的好不好，把我的火点起来了你却要跑，你这个小妖女，先亲热完再说！”

他扑过去，她又躲闪。两年下来她已经不再是那个手无缚鸡之力的小丫头，力量不行，但灵活性没得说，他连扑了两次都没抓住她。

“死丫头长本事了是吧，自己躺到床上去，否则让我抓住，让你今天下不了床！”

她知道再躲肯定躲不过他了，她才不会傻到硬碰硬，于是一脸幽怨地看着他：“你就知道欺负我，从来都不管我想不想，看看你你就要这样，你想我以后都躲着你是不是？”

他不满地掐起了腰：“我不管你想不想，我要是不考虑你的感受，昨晚会让你睡得这么安稳？你刚才不只是看，还摸了好不好！”

“那人家现在也不想嘛！”她眼神继续幽怨着，现在面对他，可以安然地撒娇了。

他很无奈地给了她给一个白眼：“收起你那幽怨的小眼神吧，真拿你没办法！好吧，我去冲个凉泄泄火！”他把身上唯一的遮掩物脱下来，狠狠地扔到地上，向洗手间走去，“还惦记那个施嵘的伤呢吧，吃过早饭去看看他吧！”

她难以置信地抬了抬眼皮：“太阳从西边出来了，昨天晚宴上某人还像个孩子似的呢，现在怎么这么大方了！”

“不让你去看看，你还不得总惦记着！昨晚我是一时被你气昏了头，我就不信我不如那个老男人有魅力！”

吃过早饭，她坐着凌钰开的车去往医院，病房里还是司机在守着施嵘，练武的，一夜没睡也不显得疲惫。

“不是说伤得不重吗，施总怎么还没醒？”

“睡觉还要睡一夜呢，更何况受了伤又做了手术。麻烦余小姐在这里守一会儿，我去买点早餐。”

“当然，我本来就应该守在这里的！”

司机去买早餐，她坐在床边看着床上的施嵘，其实他看上去一点儿也不老，也很养眼，他应该没什么事，脸色看上去还不错，就像睡着了一样。

“小峰……”施嵘在说梦话，神情看上去有些痛苦。“小峰不要，我是你哥哥呀，我是你哥哥，小峰……”他不安地抓着床单，触动了伤口，疼痛把他唤醒，额头都渗出了一层汗水。

“施总，你做噩梦了吧！”她拿了几张纸巾去擦他额头的汗水，“出了这么多汗。受了伤抵抗力会差一些，伤好之前要小心些！”

施嵘木讷地看了眼前的人一会儿，才露出了个笑容：“是你呀，醒来就看见你真好！”

“刚才都不知道我是谁了吧，手术刚醒是会短暂地失去记忆，伤口很疼吧？”

他看着她，笑得痴痴的：“看着你就不觉得疼了！你也做过手术吗？”

她点了下头：“嗯，做过，两年前做过，也是受伤，流了很多血，我以为我会死呢。知道我是怎么受的伤吗，是我的他用我的身体当了盾牌，那个混蛋一点都不懂得怜香惜玉，可我还是很快就原谅了他！”

他严肃着脸，抓住了她的手。她说得看似轻松，但被心爱的人用来当盾牌，这会是怎样的心痛！

“他还真是个混蛋，竟然舍得用你这样的小人儿当盾牌！你这个傻瓜，那种人怎么值得你这样倾心！让我来保护你吧，我可以用我的生命保护你！”

她连忙缩回了自己的手，跟他说这个，是想让他知道她爱那个混家伙有多深，他完全理解反了！

“你要是再这样，我可就走了，我才不会因为你为我受了伤就以身相许呢！”

“咳咳！”施嵘捂着胸口，一脸痛苦的模样：“心好痛！你用得着这样残忍地对待一个受伤的人吗！”

司机刚好买了早饭回来，看见施嵘一脸痛苦的模样，连忙上前来问：“施先生，你不舒服吗？要不要叫医生？”

施嵘立刻恢复了常态，摆了摆手："没事，你去把我二弟施峰叫来，我有话跟他说，你亲自去请他过来！"

"我这就去，施先生，你吃点东西吧！"

司机放下东西走了，乔怡水有点待不住了，她可不想面对施峰！

"施总，你好好休息吧，我去上班了！"

"你这丫头这么冷血，给我倒杯水，口好干！"

给他倒了杯水，喂他喝了两口，他就不肯再喝了："余奇，你去帮我找几双筷子吧！"

"筷子？"

"嗯，对，筷子，多拿几双，是筷子就行，一次性的也可以！"

不知道他要干什么，但谁让他是伤员，而且是为她受的伤："好，我去给你找！"

一次性筷子不难找，餐馆里拿几双就行了。回到病房时护士正在给他换药，托盘里是一堆鲜红的药棉。他左肩窝有一个不规则的圆形伤口，还在流血，伤口看上去虽然不大，但毕竟贯穿了过去，麻药劲过了肯定非常疼。

"护士，去拿点生理盐水，我来给他上药！"

"你？"护士和施嵘同时吃惊。

"对，我！你去拿生理盐水和无菌烧杯来！"

"这……"护士看向了施嵘，乔怡水的这个要求要是在普通患者那里，她可以直接拒绝，但是施家她可不想惹。

"你就去拿吧！"

施嵘下了令，护士只好去拿。乔怡水从包里取出了偷偷拿出来的药膏，这药膏钱泽虞经常备着，愈合伤口的效果出奇的好。

"有了它我就可以妙手回春了！"

"什么东西？"施嵘满脸狐疑。

"你很快就知道了！"

护士很快拿来了生理盐水和无菌烧杯，她在烧杯里稀释起那个药膏，这还是凌钰告诉她的，伤口如果比较深要稀释了药膏，让药渗透进去。

“把这个药水滴到伤口里面，你来，我不敢！”

她把烧杯递到了护士面前，护士看着棕色的液体，不敢接：“这可不是开玩笑的，伤口感染就麻烦了！要是出了什么问题，我可负不起这个责任！”

施嵘也觉得这是在开玩笑：“闻着挺香的，不过余奇，玩笑不能这么开！”

“这是灵丹妙药，可以让伤口愈合得很快，还不留疤痕呢！”看着施嵘还是一脸的狐疑，她拿起剪纱布的医用剪刀，咬了咬牙，在自己的小臂上戳了一下。没戳破，她才不舍得戳破自己，就是做个样子给他看看，反正他躺在那也看不清，然后弄了点药膏涂在了自己的小臂上，说：“我证实给你看，不出两个小时这个小伤口就会愈合得完好如初！”

施嵘目瞪口呆。这丫头也太猛了，直接拿剪刀戳自己，连反应的时间都没留给他。

“你怎么能用剪刀戳自己呢！我信你了！护士，你就给我上药吧！”

护士吓得不停地摇头：“不行不行，万一出了问题，我可担当不起！”

“不用你担当，是我让你上的药，你怕什么？”施嵘有些不耐烦了。

护士还是摇头：“那也不行，我怎么能把这种来路不明的东西涂到患者伤口上！”不管是不是他要求的，万一出点什么意外，不是她这个小护士能担当的起的。

“余奇，还是你帮我上吧，会很害怕吗？你的胆子好像很小，昨晚你的手全是冷汗，还冰冷的。”

“看在你是为我受伤的份上，我克服了！”

看着那个血窟窿，她头皮都发麻，鼓起了好大的勇气才把药涂好。

“好了，二十四小时后换药，用不了三天就能下床了。”

她还没来得及把手缩回，就被他握在了手心：“胆子还真够小的，你的手又冰凉了！”他同时感受到的还有她的手好柔软。

她狠狠地把手缩了回去：“你要是再吃我豆腐我可要动粗了！”

施嵘斜着眼：“这也算吃豆腐？”接着他愣了一下：“真的不疼了，几乎感觉不到疼痛了，你是不是真的是仙女下凡呀，哪里弄来的仙药！”

她不理他，把药罐子里的药弄出来一些放到了另外一个无菌烧杯里。

“这些留给你用，再换几次药就差不多了，千万不要乱动，否则的话伤口无法愈合，再好的药也没用！还有些小药丸，一天三次，一次两粒，可以加快伤口愈合，我给你带了五天的量，五天差不多了。”

施嵘眉头蹙得高高的，一脸不满意，像个孩子一样地撅了下嘴：“这么小气，我都被戳了个窟窿，你就不能把药都留给我？”

“不要太贪心好不好，够用就行了！这还是我偷偷拿出来的呢，要是让我男朋友知道，肯定会歪鼻子瞪眼！好了，你休息吧，我就不打扰你了！”

她刚把药罐子放到包里，司机带着施峰走了进来，她想绕开走过去，却被施嵘叫住了：“余奇，你等一会儿再走。”

她一惊，什么意思！

“施总，我在这不合适吧？”

“什么不合适，我说合适就合适，过来，站到我旁边来，你要帮我忙！”施嵘又转向了司机：“时磊啊，你先出去吧。”

司机出去了，她站到了施嵘的旁边，悄悄地瞟了眼施峰，他的内心似乎也好忐忑呢。

“哥，这是谁呀？”施峰看着乔怡水，好像很陌生一样。

乔怡水眼皮垂得更低，她一直都不了解施峰，也不想了解他，但是不喜欢他这种行为，在自己的大哥面前有必要这样演戏吗？

施嵘微蹙着眉头，好像很心痛：“不问问大哥的伤怎么样吗？”

哥哥受伤了，施峰不问哥哥的伤，却问哥哥身边的女孩，这怎能不让人难过。

施峰像变脸一样瞬间变了表情，呈现出了一脸担忧：“哥，你伤到哪里了，怎么就出车祸了，爸妈还不知道吧？”

施嵘深深地吸了口气：“时磊跟你说是车祸吗？不是车祸，是有人想要我的命。我昨晚如果不是和余奇在一起，说不定现在已经是一具尸体了！”

这个倒是事实，昨晚如果不是凌钰在，发生什么真不一定。

施峰一脸惊讶：“什么？有人想要大哥你的命？是什么人这么大的胆子？”

施嵘又蹙了蹙眉头：“小峰啊，我们腾飞最大的对手是谁？”

施嵘突然话锋一转，施峰愣了，乔怡水也愣了。腾飞最大的对手不就是卧龙吗，难道他想说是钱家想要他的命？这不可能，如果钱泽虞想要他的命，昨晚他就活不了了！

施峰沉默了几秒钟：“是卧龙，大哥你是说卧龙想要你的命？”

听施峰这么说，施嵘的眉头一点也舒展不开：“卧龙有必要要我的命吗？这么多年，卧龙也没用过这种手段对付过我们施家。钱泽琰接管卧龙两年来业绩蒸蒸日上，实力已经远远超过了我们腾飞，相比之下我们腾飞却在倒退，小峰啊，想没想过这是为什么？”

施峰沉思了一会儿，摇头说不知道。

“你没说心里话，你心里肯定是在想因为钱泽琰比钱禹更有能力吧，钱泽琰这两年的表现也让我刮目相看，但这不是我们腾飞倒退的理由。小峰啊，有个道理你一定听过，成功不是战胜对手，而是战胜自己，所以我们暂且抛开卧龙不说，就说说我们腾飞，我们腾飞为什么在倒退！”他没想听施峰的回答，而是转向了乔怡水，“余奇，拿一双筷子，然后折断！”

乔怡水现在明白他要筷子干什么了，众人划桨开大船这个道理谁不懂，施峰和哥哥不是一条心，他又怎么可能没有感觉！

她拿了双筷子啪地折断了。

“余奇呀，把那些筷子一起拿起来折断。”

乔怡水看了眼那堆筷子，没动手折，那可是十几双筷子，她可没那么大的手劲。

施嵘缓缓地眨了下眼睛：“余奇连碰一下都不肯，她知道她折不断。小峰啊，你从小就很聪明，应该知道大哥要说什么吧？以前卧龙是钱禹、赵晓霜、钱泽琰三个人当家，现在卧龙当家的只有钱泽琰一个人，不存在内讧。我们腾飞当家的可是有一堆人，爷爷虽然已经在家养老，但放不下公司的事，爸爸妈妈也都挂记着，但希望都寄托在了我们兄弟三个人身上，我们三个要一条心才能让腾飞飞起来，三弟不如你有才华也不如你有能力，还有很多恶习，但他一心为腾飞着想，只要是对腾飞有利的事，他可以奋不顾身，他也知道他自己能干什么，能力之外的事情从不插手。小峰啊，好好想想大哥跟你说这些话的用心！”

施峰的眼神有些飘忽了："大哥……"

施嵘打断了他，继续说着："小峰啊，你和三弟都是大哥的弟弟，我们是兄弟，血浓于水，大哥有时候对三弟比较宽容，不是因为对他过于偏爱，他那种性格要是硬压着他，他不定会干出什么荒唐事呢。大哥对你要求比较多，是希望你能和大哥一起撑起腾飞，你有这个能力！小峰啊，妈对你有些成见，我们不能苛求她，她是女人啊，她看见你就想起她婚姻的污点，我们做儿子的应该多体谅她！爸爸和我都很爱你，我们流着同一个家族的血液！我就说这些了，要是想明白了，我们兄弟两个再好好聊聊！"

施峰的眼神更加飘忽："大哥……"

"去吧，小峰，出去吧！大哥累了！别跟家里人说我受伤了，我没什么事，无需徒增他们的担忧。"

施峰走了，施嵘有些无力地躺了下去，看上去格外的伤感。乔怡水本来想走的，看着他这个样子，有点不知如何是好了。他和施峰说这番话一定是感觉到了什么，被自己的弟弟算计，他心里一定很难过。

"施总，你没事吧？"

"心里有些难过，让我握一握你的手好吗？"

她微微嘟着嘴，不说好也不说不好，反正觉得不合适，又不好拒绝一个为自己受伤，还伤感着的人。

看她这个样子，他无奈地摇了下头："没有吃你豆腐的意思，我需要一点力量！"

她这才把手放到他伸出的手里。

他握着她的手缓缓地闭上了眼睛，"我从十八岁就开始帮着爷爷打理公司，十七年了，好像一转眼就过去了，我的青春全都奉献给了家族的事业，又感觉很漫长。我出生就顶着施家大少爷的光环，我不喜欢这种光环，我不停地努力证明我的实力，我更害怕在这种光环中失去了自我，所以我时刻都在约束着自己，同时我又是施家的长子，我时刻小心翼翼，唯恐做错了什么给施家抹了黑！比起这些，我更希望家族和睦，手足情深，可我怎么努力，总有些事情无法周全，有的时候我觉得特别累！"

她从来没去想过这些光彩夺目的少爷们的内心世界，现在看来，也不容易呢。“你这样不累才怪！尽力而为就好了，何必太为难自己。”

“可我必须这样，我要是像三弟一样，施家就没希望了！这么多年，我一心扑在事业上，像个没有感情的机器人，就在昨晚，我握着你的手，感觉到了一种从未有过的力量，所有的疲惫好像都瞬间烟消云散了，昨晚，连疼都觉得很甜！是你让我发现这一路我是多么的孤单，是你让我感觉到身边有个伴侣是多么美好的事！”

“切！”她顽皮地甩开了他的手，说：“你这个爱情小白，说起哄女孩子的话倒是一点也不含糊，幸亏我修为高深，不然还真着了你的道呢！昨晚那种情况，你握着谁的手都感觉得到力量，也不是我让你发现孤单，你本来就孤单，只是脆弱的时候表现了出来而已，这一切都和我没什么关系！我警告你，别再打我的主意，否则的话不管你是不是施家大少爷，我男朋友都会扁你！虽然你为我受了伤，但别想让我觉得欠了你多少，那些人是想要你的命，从这个角度说是你差点把我害了。不管怎么说你也算挺男人的，我也给你送了药，现在我们扯平了！你休息吧，我走了！”

如此深情的倾诉，她怎么是这么个反应，施嵘瞪大着眼睛：“喂……你……”

“好好休息吧，腾飞可还有一大堆事情等着你处理呢！”她说着离开了病房。

今天周末，不用上班，她也没什么特殊爱好，自然是要回去。钱泽虞那个家伙也不知道在不在家，他有时候一忙好些天，也不分周末，有时候一闲也是好些天，今天她特别希望他在家。

他如愿地在家，只是一进门就冷脸相迎，还满眼怒光。

她见他又这副德行：“瞪什么眼，是你让我去看他的！”

他还是那副神情，挺吓人的，她仔细地思索着做错了什么。

“就是拉了一下手而已，又没怎么样，是你让我去看他，还监视我，小气鬼！你说你挺大个爷们，至于吗？”

“什么？他拉你的手？”他暴跳了起来：“怎么可以让他拉你的手！你的

手只有我可以拉！”

不是因为拉手的事，那是什么事呢！

算了，不瞎猜了，她干脆双手掐腰，摆出了一副泼妇的模样：“反正我没做错什么！”随即又弄出了个幽怨的眼神，“你就知道吓唬我！”

他也掐起了腰，两个人对视着：“我吓唬你，是我吓唬你吗，好端端的我会吓唬你吗！你还当不当我是你男人，什么都不跟我说！”

又大吼大叫的，她微微缩着肩膀，弄出个委屈相，嘟了嘟嘴：“不就是把药拿去用了吗，你不用这么小气吧？他是为我受的伤，否则的话那钢筋就从我身上穿过去了！”

他的眼睛又瞪得老大：“什么？你还把药拿去了？你这个死丫头还有多少事背着我？”

她恍然大悟，上他的套了，怎么把不该说的全都说了！

“拿了又怎么样！你都是我的，那些药也是我的，我想怎么拿就怎么拿！哼！”她也大喊大叫起来，好像谁不会似的！

看着她扬起的下巴，他忍不住露出了笑意。“你都是我的”这句话他太喜欢了。

“还有呢？”这句他没凶起来，带着笑腔。

“没了！”确实也没了，就这么点事，全被他诈出来了！

“没了？你敢说没了？给我从实招来！不然我可要大刑伺候了！”他做了个老虎扑食的姿势。

她斜着眼睛，挠了挠头：“就是没了吗！别想再吓唬我！”接着她狠狠地推了他一把，扭头往楼上走去，“走开啦！一个大男人就知道欺负人！”

“你这个丫头长本事了是不是，动不动就对我动粗！给我回来！”他拦腰把她抱了回来：“死丫头，参加设计大赛，这么重要的事情都不告诉我吗？”

“你怎么知道的？”

“我怎么知道的？你就没打算告诉我是不是，你拿了冠军，我这个珠宝界的大亨怎么可能不知道！为什么不告诉我，不把我当你男人是不是？”

她咬了咬嘴唇，这事做的是主观了一点，为了稳定他的情绪，她可怜兮兮地垂下了眼帘："就算我做的不太得当，也不用对我大喊大叫吧！我是怕你取笑我嘛？才工作两年就敢参加全国的设计大赛！"参赛的时候还真没想这些，当时就是参加玩玩，也不想大张旗鼓的，见他的情绪略有缓和，她继续编："再说，你如果知道我参赛了，万一拿着枪顶着评委的头让他们把冠军给我，那也不是我的真实实力呀！"

听她编完，他眉头蹙了起来："你这丫头，说话要有根据，我什么时候取笑你了？"

还以为被他看出来破绽呢，原来他不满的是这个："经常好不好，在你眼里我又笨又一根筋，还胆小，哼，这还不叫取笑吗？"

"你本来就又笨又一根筋，至于胆小……柴老可都是三十五岁的时候才敢试试，你比大名鼎鼎的柴鹏涛都提前了十年，这还叫胆小？"

"呀，讨厌，把手拿开，这是客厅！我就是报着玩玩，谁知道一不小心拿了个冠军！"

"死丫头，学会转移话题了！重新设计，把蓝玫瑰给我替换下来！"

这个霸道的家伙，这也要用命令！

"娶我吧，娶了我我马上就把它替换下来！"

她的话音刚落，他的亲吻和动作都停止了，神情也变得严肃："以后求婚这种话留给我说！现在我还不能风风光光、光明正大地娶你，再给我点时间！只要我们在一起就够了，小水，我以为你不会在意那些形式！"

她小嘴一撅："少给我戴高帽子，我就是一个俗人，我很在意那些形式，尤其是和你在一起。给不了婚姻，别跟我说在一起就够了，我要你给我的承诺变成现实！"

"对不起小水，是我不好，我没能给你安全感！"

他很少有的深沉起来，很动人心扉。

他还是不肯提婚姻，算了，不逼他了。"不，你让我很有安全感，只是我很想要一个正常的家，也许是因为爸爸去世得太早，我很渴望完整的、温馨的家，只有温馨！"

他紧紧地把她拥在了怀里，他懂了，她缺乏的是归属感，这同样也是他渴望的！

“明年，最晚明年这个时候，我会给你一个温馨的家！”

她连忙摇头：“不用这样给我期限，虽然我很渴望，但我不着急，我只要你平平安安的！”

他突然笑了，又恢复了他平时那种坏坏的模样，还捏着她的脸蛋摇晃了几下：“我当然会平平安安的，有这样迷人的小女人，我可是搂一辈子都搂不够！老实交代，我让你去看看那个老男人，怎么看了那么久，八点半去的吧，都快一点了才回来，一五一十的给我交代清楚，不然我可要动大刑了！”

又来了，男人果然像孩子呢，变脸变得真快！

“别捏了，一会儿让你捏出口水来了！本来我早就要回来的，他让我给他折筷子耽误了！”

“折筷子？折什么筷子？”

她就把施嵘和施峰的谈话详细地叙述了一遍。

钱泽虞沉默了一下：“知道为什么施嵘只叫去了施峰吗？”

“施峰和他不是一条心，他觉察到了呗！”

“这一点施嵘早就知道！昨晚想要施嵘命的就是他的弟弟施峰，现在知道他为什么单单叫施峰了吧，施嵘是极力地想挽回这个弟弟，就看施峰长不长进了，都三十好几的人了，我真替他感到悲哀！”他顿了一下，握了握拳头：“昨晚你也在车上！施峰难道不知道，这个混蛋！看来我得找他聊聊了！”

乔怡水愣愣的，所有的疑惑迎刃而解了：难怪施嵘那么痛苦，原来他知道是弟弟想要他的命。他心里该有多难过呀，早知道的话去看他的时候就不那样对他了！

“小虞哥哥，真的会兄弟相残吗？他们可是兄弟呀！”

“这也没什么好奇怪的，杀兄弑父，从古至今有记载的也不少，大名鼎鼎的唐太宗李世民，把哥哥弟弟都宰了，逼他老爹退位，但他的确是个不错的皇帝，还有暴君隋炀帝，不是也把老子气死了吗……”

杀兄弑父，她有些愕然，眼前的不就是一个吗，把他爸爸气成了那样，还有，真正的钱泽琰现在还活在世上吗？

在这方面他是那么糟糕，但却是一个让她无法释怀的恋人，想到这些，她心里怎么会没有疙瘩！

“小水！你这是什么表情？”看着她的样子，他的眉头蹙得高高的。

“小虞哥哥……”她小心翼翼地：“对你爸爸好一点儿，不管怎么说他都是你爸爸，不管他做过什么都是过去的事了，血浓于水……”

他咬牙切齿地亲了她一口：“傻丫头，真是笨的可以，不是告诉过你吗，不要相信眼睛看到的！”

她迷糊了：“你什么意思？”

他脸一变，又怒了：“什么意思？在你眼里你男人就那么糟糕吗？”他拿着她的手贴在了胸口，“你男人胸膛里流的可是一腔热血，没那么冷血！”

她倒是愿意相信他不是一个冷血的人。“你是说那一切都是假的？”她说着挠了挠头：“可是，演给谁看的？”

他也挠了挠头，这话茬不在他的计划内，不过既然提到了，就说说吧。

“小丫头，智商见长了！你以为如果没有爸爸的支持，能有我的今天吗？这个世界上有天生的天才，但没有人天生就可以成功，我这两年的成绩，可都是前面二十几年勤奋付出的累积，爸爸从来没放弃过对我的培养！其实最难做的是爸爸，他爱着两个女人，而这两个女人又水火不相容，爸爸要兼顾爱情、亲情还有事业，很辛苦！”

她木讷地眨着眼睛，这个太意外了，难道眼睛见到的就这么不可信吗，那天的一切都是有预谋的？

“小笨蛋，想不明白吗，想不明白就慢慢想！现在我要填填肚子了！”

她还有好多疑问都被他封在了喉咙里，费了好大的劲，才得了个喘息的机会。

“我爸爸不多情，哪里来的我！”

他又去亲吻，她继续推开他，他好像对父亲爱着两个女人这件事很认可，“有其父必有其子，走开！”

“我继承了爸爸很多优点，但这一点没继承，我很专一，我可自始至终只有你一个女人！”

“骗鬼吧！那么多花样，谁信你只有一个女人！走开，你个大色狼！”她用了十二分的力气在挣扎，想到他和别的女人在一起的样子，她胸膛都快炸开了。

第十四章

抱紧我

时间一晃过去半年，正值冬季，这个城市虽然地处亚热带，冬天依旧很冷。乔怡水不觉得难以忍受，两年多的训练，她已然不怕严寒了，脸色更是健康动人。

“喂，大藏獒，今天我要去逛街！”

她今天穿了双白色的小皮靴，玫红色的上衣，还带着一个毛柔柔的耳包，透着无尽的青春活力，又无比的可爱动人，凌钰看着她憨憨地笑着：“先生要是看见你这个样子一定很喜欢！”

她俏眉微蹙：“三句话离不开你的先生，都好几天不见他的影子了！也不知道他都在忙些什么！”

她的语气中带出了一丝哀怨，凌钰是嘴上总挂着，她是心里惦记着。他经常这样几天不见踪影，也不说干什么去了，她也只能暗自祈祷他平安归来。

“肯定有重要的事情，否则先生一刻也舍不得离开家！”钱泽虞虽然对她动过粗，但已然把她疼到了骨子里，他们的一点一滴，凌钰全都看在了眼里。

她有些难为情地垂下了眼帘，和钱泽虞之间的悄悄话，这个比狗耳朵还灵的大个子肯定没少听！

“就知道替你的先生说话！快去把车开过来，我可是约好了时间的呢！”

凌钰开来车，她习惯性地坐在了后座。

“快过年了，大藏獒，你想要什么新年礼物，看在你兢兢业业的份上，我送你！”

凌钰憨笑：“我什么都不缺，你还是……”

“打住，别跟我说送你先生礼物这样的话，用不着你提醒我。快说吧，你想要什么，你要是不说的话，我就当着你先生的面送你礼物！”她又拿出了小魔头的派头。

先生在这一点上心眼比针鼻还小，当着他的面送别的男人礼物，那还得了，即便是忠实的凌钰也不行！

一个小心眼，一个小魔头，夹在中间真难做，凌钰万般无奈："那我想想！"他挠着额头，"我真的什么都不缺！"见她一瞪眼，他又连忙说："我想想看，那你就送我、送我、我想想看啊，送我……"

她不耐烦了："行了行了！还是我来想吧！"凌钰不是故意装傻，他是真想不出来，这一点她知道。这个大个子似乎很少有什么欲望，无论是物质方面还是精神方面，他就像个机器人一样，他的先生给他输入什么指令他就做什么。

凌钰继续憨笑："那就随便你了！"

到商场时，唐玉已经站在门口了，看着自己的老同学，她一脸愧疚。

"小水，对不起哦，你不会怪我吧！"唐玉现在已经和于小泉在一起了，两人同居，正准备结婚。

"当然怪你，你抢了我的未婚夫，还敢约我逛街，看我不毁了你的容！"乔怡水说着就张牙舞爪地朝着唐玉的脸抓了过去。

唐玉连忙躲闪："看你红光满面的，和钱泽琰在一起很幸福吧！你倒是该感谢我呢，说真的，小泉还真配不上你！"

乔怡水沉默了一下，和他在一起很满足，可是能持续多久，她不知道。

"别说这些了，我们也好久没见了，想要什么只管买就好了，全算我送你的新年礼物！"

"啧啧啧，有个好男人就是不一样，财大气粗了是吧！那我可就不客气了！你可真让人嫉妒！"

乔怡水给了她一个白眼，天知道她用的都是她自己的钱。冠军果然没白拿，不仅薪水涨了，还给她带来了丰厚的回报，她设计的"一缕承诺"系列为公司带来了不少利润，就因为这事，还被钱泽虞狠狠地收拾了一顿，他的女人，竟然成就了对手！

"不用客气，不过我得先给我的保镖选个礼物！"

她给凌钰选了块腕表，他平时戴的那块表，前段时间训练的时候被她一脚踢到了景观水池里，那块廉价的表，灌了水以后失灵了。

看着腕表，凌钰心里一阵温暖，但就是死活不肯要，她选的表太贵，都上万了！"你要是不要，我就当着你先生的面送你了！"乔怡水使出了杀手锏，凌钰才乖乖地收下了。

唐玉一看这个架势，也不客气地跟着选了块两万多的表，乔怡水眼也不眨地就买给了她，就当是间接地给于小泉一些补偿吧。

买完表，唐玉闹着要去买内衣。内衣专区，大半层楼都是女士的内衣，唐玉抓起一件就在胸前比量着："这件怎么样，很性感吧！"

凌钰那个大个子，在这方面弱得不得了，看着周围的内衣就很难为情了，唐玉又这般，他几乎想找个地方躲起来。

"颜色不太好，尺寸也不够吧，你好像又丰满了呢！"

唐玉也不放过她："你可是丰满了不少，看来某人对你的呵护很到位呢！我来摸摸看！"唐玉说着就朝着乔怡水抓去，乔怡水连忙躲闪："疯丫头，大庭广众之下你非礼我！"

感觉似乎又回到了大学时光，那时候大家在一起就这样胡闹。

凌钰再也待不住了，含糊不清地说了句我去趟洗手间，人便消失在了她们的视线里。

唐玉笑得前俯后仰："你的这个帅保镖好像很纯情呢，这样都害羞！"

"什么好像，他是纯得绝版了！有机会我得给他物色个好女孩，他也都二十六七的人了，连女朋友都没交过呢！"

唐玉惋惜地摇着头："可惜，我没机会了，不然绝对不会错过！"

"你个小色女，吃着碗里瞧着锅里，好好珍惜吧，于小泉其实是个好男人！"

"是不是好男人我心里有数，反正虾找虾蟹找蟹，我和他也算天生一对了。这套不错，我去试一下！"

唐玉进了试衣间，没有急着先试衣服，而是发了条短息，心里暗暗地说，乔怡水对不起了，我也没有办法，你有那么厉害的保镖，应该不会有事。

乔怡水在外面等着唐玉，她没多少购物的欲望，正琢磨着送钱泽虞点什么好。他才是真正的什么都不缺，虽然送他什么他都会高兴，但总想给他点惊喜。

突然有人拍了她的肩一下，她回头一看，愣住了，是钱泽虞的脸，虽然如同一个模子刻出的一般，但她知道这个人不是钱泽虞，他们两个的神韵不一样，而且眼前的这个男人也没有他壮实，也矮了那么一点。

"你是钱泽琰？你想干什么?"

"小水，我不是钱泽琰，我才是钱泽虞！我才是你的小虞哥哥！"他说着从口袋里掏出一个东西，是她曾经送给他的长命锁，她认得那锁，下面坠的小铃铛丢了一个，用一颗小珠子点缀在了那里！

她抓过那个长命锁仔细看了看，果然，就是她的，上面还刻着她本来的名字——夏小水！

"这是你送我的，你还记得吧？"

她只觉得大脑一片混乱，曾经问过他，那个长命锁哪里去了，他只说丢了，当时没有多想，自己不是也丢了那颗红宝石吗？

现在看来不是那么回事！

他们两个究竟谁是钱泽琰，谁是钱泽虞！

"小水……"男人摇晃着她的肩，显得格外激动："小水你听我说，钱泽琰拿走了我的日记，他接近你只是想要抢走我心爱的东西，当年是他害死了你爸爸，你不能和他在一起，你不能和你的杀父仇人在一起呀！他接近你还另有目的，他是为了你爸爸手上的一份资料……"

凌钰听见这些谈话，赶了过来，他虽然躲了起来，但耳朵始终没离开她。

"快走，你快走，不然你就遭殃了！"她拼命地推着眼前的男人，可是他不肯走，"这个大个子是钱泽琰的保镖！你快走，不然你就麻烦了！"

他还是不肯走，她向凌钰奔去，紧紧地抓住了凌钰的手臂。

"你快走啊，留着命要紧！"这次他才快速地消失了，她松了口气，晃了晃凌钰，"你什么也没听见对不对，告诉我，你什么也没听见！"

"他才是钱泽琰，你不要相信他，你让我去把他抓回来！"凌钰想挣脱她，但她死死地拉着他不肯松手，对她，他也不会太强硬，"先生对你怎么样，你自己还不知道吗，为什么你不肯相信先生呢？"凌钰显得有些愤怒。

"没有，我没有不相信他，我只是不想让他们兄弟相残！无论如何，他们是兄弟呀，血浓于水！"

"真的？"

"当然真的，别告诉他好吗，今天的事情就当没发生过！"

凌钰沉默了一下："可是他明显居心不良，怎么会这么巧在这里遇见你，你不觉得奇怪吗？"

是啊，这显然是故意安排的，而且唐玉也参与了进来，刚才要不是唐玉故意那样，凌钰也不会回避！

可是谁说的才是真的，她无从判断。现在想想，她所知道的一切，不过是他的一面之词，所经历的一切，也可能都有另外一种解释，否则的话，为什么从未在他那里找到过归属感！

爸爸手里的资料是怎么回事？这一切都是怎么回事？

如果他真的是害死爸爸的人，她绝不会和他在一起，她没有勇气去证实，可已然无法自拔地爱上他了！

她不想再去探究，爸爸是故去的人了，和他之间的一切也让它成为过去吧！

就在这一瞬间，她做了一个重大的决定，或许这一切都是他导演的，但很快就和她毫无关系了，她不要再昏头转向地受折磨！

"就算他居心不良，我们不理他就是了，你的先生也不是这么小气的人，不会和自己的兄弟计较太多，不是吗？"

费了好些口舌，凌钰才答应她当做什么都没发生。她也没心情继续逛街了，说要去陪妈妈过周末，凌钰当然不能有什么意见，她要去哪儿，他只要跟着就好。

和唐玉简单地打了个招呼，她就直接去了妈妈那儿。进了家门，柴鹏涛已经到了，之前她悄悄地给他发了条短信，让他来一趟。

"小水，你……"

"柴叔叔，你也在呀，我刚好有几个问题要向你请教呢！妈，你给我弄点吃的，我饿了！"她拉着柴鹏涛进了她曾经的房间。

柴鹏涛有些莫名其妙，刚想说话，她向他做了个嘘的手势。

"柴叔叔，你说粉珍珠和什么搭配在一起才更漂亮，和铂金钻石搭配在一起，没什么可非议的，但也凸显不出什么与众不同，搭配黄金，弄不好的话会很土气！"

她一边说着一边找来了纸和笔，在纸上写下了一行字：别问为什么，有机会我再跟你解释，我们这会儿只能写，帮我个忙，我要带着我妈妈一起出国，我和妈妈都要用另外一个身份！

柴鹏涛完全愣了，怎么突然要出国：“为什么？”他一时忽略了她的话。

“柴叔叔，你傻了，我在向你请教呢，你问什么为什么？”

她说着又写道：我一定要带妈妈出国，越快越好，柴叔叔，你一定要帮我！

看着她坚定的目光，柴鹏涛沉默了一会儿，写下：你决定了？考虑清楚了？

她很肯定地点了点头，她已然爱上了他，不管他是钱泽琰还是钱泽虞，但她不想夹在这样的纠结中，更怕证实了他不是钱泽虞。看来那朵蓝玫瑰用的一点也没错，她感觉到就有什么事情要发生了，现在离开还可以保留着曾经的美好。

柴鹏涛又写下了一行字：那好，交给柴叔叔吧！

于是三天后她拿到了另外一个身份，她悄悄地把所有的钱都转账到了这个新身份的账户里，到了国外，总要有足够的钱让妈妈安度晚年。

一转眼又是十几天过去，护照办好了，机票也买好了，明天她就会给凌钰喝上一杯安眠药，然后和这儿所有的一切说永别。

今天，她看着钱泽虞，或许该叫他钱泽琰，心中说不上来是什么滋味。心痛、不舍，还有无奈，两年多来的点点滴滴都如同昨日，如果他不姓钱该多好。

晚上的锻炼时间过后，就是他们的二人世界。

“小虞哥哥，这是我送你的新年礼物！”

她拿出了一条带着爱心的领带，挂在了他的脖子上。鲜红的爱心，洁白的底色，这是她特地定做的东西，这个花色作为领带本就滑稽，他这会儿穿的又是睡衣，更加的滑稽。

“礼物都没有漂亮的包装吗，让我猜猜也好，怎么直接就拿出来了！”他激动不已，但没忘记挑毛拣刺。

“包装还不是要拆开，污染环境！明天你必须一整天都戴着它！”

“必须的！你的这个礼物太特别了，可是，为什么是领带呢，红心白底，远看上去有点像小丑戴的！”他不太喜欢戴领带，偶尔必须戴的话，也是深色的，突然戴这么一条领带出去，关注度一定超高。

她调皮地捏了下他的鼻子：“像小丑又怎么样，我应该弄个配套的爱心红鼻头才对！知道为什么是领带吗，因为它系在你的脖子上，贴在你的胸口上！”

她说着轻轻地贴上了他的胸膛，听着他有力的心跳，心头一阵酸痛，明天就要和这个依偎了两年多的胸膛说永别了！

“你这个小女人！”他捏着她的脸蛋，“为这个礼物想破了脑袋吧！我该怎么疼你才好呢！”

他亲吻，她迎合着。

她主动地褪去了他的衣衫，轻轻柔柔的沿着他的胸膛一直向下吻去，这是他曾经要求过的，但她从未给过。

他激动万分：“小水，你……”

“这也是我给你的新年礼物，你要用心地收好它！”

“小水，宝贝，我的小女人，我该怎么爱你呢！”他都不知道怎么表达自己的激动好了！

这一夜，一遍又一遍，不知疲惫，直到天空露出了鱼肚白，她还主动地去吻他。

他猛然发现天已经快亮了，冬天这个亮度可是已经有些迟了，他眉头微蹙，阻止了她：“你这丫头，怎么突然发春了，还这么吓人，都天亮了，给我睡觉！”

“不要！小虞哥哥，抱紧我！”

她努力地不让自己睡去，也好记住这每一分每一秒，但时间到了，他就离开了。

她也爬了起来，让凌钰喝下一杯放了安眠药的水不难，看着凌钰睡去，她走了，带着银行卡和指甲上的毒针，其他的什么也没拿。

劝妈妈走非常不容易，她骗妈妈说去国外旅游，妈妈才欣然接受。

柴鹏涛来送她们，也带着一个包裹。乔怡水有些疑惑，问了一句，带着包裹干什么。

“我给你们两个当导游啊！”他也办了另外一个身份，他哪里放心让她们到异国他乡，他已经决定，不管她们到哪儿，他就跟着照顾到哪儿。

一切都很顺利，她坐上了飞往异国他乡的飞机。这趟飞机大概要亏本了，头等舱里就他们三个人，这样的宁静，反倒是让她更多了一丝愁绪。这一去她就再也不打算回来了，知道心里会难受，但没想到会这么难受，胸口闷痛得无法忍受，她靠在座椅上捂着胸口，呼吸都变得有些困难。

“小水不舒服吗？”柴鹏涛关切地问。

她摇了摇头：“没有，就是有点害怕坐飞机！”

“你这孩子，怎么还怕坐飞机呢！小水啊，你脸色不太好，昨晚没睡好吧，要不睡一会儿吧！”妈妈以为只是去旅游，还挺兴奋的。

她点了点头闭上了眼睛，哪里是没睡好，根本就是一夜没睡。很疲惫，可是闭上眼睛，脑海里浮现的全是和他的点点滴滴，是谁说曾经拥有就足够了，那一定是没有深爱过，她心痛得都快抽筋了！

飞机起飞的那一刻，她几乎已经无法呼吸，大滴的汗水从额头渗出来，整个人都在颤抖，他要是找不到眼中的那个笨丫头，会发疯的吧！

“小水，你怎么了？”她的样子太吓人了，脸色苍白，大冬天一头的汗，柴鹏涛慌了。

“小水，你这是怎么了，哪里不舒服？”妈妈也慌了。

“没事，真没事，一会儿就好！”她没有料到会有这么大的反应，身体上没有不舒服，完全是心痛，痛得连说话的力气都没有了。

柴鹏涛叫来了空乘，又是倒水又是敷毛巾，总算好了些。

她靠在椅背上，从机窗看着那个已经看不清的城市，他的样子却愈加清晰。

胸口像是有块巨石压着，让她透不过气。

“小水，能挺住吗？”趁着她妈妈去洗手间的工夫，柴鹏涛想和她说说心里话。

“我心痛！柴叔叔，你爱过吗？”

柴鹏涛虽然不知道详情是怎么回事，也能猜到个二三。两年多了，她眼里的担忧，他一直都看在眼里，只是不想过多干涉她的私事：“是钱泽琰吧？”

她没说话，依旧看着窗外，愈加觉得憋闷。

“小水啊，既然决定了就坚强点，如果舍不得，我们再回去。你要是这样放不下，早晚积郁成疾，你自己难受，你妈妈也跟着你难受！”

“我就难过今天一天！”

痛吧，把所有的痛都在这一天里痛完。明天，新生！

柴鹏涛轻轻叹了口气，感情的事，怎么可能只难过一天，看着她的样子，他心里着急，又毫无办法。

“各位旅客，请系好安全带，由于天气原因，飞机即将返航……”

什么，返航？乔怡水一激动从座椅上站了起来，怎么可以返航，无论如何都不可以返航！

她抓了个空乘就问：“天气不是好好的，怎么说返航就返航？”

“很抱歉给您带来了不便，前方天气不适合飞行……”

“我看了天气预报，都是晴天，怎么就不适合飞行了！怎么能说返航就返航？”她的反应连妈妈都感到诧异了，“小水，你这是干什么？”

“这位小姐……”

她直接推开空乘向驾驶舱走去，不能返航，返航就走不了了！

柴鹏涛连忙跟上了她，胡闹也没用：“小水，你去干什么，也许这就是天意，顺其自然吧！”

“是啊，天意，我就是天意！”

这个声音……太熟悉，听上去好冷，她看过去，真的是他！他穿着黑色的正装，戴着那条红心白底的领带，此刻一点滑稽的感觉也没有。

“你都知道了！”

“小水，这是怎么回事？”妈妈对这个大家眼中的钱泽琰的出现也没有多少吃惊，她早就知道她的女儿有本事接近他。

“没事，妈，是公事，我们有点公事要说！”

她拉着他到了妈妈听不见的地方。

“让我走吧！我累了！”

他摇了摇头：“我一直在等着你自己放弃，没想到你竟然真的要走。为什么不愿意和我一起面对，你就这样丢下我走了？小水，我们之间的感觉不是假的！”

“我无法恨你，也不可以爱你，你就让我走吧！”

他咬了咬牙，额头上的青筋都突了出来：“要怎样你才肯相信我？我们之间连这点信任都没有吗？”

“好吧，如果一切如我所见，你是那么的强大，那么他有能力从你身边拿走东西吗，那个长命锁是我亲手给你的！”

他也怒了，声音简直成了噪音：“他们抓了我妈妈，相当长一段时间，我在外面腥风血雨，那个长命锁我妈妈替我保管着，被他拿走了，一起拿走的还有我的日记！你长点脑子好不好，我如果不是因为爱你，我用得着在你身上费这么大的心思吗，我想要什么样的女人没有！”

“那你就去要！别拦着我离开！”

她倔强地扬着下巴，这些天她回忆了很多很多的细节，一切都是他的一面之词。两年多了，关于他口中所说的妈妈，关于他所说的那个凶残的人，似乎都是子虚乌有的，那次枪战她甚至都怀疑是他导演的一幕戏，她真的不想去多想，不想去证实眼前的这个人一直就是钱泽琰。

他怒视：“你给我回到座位上等着飞机降落！再敢乱跑试试看！”

他说完，大步地向驾驶舱走去，似乎地面和他有仇，把地面踏得很响。她看着他的背影，眼泪流了下来，像个鸵鸟一样地接受这一切，事情就会变得很简单，可是她做不到！

飞机安全地降落在了起飞的机场，随后，妈妈和柴叔叔被几个穿着深色西服的男人带走，他又出现在了眼前。

“你想怎样？”她愤愤地问。

他嘴角掠过一抹笑意：“记得两年多以前我就说过，你这是调情！”

“你把我妈妈和柴叔叔带去哪里了，钱泽淡，你不要太过分！”

竟然叫他钱泽琰，他的脸色一冷：“我向来都很过分，你今天才认识我吗！跟我走！”

他说跟他走，就只能跟他走。等在外面的车的司机是凌钰，不知道他是睡醒了还是压根就没喝那杯放了安眠药的水，应该是压根就没喝吧！

车子开到了郊区一处荒废的工厂，看着眼前的景象，她有种不太好的感觉。

她跟着他进了一个废旧的仓库，凌钰留在了外面，仓库里很昏暗，适应了一下，她才看清柱子上绑着一个和他长着同样的脸的人。

被他抓住了，恐怕好过不了。

“告诉她，你才是钱泽琰！”他的声音冷得吓人，更让她心惊胆战的是，他手里不知道什么时候多了根高尔夫球杆。

柱子上捆着的男人一声冷笑：“你还真够狠毒的，你想杀兄弑父吗！小水，你别相信他，他才是钱泽琰。那天我没来得及说，他处心积虑地接近你，就是为了一份图纸，那是你爸爸勘探出的宝石矿藏，可以称得上是一份藏宝图，你爸爸就是因为那份图纸才死的，他接近你就是为了找到那份图纸，那可是一份无价之宝！”

那个时候她虽然不大，但隐约知道爸爸那个时候去越南就是为了找什么，也的确和矿藏有关，这也是她不想探究而选择离开的主要原因，她怕，她怕探究到的是一个残酷的现实！

钱泽虞紧蹙眉头，满脸疑惑。宝石矿藏的图纸，这应该不是凭空捏造的，她爸爸当年就是勘探矿藏的工程师，这样说来，她爸爸的死还真的另有其因！

“少胡编乱造，你怎么不说是皇帝的宝藏！你给我实话实说，我可以给你足够的钱，让你到国外过逍遥的日子，否则的话，别怪我不客气！我警告你，最好别挑战我的耐心！”

他的样子，眼看就要爆发了。他打断施三少的腿的样子，还有他杀人不眨眼的样子，她都见过，不管怎么，不可以让他们兄弟相残！

“我来问他！”既然到了这个份上，不管是什么样的现实，都去面对吧，她缓步地走到柱子旁边：“你说你是小虞哥哥，那你告诉我，在大山旁边的小溪里我们抓到了什么？”

“小水，你在怀疑我吗？”

“你在逃避吗，否则的话，回答我！”

他犹豫了一下，应该不是鱼，那会是什么呢，越南那个鬼地方的小溪里还有什么？“水蛭！”

她松了口气，浑身紧绷的弦也跟着松了下来，又觉得好笑，他怎么会说出水蛭。“那个小溪里的确有水蛭，可我害怕那东西，怎么可能去抓，小虞哥哥也不会抓来吓我！”她的心情在这一刻无比的轻松，她退回到钱泽虞身边，挎上了他的手臂，“小虞哥哥，我们走吧，不要理他了！不要再去追究其他的事情了，让这一切都成为过去吧！我只要和你在一起！”至于其他，都是过去的事情了，她不想探究，只要和他在一起就够了，她不想掀起什么风浪。

钱泽虞二话没说挥起球杆朝着钱泽琰的小腿砸去，疼得钱泽琰一阵哀嚎，多半是骨折了，可是钱泽虞还不罢休，又挥动球杆砸断了钱泽琰的另一条腿。

这个空间里充满了哀嚎。

她震惊又愤怒：“你至于吗？不管怎么说他是你的哥哥，你怎么能这么残忍？”

“小水，我明白你的意思，但是树欲静而风不止，这次不就是吗！这两下死不了人，也残废不了，他可以安安静静地养伤，免得到处作恶！”他丢下球杆，若无其事地拍了拍手。

她愤愤地推开了他：“我看你是残忍成性！对待自己的哥哥你都这样残忍。我不过是个女人，而且，你想要什么样的女人没有！我们到此结束吧，两年多了，你也该腻了吧！”

她说完大步地向外冲去，出了仓库门没多远，就被凌钰拦了下来。

本来她也没想走，可被他这么一拦，她有些火。

“你这只该死的大藏獒，滚开！”

“你叫我大藏獒，我很喜欢这个称呼，藏獒是带着兽性的犬，一生只认一个主人，可以为了主人不顾一切！”

凌钰的眼神里全是坚定与自豪。

“你就是个神经病！白痴！弱智！”

不多会儿，钱泽虞从里面走了出来，拉着她进了车子后座。

“死丫头，刚才发什么疯！”他抓着她的手狠狠地捏了一把。

“是我发疯吗，他对你不构成任何威胁，你至于吗？”她是真的生气，对自己的兄弟，难道这还不叫残忍吗！

“我就是太生气了，要不是他捣乱，你怎么可能想要离开我！他这个哥哥从来就不把我当弟弟，只当仇人，我只是想让他安静一段时间，我会安排人照顾他！”

她轻轻地握住了他的手，她不会因为这件事情和他生气个没完：“答应我，以后不这样了，不要再随便动用暴力了，特别是对自己的亲人！”

他郑重地点了点头：“好，我答应你，再也不随便用暴力了！现在说说你，为什么都不证实一下就选择离开，你不知道我的心有多痛！”

她缓缓地垂下了眼帘，一副可怜楚楚的模样，她也心痛：“我怕，万一证实了是另外一个样子，你让我怎么面对！”现在想想，要是真的这么走了，一定会遗憾终生，不过如果重新选择的话，她还是会选择悄悄地离开。

“这件事情我不和你计较了！不过再也不许离开我了，无论发生什么！”他紧紧地把她拥在了怀里。他不怪她，如果换做是自己，内心也会很纠结，做人有感情也有原则，这正是她的可爱之处。

第十五章

都知道为婆婆着想啦

该解决的他会尽快解决，她要听话，才不会徒增不必要的麻烦。

她也不去上班了，请了长假，反正也不愿意去腾飞，同事们都把她当成施嵘的准女朋友，施嵘应该已经知道了她的身份，但他装作不知道，只当她是余奇。

再说，去腾飞的特殊目的也不存在了，施嵘警告过施峰以后，施峰想明白了，安安分分地做起了施家的二少爷——他大哥施嵘的臂膀，这件事让她很是欣慰。

在家里看看书，上上网，画画图纸，倒也是少有的惬意。

她还学起了做饭，她以前从来都不愿意下厨，妈妈教，她也只是像完成任务一样把饭菜做熟了就好。

但现在她学得很用心，快春节了，她想在年夜饭上凑个自己拿手的份子！

第二天一早吃过早饭，他抹了把嘴，一脸微笑，让人摸不着头脑。

“傻笑什么呢？”她说完嘻嘻地笑了，终于也说他一回傻了。

“给你个惊喜！”他神秘兮兮的。

“惊喜？”她不认为这个时候能有什么惊喜！

他看了看手腕上的表：“差不多该到了！”

他的话音刚落，门铃声就响了起来，进来的竟然是妈妈，她惊得都不会眨眼了。昨天问起，他只说会保护妈妈安全，没再谈论这个话题。

“小水，你还好吧！”妈妈微笑着。

她一时间弄不清楚这是怎么回事，妈妈从来就没放弃过对钱家的怨恨，这微笑是什么意思！

“小水，我把一切都说清楚了，以后我们的感情就再也没有后顾之忧了！妈妈和你住在一起也免得你闷，阿钰保护着你们我也安心！”

这还真的是个惊喜，一直不知道怎么跟妈妈说呢，只是，妈妈真的接受这一切了吗？

“小水啊，能看见你幸福妈妈很欣慰，以前都是妈妈不好，只想着报仇，差点把你的幸福都搭进去，妈妈决定以后不再去计较过去的事了！好在命运对你不薄，让你遇到了一个好男人！”

她疑惑地眨了眨眼睛，没听错吧，这个家伙究竟做了什么，妈妈这么快就为他说好话了！

她嘴一嘟：“妈，谁告诉你他是好男人了，他坏得很！”

他眼睛一斜：“你这丫头，等我晚上再收拾你！”他狠狠地捏了把她的脸蛋，竟敢说自己的男人坏得很！又对着妈妈笑了笑：“妈，我还有事，先出去了，你们聊吧！”

乔怡水嘴都斜了，叫妈竟然可以叫得这么自然：“你叫妈叫得到挺痛快，还没到改口的时候呢！”

“什么叫还没到时候，两年前就该叫了。咱们两个是一夜缠绵，一生夫妻！”他说着捧着她的脸狠狠地亲了一下，拿上外套，昂着头走了。

“妈，你看他，是不是坏得很！”

妈妈无奈地摇了下头：“我看你是幸福得很！你这丫头，都两年了，竟然一个字都不跟妈妈提，你可真是翅膀硬了！”

她撒娇地摇晃着妈妈：“才不是呢，我还不是怕你生气！妈，他都跟你说了些什么？你真的接受了？”

妈妈眉头微蹙，似在回忆：“他说非你不娶，还说你胆子比老鼠还小，说了很多。大到他的身世和家庭，小到你趴着睡觉会流口水！”妈妈都有点弄不清自己是怎么被他说得感动得掉了眼泪，那小子，明明说了很多混话，自己却一点也不生气。

“什么吗！谁趴着睡觉都会流口水！妈，你真的……”

“当然真的，妈妈看到你幸福真的很开心！”

“妈，谢谢你！”

“傻丫头，跟妈说什么谢，是妈妈对不起你才对！”

“不说这些了，妈，你教我做饭吧！”

妈妈浅笑着说起了风凉话：“以前我苦口婆心地要教你，你都不学，怎么现在主动学了，是想做给妈妈吃吗？”

“哎呀妈！哪儿有当妈的取笑女儿的！你就教我嘛！”

虽然曾经做的饭菜不好吃，但她也经常下厨，学起来对她来说不难，到了年三十之前她已经学会了好几个拿手的菜。

一早，她的生物钟按时地把她叫醒，外面的天色还黑着，她往他的怀里拱了拱：“醒不了了吧，叫你昨晚没完没了的！”

“谁说我没醒，昨晚明明是你总挑逗我！今天除夕，咱们放假，接着睡吧！”他懒懒地打了个哈欠，他也习惯了每天这个时候醒。

“睡不着了，我要去锻炼！习惯了，不然浑身发痒呢！”她说着就要爬起来。

他紧紧地把她搂在了怀里：“我的小祖宗，你就休息一天吧，就当是给阿钰放个假吧，你起来他就得起来！等安稳了给他放个大假，他也该找个女朋友享受一下了！”

“好好的话让你说出来就这么淫荡！”她安稳地躺下了，想想凌钰还真是辛苦，就算钱泽虞陪着她锻炼，凌钰也会守在附近，他是一只无比忠诚不知疲惫的大藏獒。

“我说的是事实，他都二十六七的人了，连女人是什么滋味都没尝过呢，实在是委屈他了！”

淫荡的家伙满脑子都是淫荡的话题！

“他怎么对你这么死心塌地，你不会给他吃了什么毒药吧？”

说完她的屁股被他狠狠地掐了一把：“你男人我全靠人格魅力！你不是也死心塌地！”

“臭美吧你！谁对你死心塌地了！你是怎么领养他的？”她一直对他和凌钰的关系很好奇。

“领养？”

“对啊，凌钰说他是大藏獒，一生只认一个主人，可以为主人不顾一切，用领养没错吧？”

他嗤地笑了：“你这丫头，不许再叫他大藏獒。你也留意一下，帮他物色个好女孩，比如你的同学什么的，他也没有亲人，成个家能多些温暖。”他说完轻轻地叹了口气，凌钰对乔怡水的感觉他早就发现了，死大个子对谁动心不好，偏偏对他的女人动心！

“他是孤儿？”

“嗯，他的经历很坎坷，十几岁就是一方大哥了，有一次和越南军方交火，受了重伤，我救了他一命，从那以后他就跟着我了！”

越南很乱，这个她知道，当年爸爸做工程都是在军方的保护下，在那种地方强大起来的人必定会练就一身的本领。

“你的功夫是跟他学的？”

“不是，我四岁的时候就开始学功夫了，我的记忆里没有童年，只有不停地学习各种技能。遇到你的那两年，是我回忆最多的时光，那个漂亮小女孩的灿烂笑容，给我枯燥的生活带来了无穷乐趣！那颗红宝石就是我凭着自己的本事找到的。”

她难过地垂下了眼帘：“可惜我把它弄丢了！”

“傻样，一块石头而已，丢就丢了！小水，你爸爸有没有留给你什么特别的遗物？”

突然提起这个，让她有些狐疑，她摇了摇头：“没有啊，意外突然发生，我们连最后一句话都没来得及说！你怎么突然问起这个？你不会相信钱泽琰说的那份图纸真的存在吧？你……”

“死丫头！这会儿脑子转得倒是挺快！”他敲了下她的头，“那份图纸存在不存在我不知道，但你爸爸当年的确是去勘探矿藏了，你爸爸的死就是因为这件事，钱泽琰直接参与的，但我爸爸不知道！”

关于这件事情，那天钱泽琰说起她就心生疑惑了，但她不愿意去多想，不愿意被过去的事情所困惑！

“你是不是也对宝藏感兴趣？”

他憨笑：“说不感兴趣也没人信，但我绝不会为了身外之物不择手段！这件事情别跟你妈妈说，就让她认为那是拆迁意外吧，否则她对钱家的恨只会加深！”

“如果我妈妈知道图纸呢？你真的不动心？”

她的屁股又被他掐了一把：“别旁敲侧击地跟你男人说话，我只想让我的家庭更和睦，这些身外之物我拥有的已经够多了！没有它，我也过得幸福逍遥，有了它，也不过是锦上添花！”

这正是她想要的，于是靠得他更紧了一些：“我真不知道图纸，我们就不要在这上面花时间了吧，就算找到也只能勾起不开心的回忆！小虞哥哥，你妈妈呢，今天除夕，你还是去陪她吧，她一个人多孤单呀！”

前两年的春节都是她回自己妈妈那，他去陪他妈妈。

他在她唇上吮了一下：“都知道为婆婆着想啦！我妈让我讨好一下丈母娘，过几天再去陪她！”

“为什么不把她接过来呢？一家人在一起多热闹！”

“我也在琢磨这事，只是我担心路上不安全，还是过段时间再说吧！今天我们两个一起做早餐吧！”

她应了一声，点了点头。王阿姨回家过年去了，这几天都是妈妈做饭，也该伺候一下妈妈了。

吃过早饭，他们一起贴对联，贴福字，还在门前挂起了几个火红的大灯笼，节日的气氛就在点点的中国红中衬托了出来。

她靠在他的肩上，看着火红的灯笼，嘴角流露出一丝甜蜜的微笑，家的感觉，归属的感觉，真好！

凌钰看着这一切也憨憨地笑着，这感觉真温馨！

可是一个电话破坏了节日的气氛，钱泽虞接完了电话，阴沉着脸走了。

看他的样子她就知道是很棘手的事，大过年的，也不知道发生了什么？

“小水，怎么了？”妈妈也感觉到了不对。

“没事，妈，我们开始准备年夜饭吧，煲汤就要四五个小时呢！”她相信他会回来一起吃年夜饭。

“我去煲汤，你就别跟着瞎掺和了，你把院子再打扫一下吧，除夕一定要到处都打扫得干干净净，迎接明年的和和美美！”

院子里其实很干净，但为了迎接明年的和和美美，她一个枯枝落叶都不肯放过。凌钰也跟着一起打扫，他从来没有这样过过年，此刻感受到了浓浓的家的温馨。

“阿钰，你先生去干什么了？”

她已经问过好几遍了，凌钰也不厌其烦地回答了好几遍，他也不知道先生干什么去了。

“阿钰，不会有什么事吧？”在等待和担心中，时间过得尤为缓慢。

“你怎么也叫我阿钰了？”这回凌钰岔开了话题。

“你的先生不让我叫你大藏獒了！凌钰，你的名字听上去像女人的名字！”单用耳朵去听，谁能把这个名字和他这样一个强壮的大个子联系在一起呢！

“我只知道我姓凌，没有名字，是先生给我取的名字。”

还真是个可怜的家伙，连名字都没有，可他说这话的时候没有一点伤感，甚至有点自豪。

“钰，是珍宝，坚硬的珍宝，你的先生把你当成他的宝物了！”

凌钰又憨憨地笑了：“先生教会了我很多，如果没有先生，我现在大概是个国际大毒枭，又或者早就暴尸街头了。”

正聊着，钱泽虞回来了，脸色依旧不好，他把凌钰叫去低声地说了几句什么，而后就把她拉进了卧室。

“小虞哥哥，怎么了？”

他一张脸很严肃：“这个春节我们过不安生了！”他一边说着一边脱她的衣服。

“你这是干什么，大白天的！”

他噗嗤笑了：“死丫头也学坏了，脑子里都想什么呢！”他从拿回的包裹里拿出一件衣服，“把这个穿在里面，防弹背心。”

防弹背心？她好奇地看着这件黑色的衣服：“怎么只是防弹背心，不可以把全身都包起来吗？”

“你这丫头。裤子衣服都有，防弹背心外面再加一件防弹服，双层，但不一定有用。他们用的一部分枪可以穿透防弹衣，一定要尽可能地躲着，就算是普通的枪支也要躲着，被打中的冲击力也很疼！穿上吧！”

这个架势，怎么好像认真起来了：“啊？穿两层！今天是除夕，又不是愚人节，不带这么玩的！”

这丫头竟然以为他在和她开玩笑：“小水，不是闹着玩的，弄不好真的会出人命，先把衣服穿上，快！”

看他这副模样，她才担忧起来：“到底发生了什么？”

“是我太大意了，他们抓了我妈妈，让我用五千万的现金和你去换，只能我一个人带着你去，阿钰要出现在机场他们才肯放人。所以，我们一时间没有阿钰的保护，到时候你随机应变，其他的不用管，你只要保全自己就行！”

“报警不行吗？”

“对方是杀人不眨眼的黑老大，连国际刑警都拿他们没办法，就是你接到过恐吓电话的那伙家伙！”他一边说着一边也穿上了防弹衣，“这回我解决了他！”

他往身上装各种武器，小腿上、手臂上、鞋子里，都藏了刀，腰间还别了几把枪。

这情况，电影上看看还行，亲眼见到，她心都跳到嗓子眼了。

“小虞哥哥，真的这么严重吗？”

他握着她的手笑了：“你个胆小鬼，现在手就凉了！没事，相信你男人！我们走吧！”

临走之前，她把那些毒针戴在了指甲上，身上也藏了两把刀。

一路上他给她讲了很多突发情况的应变方式，她努力地往脑子里记，倒是缓解了不少紧张。

车子被对方指挥着转了很多圈，最后在一处废弃的工厂前停了下来，这个地方她来过，是之前绑钱泽琰的地方。

下车之前，他握着她的手，吻了吻她的唇：“记着，无论发生什么，保全自己！”

她坚定地点了点头，她相信他能化险为夷。

他下了车，为她打开了车门，两个人牵着手，走进了那扇曾经走进过的门，这里荒芜得毫无人气，什么声音也听不到。

他们刚进门，就被两个不知道从哪里冒出来的蒙着脸的人搜了身，所有的武器都白带了，只剩下她指甲上的毒针。

那两个搜身的人消失后又是一片寂静了，只有风吹着杂草发出的微弱声音。

“怎么办？我们没有武器了！”

“预料之中的，他们怎么可能让我们带着武器进去！别紧张，准备随机应变！”

耳边突然传来吱吱嘎嘎的声音，那个废弃仓库的门开了，却没见开门的人，就像恐怖片里的场景一般。她紧紧地握着他的手，他的手很温暖，又如钢铁般坚毅，让她踏实了不少。

他径直朝着那扇门走去，她虽害怕，却也坚定地跟了上去。

脚步的回音在一点一点地吞噬着她的勇气，幸好，他的掌心给了她力量。

仓库的柱子上绑着一个女人，虽然不再年轻，但风韵犹存，衣衫不整，嘴巴上绑着一个什么东西。

他看到这个景象，拳头握得嘎吱直响：“妈，你没事吧？”

她定了定神，终于见到他妈妈了，没想到竟是在这种情况下！

他要走过去，他的妈妈使劲摇着头，乔怡水用力地拉住了他，他一定是被愤怒冲昏了头脑：“小虞哥哥，你要冷静，我们两个的命可全都指望你了！”

钱泽虞这才停下了脚步，握紧了她的手，对，他要保持冷静。

仓库的角落突然传来一阵尖锐的笑声，像指甲划过玻璃一样刺耳，听得人浑身发凉。

接着出现了一个人影，不是很高，但是很鬼魅，光线不好，但那张苍白的脸很是扎眼，白的没有血色，真的像鬼一样。

乔怡水紧紧地贴着钱泽虞，手脚冰凉得自己都能感觉到没了温度。

“小虞哥哥，他是人是鬼？”

“他在寻求长生不老，乱吃药吃的，就快成鬼了，不用怕！”

那男人在光线很差的地方停了下来：“钱泽琰，哦，不对，应该叫你钱泽虞，你小子有种，连我的账都敢不买！知道吗，就在你进门的那一刻，有十几支枪对着你，包括现在，只要我一声令下，你的脑袋就会炸开，嘭的一声，脑浆四溅，你夹杂着鲜血的脑浆会溅到你的小美人的脸上，多么让人兴奋的时刻！”

那男人绘声绘色地表演着，乔怡水吓得不轻，东张西望地看着，也没见到哪里有人，好在钱泽虞没有一点慌张，否则她说不定会立刻瘫软下去。

“人和钱我都带来了，放了我妈妈！”

男人又发出了一阵刺耳的笑声：“钱泽虞，我知道你不是块软骨头，不过我奉劝你不要乱来，你妈妈嘴里可含着一颗可爱的小炸弹呢，只要震动稍微大一点，就会把你妈妈的小脑瓜炸得粉碎！”

钱泽虞一声冷笑：“少废话，还有什么要求尽管提，但要在我的承受范围内！我妈妈也会无怨无悔地支持我先保全自己！”言外之意就是他可以不在乎妈妈的生死。

“啧啧！”男人摇着头：“小美人，现在知道你身边的男人是个什么角色了吧，他连自己妈妈的生死都可以不顾，到我身边来吧，我会好好疼你的！”

她深深地吸了口气：“你先把人放了，我就过去！”

“呦，还是个痴情的小美人呢！让我放人，我还真舍不得，虽然老了点，可风韵犹存，滋味还不错！”

言外之意就是他妈妈被……看他妈妈衣衫不整，乔怡水愤怒地握紧了拳头。

接着钱泽虞的笑声充满了这个空间：“就凭你，你还硬的起来吗，你早已经算不上男人了！”

男人被他激怒了，咬牙的声音回荡着，手一挥：“给我宰……等等！气死我了！气死我了！钱泽虞，我要让你看着我怎么和你的女人快活，怎么和你的妈妈快活！给我打断他的两条腿！”他说着手狠狠地一挥。

他手落的那一刻，应该响起枪声的吧，可是却无比的寂静。

“怎么回事，给我开枪啊！”男人怒了。

接着嘭的一声闷响，一个人从房顶掉了下来，摔在地上一动不动，一声都没出，应该是在掉下来之前就已经死了。

钱泽虞冷笑：“我从来不做没有准备的事，你安排的狙击手都变成尸体了！知道你为什么会变成现在这个德行吗，因为那些药都是我给你开的，让你像鬼一样，又做不了男人。我知道你懂药，但我比你更懂，没能发现药方里的猫腻吧，本来你还可以多活两个月，按照我给你开的药，两个月之后你才会毒发身亡！既然你想快点死，我就成全你！”

钱泽虞正要冲过去，那男人举手就是一枪，不是射向他们，而是射向他妈妈。他情急之下把乔怡水扔了过去，用她的身体挡住了那颗子弹，接着一个腾空追了上去。

乔怡水被那颗子弹打中，重重地撞到了柱子上，接着倒在地上捂着胸口。疼死了，冲击力真的很大，幸亏穿了两层防弹衣！

“你再往前走一步我就打爆他的脑袋！”

那男人手里拎着的是被封住嘴的钱泽琰，他的两条腿还打着石膏。

钱泽虞停下了，无论如何钱泽琰都是他的哥哥，他有些自责，如果不是自己打断了哥哥的两条腿，他应该不会被抓住！

“求你弟弟救你吧！”男人撕开了封住钱泽琰嘴巴的胶带。

“弟弟，让他走吧，我不想死！不管怎么说，我是你哥哥，血浓于水对不对？”

突然一声枪响，房顶又掉下一个人，一声痛吟之后没了声音。这个人乔怡水认识，是施嵘的司机，他的两条腿都流着血，刚才只有一声枪响，应该是被一颗子弹穿透的，腿上的两个洞不致命，但从那么高的地方摔下来，肯定摔得不轻。

她来不及多想什么，接着又是一声枪响，钱泽虞倒了下去。乔怡水完全傻了，他不是穿了防弹衣的吗，而且也穿了两层的，怎么就流血了，他的胸口全是血！

竟然是钱泽琰，他双手正举着一支枪，看见钱泽虞倒下，仰头大笑，太过激动弄疼了他的腿，他连忙丢下手中的枪，双手拄牢了拐杖。

她看到了钱泽虞脸上的痛苦，竟然是他的哥哥对着他开了枪！

“小虞哥哥，给我挺住！”

她一跃而起，冲着这两个男人扑过去。

“给我打她的腿，不许要她的命！”男人大叫。

接下来，随着一声枪响，她的两条腿一阵剧痛，再也站不起来了。防弹裤也没用，一颗子弹贯穿了腿，这是怎样的枪法！

这一枪不是来自钱泽琰，钱泽琰的枪已经扔到了地上，暗处还有另外一个人。

“合作愉快！”

钱泽琰和那个男人互拍了一下手，一同发出了阴森得意的笑声。

“好弟弟，你没机会看见我怎么拿回属于我的东西，但你还有机会看见我怎么疼你的女人！

这一刻，钱泽虞的眼中全是痛苦与绝望，钱泽琰可是他的兄弟，他想救哥哥却反被哥哥打了一枪，他的心里该多难过。她忍着疼痛向他爬过去，她也很自责，如果不是跟他提出不对亲人动武的要求，或许也不会这样吧！

现在，还有逃脱的可能吗？她也绝望，那就死在一起吧，她努力地爬向他，可是被那个男人拉住了，再也无法靠近钱泽虞一丁点儿。

“我说过，我要让你看着我和你的女人快活！”鬼一般的男人说着，开始撕扯她的衣服。

钱泽琰则拄着双拐挪向了钱泽虞：“你抢走了我的一切，现在我又抢回来了！”钱泽琰说着，用拐杖向钱泽虞胸前的伤口狠狠地摁下去，但很快又停了下来，他的两条腿都不能吃力，离不开拐杖。

听着钱泽虞闷闷地痛吟，乔怡水心痛万分，用五个指甲上的毒针一同刺向了眼前的这个男人，一根针上的毒不足以致命，五根就不一样了吧。果然，那男人抽搐着倒地，瞬间脸就黑了，接着捂着胸口挣扎了一会儿，便一动不动了。

钱泽琰一看，慌了：“给我打死她，把他们全都给我打死！”

接着外面又响起了另外一声枪响，接着听见了一个熟悉的声音：“先生，我来了！”

外面枪声不断，连凌钰都要费这么大的劲才能解决，看来那个暗处的枪手是个难对付的主！

钱泽琰一看情况不妙，去捡地上那把枪，他行动不便，动作迟缓得很。乔怡水忍着剧痛，把所有的力量都用上，猛然跃起，直接用指甲上的毒针刺向了钱泽琰，几秒钟后，钱泽琰也倒下了。

“大藏獒，你快点，你的先生伤得不轻！”她没用很大的声音，她知道凌钰能听见。

她缓缓地爬向了钱泽虞，刚才用力太猛，疼得几欲晕厥，费了好大的劲，终于握住了他的手。

“小虞哥哥，我好疼！”她脸贴在他手上撒娇，鼻子酸了，眼眶也酸了。

“死丫头，你让我刮目相看了！早知道会这样，我今天就该一直抱着你不起床，搂着你的时候最美好！”

真混，这个时候还有心情想那些！他每一句话都说得很辛苦，她都不敢去看他胸前的血。

“别说话了，保持体力！小虞哥哥，不许丢下我一个人！”

他苦笑：“血浓于水，真的是血浓于水吗？我只是给他点教训，他却要我的命！他真的要我的命！”他沉默了好一会儿才又开口：“小水，我的小女人，”他紧紧地握着她的手，“万一我没挺过来……”

“没有万一！你必须给我挺过来！”她的眼泪哗哗地流了下来。

“别打岔，听我说，施嵘，他其实不错，就是年纪大了点……”

“别说了，我不要听！凌钰是大藏獒，一生只有一个主人，我是小藏獒，一生只有一个男人！你必须给我挺住！你不可以让我们的孩子出生就跟别人姓！”

“什么？孩子？你怀孕了？不可能，保护措施我一向做得很好！”

“是我在那个东西上面扎了眼，我不是想要离开吗，我想带着我们的结晶走，所以才那么做！”

“你这个死丫头，我竟然被你阴了！你真的怀孕了？”

她点着头：“你摸摸看！”她拉着他的手贴在了小腹上，“我们的小宝宝就在里面！”

“我要当爸爸了！”他的双眸里充满了喜悦：“你这个死丫头，竟敢让我糊里糊涂地当爸爸！”他的眸子里悲喜交加：“小水听着，万一……我不介意他姓施，那样，施家的财产也是我们钱家的了！”

“你还真是个好男人，把我和宝宝的未来都安排好了！你也给我听着，你要是敢死，我就带着宝宝去找你！”

他无力地笑了笑，又无力地摸了摸她的脸：“你这个死丫头，真想再收拾你一顿！”

真是混死了，这个时候还有心情想那些！

感觉上，等了很久很久，救护车才来……

第十六章

开始造人计划

“小虞哥哥，不要离开我！不要！”

她在梦中惊醒。

“别乱动，你的伤口还没愈合！”一直守在床边的施嵘见她手舞足蹈的，连忙过来按住了她。

她看着眼前的人愣了几秒，才记起之前的最后一幕，只记得他浑身是血地被抬上了担架。“怎么会是你，他呢，他怎么样了？”空气里洋溢着那种药的香味，思念他的情绪瞬间蔓延。

只是身边怎么会是施嵘，这好像不是一个好的信号。

“他？你指的是谁，钱泽虞还是钱泽琰？”施嵘轻轻地托起了她的手：“原来你漂亮的指甲是要命的暗器！”

就不该跟他废话，她抽回自己的手就要起来，施嵘用力地按住了她。

“别乱动，再好的药，你不让伤口愈合也好不了！先把自己的伤养好再说！”

如果面前不是平时还算尊敬的施嵘，她早就直接把他推到一边，“我没事，就打穿了腿而已！他住哪间病房，我要去守着他！”

她还是要起来，施嵘脸上露出了几分凝重。

“我跟你说实话，你可要有心理准备……”

“不！不可能！他一定不会有事！”他不会有事，他的生命线那么长呢。等救护车的时候她很无助，他的血流了一大滩，还有那血腥味，现在回想起来她心头还一阵发紧，那个时候她不停地抚摸着他的生命线，告诉自己他不会死，“我得去陪他，我在他身边他会很快好起来。”

“他没事，但是伤得不轻，正在特护病房里养伤，这样说你可以安静了吧？”施嵘无奈地蹙着眉头。

什么叫这样说你可以安静了吧，这个施嵘说话真是讨厌。她一个翻滚，很容易地挣脱了施嵘的双手，起身就往外走，施嵘冲过去拉住了她。

“偏要逼着我说实话吗，你看不见他了，无论是钱泽虞还是钱泽琰，你都看不见了，他们都死了！不然守在病房里的怎么会是我！我知道，这对你来说很残忍，但这是事实……”

“你胡说！不可能！他不会死，他怎么可能会死！我得去陪着他，这种时候如果我不陪着他，那个坏脾气的家伙一定会生气！”

她挣扎着往外跑，不顾腿上伤口裂开带来的疼痛，施嵘抓住她的肩用力摇晃了几下，“余奇，我还是喜欢叫你余奇，你必须坚强。他临终之前把你托付给了我，让我帮他照顾你还有你妈妈，外加他妈妈，还有他未出世的孩子，我一下子捡了两个妈，还白得了一个未出世的孩子，不过医生说你没怀孕！”

是没怀孕，她骗他的，只是想让他更坚强点。

施嵘连孩子的事都知道了，难道他真的没挺过来，她眼睛一黑，什么都不知道了。

施嵘轻轻地把她放到了病床上，又叫来了护士查看她腿上的伤口，刚才那么一折腾伤口非裂开不可。

果然裂开了。重新上了药，又重新包扎。他坐在病床边看着她的脸，睡吧，最好睡到腿伤康复再醒过来，那药效果好得出奇，只需要几天就能愈合个七八分。

只是她睡了不到一个小时就醒了，一句话也不说，两眼没有焦距地发呆。

“小奇别这样，我们要学会忘记过去，他也希望你能活得开心。”

“凌钰呢？我要见凌钰！”她还是无法相信钱泽虞会死，他怎么可能就这样死了！

“他在处理钱泽虞的后事！”

听见“他的后事”几个字，她心头一阵疼痛，就像刀割一样。他怎么可以没挺过来，她的肚子上也吃过子弹，她一个小女子都能挺过来，他怎么可以挺不过来！

“你把手机借我用用，我要给凌钰打电话！”

“手机我可以借给你，但是他多半不会接，他跟我说过，他无法再面对你……”

“借我就好！”

施嵘很痛快的把手机递给了她，反正这手机已经设置过了，打什么电话对方都看不到来电。

她拿着手机，可是想不起来凌钰的电话号码了，平时都是存在手机里，用时直接拨，也没去记他的号码！

“怎么了，怎么不打了？”

“我不记得他的号码了，他的号码是多少？”

施嵘蹙着眉头：“他的电话我怎么知道？我去问问我的司机吧，他应该知道！”

她这才想起来那天受伤的还有他的司机，从那么高的地方掉下来，摔得口鼻流血，“你的司机，他没事吧？他怎么会出现在那里？”

“已经脱离危险了！是钱泽虞借我的司机去帮忙，不然还不知道情况会是怎样呢，差点把我司机的命都搭上！”

回想那天的情景，难道是他的司机把那些狙击手解决了？可惜，他的司机解决得不彻底，不然小虞哥哥他也不会……

她心里觉得是他的司机害了钱泽虞，但是他的司机也差点把命搭上，再说这种话就太没良心了。

再细想，也不能怪施嵘的司机解决得不彻底，如果不是顾及兄弟之情，钱泽虞也不会受伤，他做梦也没想到自己的亲哥哥会要他的命吧！

“那麻烦你去帮我问问，顺便给你的司机带去句问候。”

她竟然还能平静地让他给他的司机带句问候，还以为她要闹上一段时间呢，施嵘惊异地抬了抬眼皮：“嗯，我这就去给你问，不要乱动，小心伤口再裂开！”

不多会儿，施嵘慢慢悠悠地回来了，把手机递给她：“直接按拨打就好！”

她一连拨了三遍，都通了，但凌钰都没接。她没再拨过去，凌钰肯定也难过到了骨子里，他一定自责死了！

她的眼泪刷刷地就滑了下来：“他怎么可以没挺过来！”

施嵘轻轻地坐到床边，把她拥在了怀里：“子弹打穿了他的肝脏，又失血过多，能有力气交代后事已经……”

“别说了！我要去看看他，我得看他最后一眼！”

“他不让你见他最后一面，这是他的遗愿，他不想让你看见他那个样子，他说只想留给你最美好的回忆！你就好好养伤吧，他希望你能快快乐乐的！你不希望他在那边也不安心吧？”

是啊，他一向很臭美的，她缓缓地眨了下眼睛，眼前又黑了。

再次醒过来，她两眼直直地看着窗口发呆，怎么也无法相信他就这样没了。不是说坏人都很长命的吗，他坏成那样了，怎么可以这么年轻就没了！

看着她的样子，施嵘忧心忡忡：“余奇，我知道你心里难过，想哭你就哭吧，哭出来会好些，别这个样子！”

“知道我为什么叫余奇吗，是他给我取的名字，虞妻的谐音。他说他要娶我的，他不会食言，我说我要嫁给他，我也不会食言，我要嫁给他，我要和他结婚！我要尽快地好起来，尽快地和他完成婚礼！”

施嵘愕然：“你疯了，他已经死了，你要和死人结婚吗？”

“没死！他才不会死！他永远都不会死！”

看着她倔强的样子，施嵘欲言又止，时间，她只是需要些时间！

她认真地吃饭，认真地养伤，一连五天一句话也没说，当然也不会有笑容！

五天就憔悴了许多，施嵘看着很是心疼。

看着她站在窗口望着窗外发呆，施嵘轻轻地走到了她的身后，很想把纤柔的她拥在怀里，但是不敢。“乔怡水，我还是叫你乔怡水吧！”余奇这名字本来挺好的，可是那寓意让他无法接受，“你何必这样和自己过不去呢，生老病死都是人的天命，你这样折磨自己他也不可能复活，他在那边知道你这样，也会心疼！”

“我懂，这些我都懂，可是我心里难受！”他的后事已经办完了吧，她没勇气问，也没勇气去看他，她怕看到墓碑上那冷冰冰的文字，活生生的人，怎么会就那样没了。

“要不把你妈妈接过来吧，亲人在身边能好一点。”

“谢谢你照顾我，我的伤已经好了，你去忙你的吧，这几天麻烦你了！”

施嵘蹙着眉头，没想到这个丫头这么快就下逐客令了！

“小水，我可以这么称呼你吗？你明白我对你的感情，我不要求你很快接受我，让我留在你身边，当个佣人使唤就行！”

她缓缓地回过头看了他一眼，堂堂的施家大少爷，她怎么敢把他当佣人使唤，但懒得说什么，她转身出了病房。这是她这几天头一次走出病房，才发现这根本就不是一般概念里的医院，而更像一个私人住宅，装修得很有格调，但又不是一处私人宅邸，因为还有零星的几个和她穿着同样病服的人。

走出这栋宅子更让她吃惊，周围什么建筑都没有，三面环山，一面是水，就孤零零地立着这么一栋别墅样的建筑，虽是冬季，也是一处别样的景观，她每天站在窗前看着的就是那水，开始还以为只是病房背面的一处景观。

施嵘跟了出来，连忙把身上的外套脱下来披在了她肩上：“怎么穿这么少就出来了，天气还很凉呢！”

“这是什么地方？”

“最适合养伤的地方，你需要好好的静养一段时间，不是吗？”

再怎么静养也没有用，除非抹去记忆！

“我不需要静养，我要回去！”

“在你情绪没稳定之前，我不能让你回去，我答应过他，会好好地照顾你！”

施嵘和自己非亲百故，这样照顾她，她本应感激，可是不知怎的突然冒出了一股无名之火：“你都一把年纪了，就别在我身上浪费时间了，我一生只爱一个人，无论他是死是活！无论怎么静养，我心里只有他！你就别浪费心思了！”

施嵘脸上多少有些挂不住，他堂堂的施家大少爷，也是为人敬仰，一表人才，这个丫头竟然赤裸裸地说他都一把年纪了！

“好，你要走也要等三天，这里没有路，不通车，三天后会有直升机来！”

没有路吗，明明有几条路通向四周，他怎么说没路，他应该只是不想让自己走，何苦这样用心良苦呢！

“我们还在国内吧？”

施嵘愣了一愣：“当然！当初我还真想带你到国外去养伤，但你的两腿都让子弹打穿了，不能坐太久的飞机，总要先好得差不多再去，你要是想出去换换心情，我现在就安排！”

“不不，这儿挺好的，你不用瞎折腾了！”

施嵘的眉头舒展不开，他如此用心良苦，在她嘴里只是瞎折腾，“进去吧，外面这么冷，你穿得太少。”

她很听话地进去了，她不想生病，还有自己的妈妈，还有他的妈妈，要把他们照顾好，可惜他没能留下个小东西！

“施总，我想要几套衣服，不想穿得像个病人一样！”

施嵘拉开了墙边的衣柜：“给你准备了一些，你自己选吧。别再叫我施总了，你可以叫我阿嵘。”

衣柜里有好些衣物，包括内衣，他倒是挺细心的。

“还是叫施总好些！谢谢你，你能出去一下吗，我想换下衣服。”

“当然！”

那些衣物，从里到外，都像是精心挑选过的，而且都很合身，也和她以前的穿衣风格完全不同，这些衣服穿在身上女人了很多，特别是鞋子，虽然也是平底，但是小尖头，透着浓浓的女人味。

她不太喜欢，也只得暂时先穿着。

她从病房里走出来时，施嵘看着她发呆。真美，她穿什么都好看，只是还是年轻了些，有些韵味是时光给的，再过几年她一定会韵味十足，风情万种。

她咳了几声，他才回过神：“你真迷人！是想出去走走吗？”

失去了他，世界都没有了色彩，再迷人还有什么意义！

“去看看你的司机。”

他的司机就在隔了两个门的房间，躺在病床上一动不动，脸色苍白，看见施嵘进来想要起来，施嵘连忙过去阻止了他：“好好养伤，别乱动。”

“不是也用药了吗，怎么还这么严重？”她在这个房间里也闻到了那种药香味。

“他的腿伤没什么，可是从那么高的地方掉下来，内伤很重，胸腔里有淤血，需要调养些日子。”

司机眉头紧蹙，满脸都是自责：“对不起，余小姐，都怪我本事不够，不然也不会这么惨。”

“千万别这么说，你已经尽力了，好好养伤吧！可惜他不在了，不然用他配的药，你很快会好起来。以前我训练的时候受了伤，都是用他配的药，吃他炖的药膳，很快就会好起来！”

回忆点点浮现，她的眼泪情不自禁地滑了下来，和心爱的人在一起，不需要惊天动地，点点滴滴都是甜蜜。每个瞬间都涌了上来，他的笑、他的怒、他的宠溺，都随着他的离去成了回忆，她的胸口阵阵闷痛。

“说真的，我很少佩服谁，但我佩服他，能把生意打理得蒸蒸日上，连药也会配，而且还那么年轻，真是个天才，遭遇这样的不测真让人惋惜，大概真的是天妒英才吧！”施嵘感慨着。

“他只会配跌打损伤的药和毒药！”

他的成长经历注定了他最需要这两种药！

她说完转身跑了出去，疯狂地跑着，不顾方向，再也压制不住内心的悲痛。他怎么可以离她而去，不可以！他没死，一定没死！他怎么可能会死呢！他大概还在昏迷着，对，他伤得那么重，一定还在昏迷着，这种时候怎么可以不在他身边？小虞哥哥，等着我，我就来了！

就这么一直跑，不知道跑了多久，停下来的时候她已经浑身无力了。她靠着一棵大树坐了下来，才发现周围全都是树丛，没有路，没有人烟，都不知道怎么跑到这里的。

耳边传来了脚踩枯叶的沙沙声，施嵘弯着腰，踉踉跄跄地小跑了过来，看着她，气喘吁吁地一句话也说不出来，只顾大口的呼吸，脸色苍白，好像把血液中的能量都用完了一样，似乎想说什么，但只见他张嘴，没发出声音。

她隐约记得开始的时候施嵘在后面喊，后来就没了动静。

跑得太久，出了一头的汗，停下来，冷风一吹，浑身发冷。

“施总，你还好吧？”他的脸色白得吓人。

施嵘眼睛一翻，重重地倒了下去。

怎么倒了？她拖着疲惫的双腿过去查看，她不懂医，但知道要试试呼吸，摸摸脉搏。他呼吸依旧急促，这个一眼就可以看见，摸了摸他的手腕，脉搏跳得很快。

大概是累的吧，记得在学校的时候，有些同学参加越野赛就有这样晕过去的。

应该不要紧吧，她掐他的人中，但是掐不醒。

求救吧，她从他的上衣口袋里拿出了手机，拨打求救电话，通是通了，可是一个接电话的也没有。她把能想起来的号码打了一个遍，甚至连通讯客服都打了，一个也没通，这就奇了怪！

弄他也弄不动，要是平时还能搬动他，但是现在一点力气也没有，自己走都费劲。周围一片密林，她试了几次去找人都没能走出去，又不敢走远，呼救也只有自己的回音。最后筋疲力尽，她只好不停地按摩着他的四肢，免得他冻坏，零度左右的气温，不是严寒，但这样睡在露天的地上也能冻出个好歹，可是不管她怎么按摩，他的体温还在一直下降。

眼看着太阳西下，气温愈加的冷，他还没醒，而且整个人冰冷，为了保持体温，她只好躺在了他身边。

感觉到他动了一下，她连忙坐了起来："施总，你还好吧？"

他看着她的脸，露出了个笑容："好冷！"

看见他笑，她松了口气："你吓死我了！施总，你没事吧，我们得回去了，天都快黑了，你的手机不知道怎么搞的，一个电话也打不出去！"

听到这句，施嵘咳了几声："大概是这里信号不好吧！啊嚏！怎么这么冷！"

"你在这个地方睡了好几个小时，当然冷，再说你的衣服全都被汗打湿了，能不冷吗！你怎么就晕倒了，是不是有什么病啊？我们赶快走吧，我扶着你，再不走，天可就黑了！"虽然又饿又累又冷，她还能勉强拿出些力气。

施嵘哭笑不得地蹙着眉头："我哪儿有什么病！你一口气跑了四个小时，累得我连喊你的力气都没有了，你跑什么呀，一直跑，停都不停！"

跑了那么久吗，还真是难为他了，她是经过了好几年高强度的训练才有这样的体力。

"我要去找他，你跟着我干什么？"

施嵘很想哭，去找他，竟然这样跑着去找一个死人，但他不想提起他，当然要跳过这个话题：“我跟着你干什么，你这么乱跑我怎么放心，你知道我们现在在哪里吗，你跑了四个小时还没跑出这片林子，知道为什么吗，我们迷路了！”

她看了看周围，是啊，回去的路在哪里？

“真迷路了？那怎么办？我们朝着一个方向走，一定能走出去，我扶着你走！”眼看天就要黑了，她怕黑，更何况是在这样荒无人烟的树林中。

她说着就去扶施嵘，施嵘拼命地摇头：“我们没办法判断方向，还是保持体力吧，时磊要是发现我还没回去，会找我们的！”

“你的司机还在病床上呢，要是发现不了怎么办，就算发现了，这么大一片林子一时半会儿也找不到我们呀！我留在这里，不冻死饿死，也吓死了！”她本就饿得发抖，现在抖得更厉害。

“点火，我们点一堆篝火！对呀，这么冷，你怎么不知道点一堆篝火呢？”

“你让我钻木取火呀！我一直在给你疏通血液，哪有工夫钻木！”

“我身上有打火机！看来吸烟也有点好处！”他从裤兜里掏出了一个漂亮的打火机点燃了一支烟，狠狠地吸了一口，缓缓地吐出：“小水，刚才你担心我吗？”

“就算是一只小狗我也会担心！”

他把吸了一口的烟扔在地上狠狠地踩灭：“算了，当我没问！我们找点枯枝吧，生堆篝火，可以取暖，找我们的人也能看见，一会儿再找点吃的，就这样饿死，可就亏大了！”他表现出了远远胜于她的沉着冷静。

枯枝到处都是，可没看见有什么东西可以吃，除非吃枯草！

点起了篝火的时候，天色已经很暗了，远处的景象很模糊，在篝火的映衬下，很快就完全看不清了。

“我去找点吃的，你就看着篝火，千万别乱走。”施嵘表现得很男人。

“施总，你还行吗？”

刚才捡枯枝的时候可是见他连弯腰都费劲，完全是强撑着。

“当然行！你在这取暖，千万别乱跑！”跑了那么长时间，他腰酸背痛，两腿发沉，全靠毅力支撑着，他可不想在她面前表现出老态龙钟。

施嵘用手机当手电筒，在枯草中搜寻可以吃的东西。他回来时，篝火已经把地皮烤得很温暖了。

在这里找吃的就是浪费体力，这个鬼地方除了枯枝就是烂草！

“找到吃的了！”施嵘的一只手背在身后：“我拿出来你不要害怕！”

“什么东西？”不会是老鼠吧，倒是什么地方都有老鼠！

“要不，你转过身去，我烤好了给你吃吧！”

“真的是老鼠？我才不要吃！我还饿不死，你自己吃吧！”

“不是老鼠，老鼠跑得那么快，我哪里抓得到！是老鼠的天敌！”

“鹰？”

施嵘挠了挠额头，他哪儿有本事抓到鹰：“你怎么不猜是猫呢！没有老鼠那么恶心，是一条冬眠的蛇，个头不小，我们两个大概都吃不完，你要是害怕就转过去别看，蛇肉本来就是一道美食！”

“那我去弄些干净的树枝吧！”蛇这个东西，看着确实让人本能地害怕。

她去弄树枝，施嵘这才坐到篝火旁边，两只手抖得厉害，又饿又乏。其实他也害怕，蛇这种东西他也没这么近距离地接触过，现在却要剥蛇皮烤蛇肉，从小到大从没这样无助过，但他是男人，不可以在心仪的女人面前表现得太逊。

他正琢磨着怎么下手，她折了回来：“别吃它了，放它一条生路吧！”也许它也有一个生死不离的伴侣呢。

“我们人类本来就在生物链的顶端，吃它天经地义。再说，它已经死了，发现它的时候我就把它的头砸瘪了，它一条命，救我们两条命，也死得其所！”

既然已经死了，那就让它死得其所吧。不多会儿后，空气里就洋溢起了浓浓的肉香味，闻得肚子咕噜咕噜地叫了起来，饥饿的驱使下，很想一口把那截肉吞下去。

她咽了口口水，饥饿是最可怕的杀手！

“吃吧，闻上去真香，我从来没觉得肉味这么好闻过！”施嵘虽然已经饥肠辘辘，还是想也没想地先递给了她。

她犹豫了一下，还是接了过去，饿得都发慌了。她小小地尝了一口，真的好香，接着不顾吃相地往嘴里塞了起来。

“做梦都没想过我会在荒野里烤蛇肉吃，小水，坐近一点好不好！”

两个人都吃饱了，倦意开始袭来，很想睡，可这个地方实在没法睡。

她摇头，始终都和他保持着距离。

施嵘很无奈地笑了笑，想得到她的心还真难。“患难中不拘小节，躺在我腿上睡一会儿吧，夜还长着呢，你先睡吧，后半夜我睡，否则我也撑不住！”

也是，患难中不拘小节，她说：“那我真不客气了！”

她靠过去，身体一歪倒在了他身上，困得几乎闭上眼睛就能睡着。

“他还活着对不对，就是伤得太重，不想让我知道对不对！我得去陪着他，不管他伤成什么样，我都会照顾他一辈子！”她甚至去猜他是伤重到后半生要在轮椅上度过，才不肯再见她，即便那样也比消失了好。

施嵘眉头高蹙，轻轻地叹了口气：“如果是先遇到我，而不是他，你会爱上我吗？”

“如果有如果，我宁愿用我的身体去给他挡子弹。他伤了，我毫无办法，我伤了，他却能救活我！他的心一定很痛，他想救他的哥哥，可他的哥哥却要他的命！”

施嵘看着腿上的她，嘴角苦涩地扬了扬。他也渴望爱情，但从未想过要为爱情付出太多，可是面对她，他可以毫不犹豫地用自己的胸膛去挡钢管，那一秒没有想到生死，只想着不能让她受到伤害。作为施家的长子，这是大错，怎么可以为一个女人连自己的命都不顾，但他不后悔，一点都不后悔！

“睡吧！今夜真美好！”

这个老男人又发神经了，露宿荒野，吃蛇肉充饥，还今夜真美好！

不理他了，她昏昏沉沉地正要睡去，突然一个激灵坐了起来。“有人在喊我的名字！”

施嵘竖着耳朵听了听，哪儿有人喊她的名字，只有风吹动枯叶的声音，“产生幻觉了吧，继续睡吧！咳咳！”

他的脸色差得不行，她摸了摸他的额头，滚烫滚烫的，“施总你发烧了！赶快躺一会儿吧！”

“没事！发烧有什么要紧，你睡吧！”

他坚持不肯躺下，痛恨自己这样就生病了，她一个女孩子都没事，难道自己是真的老了！

“是凌钰！凌钰在叫我！”虽然声音很远很远，但她能分辨出是凌钰的声音，习武以来她的听力也灵敏了许多，“我在这，大藏獒，我在这！”

隔一会儿她就喊一句，声音渐近，果然是凌钰，她欣喜若狂。

终于凌钰出现在了篝火前，除了牵着一条狗，凌钰的背上还有一个人，她的心都快跳出来了，他果然还活着！

“小虞哥哥，我就知道你还活着！我就知道你不会死！”她冲过去，张开双臂把凌钰和他一起拥在了怀里。

钱泽虞从凌钰的背上跳下来，把凌钰推开：“抱我一个就够了，怎么抱这么多！”她抱得他更紧，这个醋坛子，见面就发酸，“小虞哥哥，真的是你！你的伤没事吧？”说着眼泪刷刷地就流了下来。

“当然没事，猫有九条命，我有十条！”他看着篝火、蛇皮和蛇骨，还有她的样子，头发乱糟糟的，满脸是灰，他眉头蹙得高高的，怒视着施嵘：“你把她带到这里干什么？”

天知道，是她把他带到这里的好不好！

施嵘也蹙着眉头怒视着他：“你违背了你的承诺！”

钱泽虞满脸疑惑地挠了挠额头：“我向你承诺过什么吗？我说你这个老家伙也太阴了，趁着我受伤，把我的女人偷走，还带她来这种地方，露宿荒野！”

施嵘一阵咳嗽，也许是因为太过愤怒，他格外地讨厌老家伙这个词，咳了好一会儿才平息下来：“就知道你会来这一套，你自己听听！”

施嵘拿出手机，播放了一段录音，大意就是施嵘把司机借给他用，他把乔怡水让给施嵘。

证据就在眼前，钱泽虞也无从抵赖，干脆就要起了无赖：“说过又怎么样，那是非常时刻被迫的承诺，不算数！”

听到这里，乔怡水总算明白是怎么回事了，愤怒的掐着腰：“我说你这个老家伙也太过分了，你想棒打鸳鸯，还想老牛吃嫩草，你简直是恬不知耻厚颜无耻卑鄙下流阴险狡诈诡计多端，你就是个小人！”竟敢误导她，让她以为小虞哥哥死了，害得她殉情的心都有了。

对于她的这张刀子嘴，钱泽虞和凌钰早已见怪不怪，施嵘却差点没晕过去。这个丫头竟然一口气把所有糟糕的词都扣在了他的脑袋上，最让他无法忍受的就是那句老家伙，他一口气没上来，直接倒了下去。

钱泽虞嘴都斜了："我的小水，你也太厉害了，直接把他骂晕了！"

"哪儿是我骂的，他发高烧呢，不管怎么样先把他带回去再说吧，这样烧下去说不定会把他脑子烧坏！"

"嗯，虽然这老家伙过分了点，我也还是知恩图报。阿钰，交给你了！我背我老婆！"

他说着把她背在了肩上。

凌钰虽然有点不太愿意，也只能把施嵘背了起来。可怜的凌钰，跟着狗找到他们一定走了不少路，回程还要负重！

"快放我下来，你的伤不是还没好，我自己能走！"刚才他明明是凌钰背着来的。

"我的伤没事，子弹从脏腑的缝隙里穿过去了，就多流了点血，哪儿也没伤到。我好了就到处找你，没想到他把你带到这里来了，可别吓到我们的宝宝！"

他没事刚才还让凌钰背着，这家伙也太过分了！

她踏实地贴在了他的背上，还真不想走了，穿着小皮鞋跑了那么久，脚趾头都磨破了。

宝宝压根就是没有的事，暂时不告诉他吧，免得他没有了背的力气。

"施嵘怎么会连宝宝的事都知道？"

"这个，当然是我托付给他的，我哪里知道我能不能走下手术台，我总不能丢下你和宝宝就走了吧，这个老家伙虽然挺讨厌，倒是也还靠得住！对了，你们怎么会跑到这里来？"

这个还是不要说了吧，这样没有目的地到处乱跑，非被他教训一顿不可，转移话题！

"难怪他连宝宝的事都知道！你知道吗，你都吓死我了，我以为你真的没挺过来呢，我给阿钰打了好多个电话，阿钰都没接！对了大藏獒，你怎么不接电话？”

凌钰一头雾水：“你什么时候给我打电话了？”

“我用施嵘的手机打的，打了好多个，不信你自己看记录！”

“不用看了，肯定是这个老男人搞的鬼，他怎么可能让你给凌钰打电话呢！小水，你真是天真又勇敢！”

想到那天就心有余悸，她抱紧了他一些：“小虞哥哥，以后我们不会再遇到这样的危险了吧？”

“当然不会了！我绝不会让这种事情再发生！”

“他们都死了吗，是我杀了人？”

“别怕，你是正当防卫，再说那家伙是无恶不作的大恶人，你还帮了国际刑警一个大忙呢！钱泽琰没死，只是他的后半生要在轮椅上过了，赵晓霜正在全心地帮他康复。”说到这里，他的声音变得有些沉重，“现在他们两个都不会再找麻烦了，没有任何麻烦了，我可以光明正大地娶你了，你妈妈我妈妈都很赞同，我爸爸也不会反对。”

她还是有些担忧，妈妈可以接受他，因为他是钱泽虞，可是钱禹这个亲家她就不一定能接受了！

“钱泽虞，你说话不算数！”施嵘在凌钰的背上醒了过来，继续和钱泽虞理论。

“除了要我的女人，你可以提其他条件。”

乔怡水也不愿意了：“不要太过分，我不是物品！”

“让她在腾飞工作十年，我和你算扯平了！”施嵘也没继续无理下去，虽然是钱泽虞的承诺，但如果换成自己也会违背这个承诺。

“一天也不行，别想再打我女人的主意！我有一船上好的原料，你要的话我就忍痛割爱了，你要是不要就什么都没有了！”

“什么？小虞哥哥，你怎么直接就给他一船，一船好多钱的呢！”

“也是哦，老家伙，我老婆说一船太多了，那半船吧！”

施嵘咬牙切齿：“你们两口子太欺负人了！就一船，否则我抢！”

施嵘就是病了一场，并无大碍，从此他和钱泽虞成了见面就掐的朋友，不管怎么说两家都是同行，这辈子注定要掐了！

回到家里，钱泽虞就准备了上好的首饰作为礼物，带着她向丈母娘提亲。

他妈妈和她妈妈，这些天生活在一起，倒是很融洽。

他把礼物奉上，拥着她，一副甜蜜的模样："妈，我和小水决定结婚了，您老能不计从前的恩怨，成全我们晚辈，我和小水都万分感动……"

"行了，你这小子就别给我灌迷魂汤了！"这小子灌迷魂汤的本事她妈妈可是见识过了，几句话就把人灌得昏头转向，"我可以接受你做我的女婿，但绝不会接受钱禹这个亲家。你们结你们的婚，但别让我看见钱禹，否则我会忍不住想杀了他！"

"妈！当年的情况，也许不是那个样子，就像我亲眼所见的很多事情都不是眼睛看见的那个样子！都过去这么多年了，就忘了吧！"乔怡水着急了，都成一家人了，这个样子多别扭。

她妈妈给了她一个白眼："你这丫头，看你急得那个样！还真是女大不中留！我又不是不让你们结婚，你说不是那个样子，除非有有力的证据证明当年的真实情况和钱禹无关，否则我无法不恨钱禹！"

这件事钱泽虞也很无奈，实话实说还不如让她认为是因为钱家带来的意外好。

"虞儿啊……"一直在旁边静听着的他妈妈开口了，"有些时候事情也无法十全十美，长辈们的事情你们也不用太操心，好好地过你们的小日子就好了。"

"阿姨说得也对，也许过段时间慢慢地就好了！"

他不满了："什么阿姨，叫妈！"

他妈妈无奈地笑了笑："你这小子，你以为女孩子会像你脸皮这么厚，以后不许这样凶巴巴的！"

他很无赖："她习惯我凶她了！妈，你不到爸爸身边去吗？"

他妈妈摇了摇头："赵晓霜的儿子都成那样了，妈妈不想再和她争男人，妈妈有你就够了！"

长辈们有些时候很顽固，一时半会儿也说不通，但结婚的事他很心急，从这边出来，就赶往他爸爸那边。

“你和钱泽琰真的不是同胞兄弟？怎么可以长得这么像！”这事她一直很疑惑。

“我也想不明白，这个如果有老天爷的话去问老天爷吧，大概是钱家的基因太强势了！一会儿见了我爸爸，要叫爸，知道吗？”

她撅嘴：“叫不出来，你爸爸在我眼里一直是不苟言笑、高高在上的卧龙董事长，突然让我叫爸，我怎么叫得出来？”

他抿了抿嘴：“也是，这件事就暂且不为难你了！”

他的爸爸正站在阳台上看着盆栽发呆，站得笔直，果然不是传言中那样坐在轮椅上。他依旧散发着年轻时的风采，只是样子看上去有些忧伤，一个儿子让他欣慰，可是另一个儿子却坐在了轮椅上！

她却很欣慰，他果然不是把爸爸气到住院的不孝子，而且有情有义又有智慧。

“爸！”他轻轻地叫了一声。

他爸爸偏过头看了一眼：“是小虞啊！这就是你的女朋友了吧，见过了，现在更漂亮了！”

“嗯，爸，我知道这时候提可能不太合适，我们准备结婚了，我不想再等，也不能再等了！小东西都快叫爷爷了！”他看了看她的小腹，一脸幸福。

他爸爸脸上浮现了一丝笑容，但赶不走那忧伤：“怎么会不合适！喜事，双喜临门，我这都要当爷爷了！”爸爸瞟了他一眼，脸上多了丝欣慰，“你们两个还真是郎才女貌，能找到生命中的挚爱，爸爸恭喜你！”

“小水，打声招呼，叫爸叫不出来的话就叫伯父吧！”

他爸爸让人看着就肃然起敬，她不由自主地鞠了个躬：“伯父，你好！”

“好好！晚上在家吃饭吧，我让厨房准备些好菜，家里冷清好久了，终于可以热闹热闹了！”

“嗯！不过，爸，我们得去公司一趟，晚饭的时候再过来吃！”

出了门她才问：“去公司干什么，你用得着这么忙吗？你没看见你爸他多孤单！”

他一瞪眼："以后要叫爸，再你爸你爸的看我不收拾你！"转而他又露出一点神秘的微笑，"去公司不是公事，是私事，去了你就知道了！"

去公司能有什么私事，可他又卖关子，就是不肯说。进了办公室里面的那个休息室，他敲了敲那个装保险箱的柜子。

"笨丫头，猜猜看，里面装的是什么？"

她一脸疑惑："我怎么猜得到？你把什么东西装进去了，本女王命令你赶快打开！"

"遵命！"

他开保险箱，她站在他身边，盯着保险箱的门，好像是要打开纳尼亚之门一样。

保险柜门开的那一刻她真的呆了，是那枚戒指，他丢失的那枚婚戒。

"原来是你偷了它！"

他小心翼翼地拿出了那枚戒指："当然是我偷了它，你看这颗红宝石，眼不眼熟？"

她惊异："你送我的那颗！"

这颗石头已经丢失十几年了，其实印象已经模糊了，但还是有种很熟悉的感觉。

"当然，我怎么可能让它戴在别人的手上？"他轻轻地托起了她的手，把戒指套在了她的无名指上，尺寸竟然刚刚好，"还是戴在我的小女人手上好看！"

"你这家伙！"千言万语都化作了两行热泪，这枚戒指一直在保险柜里吗？那么已经放了快三年了，原来他从最开始就在等待那个小女孩！

"不许掉眼泪，你现在不是一个人了，要照顾一下咱们小宝贝的情绪！"他一边擦去她的眼泪，一边轻轻地拍了拍她的小腹。

她咬了下唇，这件事该说清楚了，再不说到时候恐怕没法收场了，"那个，什么，有件事情我告诉你，你千万别生气，宝宝还没有呢，我就是……"

他一瞪眼，所有的柔情一扫而空，凶巴巴的："宝宝还没有？"

她也瞪了回去："凶什么凶！我是怕你挺不住给你点动力！再敢这样凶我别怪我不客气！"

他眼睛瞪得更大："你个死丫头，敢跟我大喊大叫的了！为什么现在才告诉我！害得我满腔热血还要强忍着吃素！"他说着把她扑倒在了床上，"我们现在就把小家伙造出来！"

"你就知道欺负我！"这句话一个字都没能说出，她的唇就被他封上了。